あさ出版パートナーズ
PARTNERS

まえがき

五木寛之氏が常日頃おっしゃっているように、「人生には目的はない」のかもしれません（注①）が、世界観は大きく分けて二つあると思います。決定論とランダム理論です。

決定論は、あらゆる出来事は起こることが決定されていて、起こるべくして起こり、避けられないと考えます。二〇〇九年のニコラス・ケイジ主演のアメリカ映画『ノウイング』はそのことを教えてくれる一例で、スーパーフレアによる放射線によってオゾン層が破壊され、地球の生物は絶滅します。高度な知性を持った宇宙の生命体がそのことを察知し、ノアの箱舟のように、二人の少年少女を、一対のウサギとともに、宇宙船で他の星に連れて行きます。二人はそこで再びアダムとイヴになって地球の生命体の命をつないでいくことが想像されるストーリーになっています。日本でも三度テレビで放映されています。この映画の英語のタイトルは *KNOWING* で、この映画の日本でのポスターには、「人類は『知る』—未来はすでに通達されていることを。」とあります。

私は、この映画の核となるスーパーフレアについて知りませんでしたので、調べてみました。

フレアとは、恒星の表面で起こるエネルギーの爆発のことで、太陽でも度々起こりますが、その中でも、通常の一〇〇倍～一〇〇〇倍のエネルギーを放出する最大級の爆発をスーパーフレアと呼ぶそうです。原因は、磁力線のねじれにあるとされています。私たちは、地球を取り巻くオゾン層や磁場によって太陽フレアの脅威から守られていますが、もしスーパーフレアが太陽で起こってしまえば、オゾン層は破壊され、滅亡確実です。しかし、太陽でスーパーフレアが起こる可能性は極めて低いそうです。確かに太陽とほぼ同じ規模の恒星でスーパーフレアが観測されているのは事実ですが、それらはみな生まれたばかりの星で、自転速度が速く、スーパーフレアの元になる磁場のねじれのパワーが大きいからと考えられています。

一方、この映画の中で紹介されたランダム理論では、宇宙で起こる全ては偶然と考えます。全ては科学的偶然や生物学的突然変異が重なった回避不可能な結果であり、意味も目的もないというランダム理論で考えれば、人生には意味も目的もないことになります。

「死んだら終わり」が真実なのかもしれませんが、しかし、それでは面白みがありません。フィクションでもいいので、人生には意味や目的があると思って生きた方が、人生が豊かになるし、充実した人生が送れると思います。赤い糸で結ばれているとか、天国でまた会えるとか、生まれ変わってもまた一緒になりたいとか思って生きる方が、生きる甲斐があります。

人は本能的にそうしたことがわかっていて、何かに取り憑かれたかのように、生涯何かに情熱を注いで生きる姿勢が共通してあるのでしょう。

五木氏が、「あえて言えば、生きるということ自体が目的である」とも言っておられますように、人は一途に何かを追い求め、命を燃焼させて、この世を去っていきます。

卑近な例で言えば、いわゆる「オタク」と呼ばれる人々も何かに取り憑かれて生きている人々の典型と言えます。因みに「オタク」という言葉は、アニメや漫画の好きな人たちが集まった時に、お互いを「お宅」と呼び合ったことから誕生したそうです。この言葉は一九八〇年代に生まれ、今は国際語になっています。この言葉が生まれた当初は、「ちょっと変わった人たち」のイメージがありましたが、現在は、「一つの物事に情熱を傾ける人」とか「何かに夢中になって楽しめる人」とか、ポジティブに捉えている人たちが増えています。

そうしたオタクの人たちが自分で作品を作って展示・即売をするコミックマーケットも盛況です。作品分野も多彩で、マンガ集、イラスト集、写真集に加え、ブランド和牛の品質をまとめた本とか、円周率一億桁を書いた本とか、その多彩さに圧倒されます。中には、液晶タブレットを使ってデジタルで作画したオリジナル漫画もあります。

二〇〇四年にヴォーカロイドという音声合成技術が開発され、「初音ミク」が登場して世界中で人気になり、バーチャルアイドルが広がっていきました。そうした二次元アイドルのライブも盛況ですし、また、VRゴーグルをつけて、自宅でそのライブを楽しむ装置も開発されました。

テレビの「開運!なんでも鑑定団」ではそうした人々のコレクションが多く紹介され、興味をそそられるとともに、その情熱に感動させられます。最近では、四十年間SPレコードを集めてきたコレクターの話が記憶に残っています。

SPレコードというのは、蓄音機用に作られたレコードのことで、この人は一三〇〇点以上集められたそうです。インターネットオークションで買い集めたそうで、その中から、カナリヤレコードの子供用蓄音機とピクチャーレコード十四点を鑑定団に出されました。この蓄音機で、「ふじの山」を聞かせていただき、とても懐かしい思いに浸ることができました。鑑定士の北原照久氏は、全部で十四万円の値をつけられました。この子供用蓄音機は北原氏も持っておられませんし、存在さえも知らなかったということで、感服されていました。

「博士ちゃん」というテレビ番組では、小・中学生の仏像博士や恐竜博士、鉄道の廃止路線博士、人体博士、妖怪博士、昭和家電博士等が登場し、その研究熱心な充実した日々には圧倒されます。

その中でも心に残ったのは、中学三年男子の「昭和四コマ漫画博士ちゃん」です。今までに一万話以上読破していて、鋭い分析をしているのには驚きました。彼が最後に紹介してくれた「コボちゃん」の四コマ漫画には、胸があつくなりましたね。

コボちゃんが箱の中の自分の宝物を見ていると、おじいちゃんが覗きます。するとコボちゃんは、おじいちゃんの宝物も見せてよと言います。そっちの部屋にあるよというので行ってみると、おばあちゃんの鏡台があります。そこに映ったもの（コボちゃん）が宝物だということです。私にも四歳の孫がいますので、この漫画には感動させられました。

一方、太宰治の『斜陽』の中には、「人間は恋と革命のために生まれてきた」という言葉が出てきて、そういう言葉に出会うと、「そうか、人生の目的は恋と革命か！」と思ったりします。

新潟県上越市の上杉家の菩提寺林泉寺には、上杉謙信自らが揮毫した「大夢」の額があり、謙信の夢は、織田信長とは違った形での日本の統一だったとテレビの歴史番組で聞いたことがあります。謙信は道半ばで病死しましたが、最後まで一途にその目的に向かって生きた謙信には尊敬の念を抱きます。

　またホメロスの『ユリシーズ』では、様々な冒険の果てにふるさとイタカが近づいてきた時、「うれしいだろ」と友に聞かれたユリシーズは、「さあな」と応えます。この短い言葉には、家族を愛し、家族のもとへ帰ることを求めている自分がいる一方で、冒険を求める自分もいて、その冒険が終わることへの複雑な心境が垣間見られます。こうしたユリシーズの思いを知ると、男にとっては冒険が人生の目的なんだなと思ったりもします。

　そういえば、世界には冒険や探検に情熱を注いだ話が沢山ありますね。探検は文明国の重要な要素の一つで、明治日本にも文明国の仲間入りを目指して、多くの探検家が誕生しました。十九世紀から二十世紀初頭にかけて、中央アジアでの西洋諸国によるシルクロード探検が行われました。これに負けじと、大谷光瑞（一八七六―一九四八）は、西本願寺の莫大な資金で、三度も中央アジアの仏教遺跡を調査し、貴重な資料を持ち帰りました。それらは日本の東洋学の礎となっています。

　また、釈迦の生涯に感動した河口慧海《えかい》（一八六六―一九四五）は、仏の教えをあまねく人々に伝えたいという思いに取り憑かれ、『大蔵経』の原典を入手するため、明治三十四年（一九〇一）に単身チベットのラサに入っています。当時チベットは、覇権を狙うイギリスやロシアから自国を守るため、外国人の立ち入りを遮断していて、入国は困難でしたが、チベット語をマスターし、チベット人を装い、ラサの北にあるセラ寺の学僧として修行することに成功します。こうして慧海は、版木で刷られたチベット語の『大蔵経』をはじめ、様々な文物を持ち帰りました。それらは大正大学に保管されています。信念を貫き通した慧海の人生には圧倒されます。

文学作品にも、何かに取り憑かれた人間を扱った作品は多くありますので、本書では、その中から、私が興味を持った作品をいくつか紹介したいと思います。究極の愛に取り憑かれた男の物語である江戸川乱歩の「押絵と旅する男」から始め、何かに取り憑かれた人間を描かせたら右に出る者のいない松本清張の作品からは「石の骨」と「断碑」と「真贋の森」を取り上げてみたいと思います。その過程で、「断碑」の主人公木村卓治のモデル森本六爾のことにも触れることになりますし、「真贋の森」に出てくる浦上玉堂自身、琴と画に取り憑かれた人物ですので、彼の人生にも詳しく触れてみたいと思います。そのあと、俳句に取り憑かれた松尾芭蕉と正岡子規の人生を振り返り、最後に、他の俳句を概観してみたいと思います。

読んでくださる皆さまの琴線に少しでも触れることができれば、幸いに思います。

二〇二一年一月

佐藤義隆

○注

①二〇二〇年一月六日の中日新聞朝刊の「考える広場」で、五木寛之氏が「生きる　人生一〇〇年時代に」と題して寄せられた文章より。

まえがき ―3

プロローグ 「押絵と旅する男」

第一章 「押絵と旅する男」の詳しいあらすじ ―20

第二章 「押絵と旅する男」の分析

1 蜃気楼 ―26

2 凌雲閣 ―29

3 観音様 ―30

4 八百屋お七 ―31

5 「押絵と旅する男」が伝えるもの ―33

第一部 松本清張の短編小説から

「断碑」―40

第一章 「断碑」の詳しいあらすじ―42
第二章 藤森栄一と『二粒の籾』―51
第三章 「断碑」の分析―54
第四章 森本六爾と妻ミツギの軌跡―59

「石の骨」―78

第一章 「石の骨」の詳しいあらすじ―79
第二章 「石の骨」の分析―87
第三章 『旧石器の狩人』―95

「真贋の森」―100
第一章　「真贋の森」の詳しいあらすじ―102
第二章　「真贋の森」の分析―118

第二部　浦上玉堂

第一章　浦上玉堂の生涯
1　浦上家の系譜―126
2　玉堂の誕生から藩主・政香の急逝―128
3　玉堂の幅広い人脈づくりと河本家―130
4　玉堂左遷―134
5　玉堂脱藩―135
6　会津藩の玉堂招聘―137
7　京都に拘る玉堂―139

8 李楚白の『山水帖』入手―141
9 奥羽への旅―143

第二章 浦上玉堂の芸術
1『煙霞帖』十二図―146
2 玉堂画の独自性―148
3 春琴と玉堂―149
4「凍雲篩雪図」と玉堂の画業―149
5 春琴と頼山陽―151
6 玉堂の理解者・田能村竹田―152
7「風高雁斜図」―153
8 玉堂死去―154

第三章 浦上玉堂の評価
1 ブルーノ・タウトの玉堂観―155
2 川端康成と浦上玉堂―156
3 浦上玉堂の子孫―158

第三部　芭蕉物語

第一章　野ざらしの旅―161
第二章　貞享の芭蕉庵―166
第三章　『笈の小文』―178
第四章　『奥の細道』―197
第五章　近畿遍歴
1　伊勢御遷宮―230
2　不易流行―232
3　関西の旅へ―261
4　臨終―268

第四部　正岡子規の世界

第一章　俳号・子規誕生まで

1　東京に出るまで―278

2　明治二十五年（二十五歳）に「獺祭書屋俳話」を書くまで―279

第二章　俳句・短歌革新へ

1「獺祭書屋俳話」の連載―281

2「芭蕉雑談」の連載―282

3「俳諧大要」の連載―285

4「俳人蕪村」の連載―292

5「歌よみに与ふる書」の連載―297

6「曙覧の歌」の連載―303

第三章　病床日記
1「墨汁一滴」の連載—305
2「仰臥漫録」の執筆—311
3「病牀六尺」の連載—317
4 子規という奇跡—323

エピローグ　俳句あれこれ

第一章　取り上げた俳句—329
第二章　取り上げた俳句の解説—331
あとがき—358
参考文献—363

プロローグ

「押絵と旅する男」

第一章　「押絵と旅する男」の詳しいあらすじ

第二章　「押絵と旅する男」の分析

「押絵と旅する男」は、江戸川乱歩の短編小説の一つで、『新青年』昭和四年（一九二九）六月号に掲載されました。乱歩は自作の自己評価に厳しいことで有名ですが、この作品に関しては「ある意味では、私の短篇の中ではこれが一番無難だといってもよいかも知れない」と珍しく肯定的な言葉を残しています。

しかし、執筆の経緯を知ると、作品化に至るまでには、紆余曲折があったことがわかります。

昭和二年（一九二七）三月、「一寸法師」と「パノラマ島奇談」を書き上げた乱歩は自己嫌悪に陥り、休筆を決意して放浪の旅に出ました。この際、蜃気楼を見るために魚津を訪れたことが、本作の下敷きとなったといいます。もっとも、実際には季節外れで、蜃気楼を見ることはできなかったそうです。

当時、『新青年』編集長だった横溝正史は、同誌一九二八年新年号の呼びものとして、休筆中の乱歩の作品を掲載したいと考え、渋る乱歩を放浪先の京都まで出向いて口説き落とし、乱歩が名古屋の小酒井邸を訪れた際に原稿を渡す、という約束を取りつけました。

ところが、約束の日に正史が小酒井邸へ出向いても、乱歩から原稿をもらうことはできませんでした。「書けなかった」というのが理由でした。困った正史は、窮余の策として、新年号に載せる予定の自作を乱歩名義で掲載することの承諾を、乱歩から得ました。

その晩、乱歩と正史は名古屋の大須ホテルに一緒に泊まりましたが、そこで乱歩は正史に、実は原稿は書いていたのだが、内容に自信がないので、小酒井の前では出しかね、たった今便所の中に破って捨てたと告白し、正史をくやしがらせています。

この廃棄された原稿が、「押絵と旅する男」の原型となった作品だったといい、のちに、改めて執筆されたのです。

一九八九年にはテレビドラマ化され、一九九四年には映画化もされています。

どのような作品なのか、「あらすじ」と「分析」で、この作品を旅してみたいと思います。

第一章

「押絵と旅する男」の詳しいあらすじ

富山県の魚津へ蜃気楼を見に行った帰りの上野行きの汽車の中、二等車内には「私」ともう一人の先客の男がいるだけでした。夕闇が迫って来た時、男は、椅子の上に風呂敷を広げ、窓に立てかけておいた額のようなものを片づけて、風呂敷に包み始めました。不思議に思ってこの男を観察すると、私はとても異様なことに気づきました。男は一見四十歳前後でしたが、よく見ると、顔中に多くの皺があって、六十歳くらいにも見えました。黒々とした頭髪と、色白の顔面を縦横に刻んだ皺との対照に気づき、非常に無気味な印象を受けました。

私と視線が合うと、男は恥ずかしそうに唇の隅を曲げて、かすかに笑ったので、私も思わず首を動かして挨拶を返しました。私たちの二等車にはどの駅からも一人の乗客もなく、列車ボーイや車掌も一度も姿を見せず、はなはだ奇怪に感じられました。段々怖くなり、私は怖さに引き寄せられて、男の前の席に座ると、待ち受けていたかのように、風呂敷に包んであるものを見せてくれました。それは洋装の老人と振袖を着た美少女の押絵細工でした。私が奇妙に思ったのは、二つとも生きていたことです。私の表情に驚きの色を見て取った男は、「あなたは分かって下さるかも知れません」と言って古風な双眼鏡を取り出し、それで見るように言います。私が珍しさに気をとられて逆さに見ようとすると、男は真っ青になって、「逆さに覗いてはいけない！」と叫びました。

正しい方向に持ち直して、押絵の二人を覗くと、押絵の娘は双眼鏡の中で私の前に姿を現し、実物大の一人の生きた娘として蠢《うごめ》き始めたのです。双眼鏡で覗くと、全く私たちの思いも及ばぬ別世界があって、そこでは結綿《ゆいわた》（島田髷の一種で、島田の髷の中央を布で結び束ねたもの）の色娘と古風な洋服の白髪男とが奇怪な生活を営んでいました。覗いてはいけないものを魔法使いに覗かされているといった変な気持ちになりましたが、私はその不思議な世界に見入ってしまいます。娘は動いていたわけではありませんでしたが、その全身の感じが、生気に満ち、顔は桃色に上気し、胸は脈打ち、肉体からは若い女の生気が蒸発しているように思われました。老人の方はというと、見たところ四十程も年の違う若い女の肩に手を廻して、さも幸福そうにしていながら、その皺の多い顔は、いぶかしく、苦悶の相を現していました。見つめていると、ゾッと怖くなるような、悲痛と恐怖の混ざり合った一種異様な表情をしていました。私はうなされたような気分になって、覗いていることが耐え難く感じられ、双眼鏡から目を離しました。するとそこは、やはり淋しい夜汽車の中であり、押絵の額も、見せてくれた男の姿も、元のままでした。「あれらは、生きて居りましたろう」と男は言い、あれらの本当の身の上話を聞きたくはないかと言って、押絵の中の老人が二十五歳の時の、世にも不思議な物語を語り始めます。

男は、私に押絵の中の老人を指差して、兄があんなになりましたのは、明治二十八年四月二十七日の夕方のことだと言います。普通に考えれば、そんな荒唐無稽な話はなく、馬鹿らしささえ感じてもいいような状況でしたが、私はそのことを少しもおかしいとは感じませんでした。私と物語を語る男は、この瞬間、自然の法則を超越した別の世界に住んでいたように思われました。

男の話す物語によると、この兄弟は日本橋の呉服商の家に生まれ、兄は二十五歳の時に浅草の十二階（凌雲閣）へ毎日のように昇って喜んでいたといいます。何しろ兄は新しがり屋で、異国物が好きで、この遠眼鏡も兄が探し出して買ってきたものだそうです。

明治二十八年の春、兄がこの遠眼鏡を手に入れて間もない頃、兄の身に妙なことが起こりました。御飯もろくに食べず、家の者とも口をきかず、部屋に閉じ籠って考え事ばかりしているのです。身体は痩せてしまい、顔は肺病病みのように土気色で、目ばかりギョロギョロさせていました。そのくせ昼から日暮れ時まで、毎日、フラフラとどこかへ出かけます。どこへ行くのか訊いても答えず、母がふさぎのわけを訊いても打ち明けず、そんなことが一か月ほども続きました。ある日弟は母の頼みで兄の後をつけます。兄が行ったところは凌雲閣で、階段の壁には日清戦争の油絵がずらりとかかっていました。頂上は八角形の欄干だけで、東京中が見えましたが、兄は遠眼鏡で観音様の境内ばかりを眺めまわしていました。弟は後ろから声をかけ、両親が心配しているので、なぜここへ来るのか、日頃仲よしの自分だけにでもそのわけを聞かせてほしいと頼みました。弟が繰り返し頼むので、兄も根負けして、一か月来の胸の秘密を打ち明けてくれました。兄の煩悶の原因は、実に奇妙なものでした。

兄は、一月ばかり前に十二階へ昇り、遠眼鏡で観音様の境内を眺めていた時に一人の娘の顔を見たと言います。その娘はこの世のものとも思えない美しい人で、日頃女に興味のなかった兄も、その遠眼鏡の中の娘だけにはすっかり心を乱されてしまったと言うのです。それからというもの、その娘が忘れられず、恋煩いをしていたのです。私は兄の気持ちにすっかり同情し、余りのことに涙ぐんで兄の後ろ姿を眺めていると、突然兄は非常に興奮した様子で私の手を取り、石段を駆け下りていきました。いつかの娘さんが見つかったと言うのです。青畳を敷いた広い座敷に座っていたから、これから行ってもまだいるはずということでした。しかし、兄が見当をつけたあたりへ行ってみても、そこには家らしい家もなく、狐につままれたような塩梅《あんばい》でした。二人で探し回ってまた元のところへ戻ってくると、そこにはいろいろな露店に並んで一軒の覗きからくり屋があり、兄が中腰になってその覗き眼鏡を覗いていました。「兄さん何をしているんですか」と訊くと、「お前、私たちが探していた娘さんはこの中にいるよ」と申しました。私も覗いてみると、それは八百屋お七の覗きからくりでした。丁度吉祥寺《きちじょうじ》の書院で、お七が吉三《きちざ》にしなだれかかっている絵が出ていました。その覗絵の人物は押絵になっていましたが、その道の名人の作らしく、お七の顔は生き生きとして綺麗でした。兄は、「仮令《たとい》この娘さんが、拵《こしら》えものの押絵だと分かっても、私はどうもあきらめられない。悲しいことだがあきらめられない。たった一度でいい、私もあの吉三のような、押絵の中の男になって、この娘さんと話がしてみたい」と言って、ぼんやりと、そこに突っ立ったまま、動こうともしないのです。考えてみますと、その覗きからくりの絵は、光線を取るために上の方が開けてあるので、それが斜めに十二階の頂上からも見えたものに違いありません。

兄は一時間ほども立ち尽くしていましたが、突然私に、遠眼鏡を逆さにして自分を見てくれと言いました。言われた通りにして見ると、小さくなった兄の姿が見えました。兄はどんどん後ずさりしていったので、どんどん小さくなり、あっという間に闇の中へ溶け込んでしまいました。眼鏡をはずし、兄さんと呼びましたが姿が見えません。それっきりこの世から姿を消してしまったのです。私はハッとしました。兄は押絵の娘に恋い焦がれたあまり、魔性の遠眼鏡の力を借りて、自分の体を押絵の娘と同じくらいの大きさに縮めて、押絵の世界へ行ったのではないか？　覗き屋に頼んで見せてもらうと、兄は押絵になってお七を抱きしめていました！　私は本懐を遂げた兄の姿を見て涙が出るほど喜びました。私はその絵をどんなに高くてもいいから譲ってくれるように約束して、両親にそのことを告げました。しかし両親は、お前は気でも違ったんじゃないかと取り合ってくれませんでした。私は母にねだってお金を出してもらい、その絵を手に入れ、箱根から鎌倉の方へ旅をしました。兄に新婚旅行をさせるためでした。

こうして汽車に乗っていると、またその時のことを思い出し、二人に外の景色を見せてやりました、と言うのです。

その後父は東京の商売をたたみ、富山近くの故郷へ引っ込みましたので、私もずっとそこに住んでおります。あれからもう三十年余りになりますので、久々に兄にも変わった東京が見せてやりたいと思いまして、こうして兄と一緒に旅をしているわけです。ところが悲しいことに、娘の方は拵えものですから年はとりませんが、兄は人間ですから年をとります。二十五歳だった兄が、あのように白髪になり、皺までできてきましたから、兄は悲しいに違いありません。それで苦しい表情になってきたのです。それを思うと兄が気の毒で仕様がありません。

飛んだ長話をしてしまいましたが、あなたは分かって下さいましたでしょうね？　他の人たちのように私を気違いだとはおっしゃいませんでしょうね？　長話をして兄さんたちもくたびれたことでしょう。それにあんな話をしましたので、さぞかし恥ずかしがっているでしょうから休ませてあげたいと言って、押絵の額を黒い風呂敷に包みました。その刹那、私の気のせいか、押絵の人形たちの顔が少しくずれて、一寸恥ずかしそうに、私に挨拶の微笑みを送ったように見えました。

男は、今夜はここの親戚の家に泊まると言って、小駅で降り、闇の中へ消えて行きました。

第二章 「押絵と旅する男」の分析

「押絵と旅する男」のテーマは、作品冒頭の段落に集約されているように思われますが、このことについては最後に取り上げることにしまして、その前に、この作品中のキーワードである蜃気楼、凌雲閣、観音様、八百屋お七についての情報を少しまとめ、そのあとで、「押絵と旅する男」が伝えようとしていることを分析してみたいと思います。

1 蜃気楼

蜃気楼は、英語とフランス語では mirage、ドイツ語では Luftspiegelung と言います。日本語では蜃気楼と言いますが、これは『史記』に出てくる中国の考え方によるもので、蜃（大ハマグリ）が気を吐いて楼閣を描くものであると考えられたところからの命名だということです。古代ギリシャ人並みの想像力ですね。科学的に言えば、密度の異なる大気の中で光が屈折し、地上や水上の物体が浮き上がって見えたり、逆さまに見えたりする現象のことです。光は通常直進しますが、密度の異なる空気があると、より密度の高い冷たい空気の方へ進む性質があります。

日本国内で最も蜃気楼が見られる富山県魚津市では、富山湾の富山市（岩瀬）方向や黒部市（生地《いくじ》）方向に現れます。魚津の蜃気楼は春から夏にかけて見られるので、春型蜃気楼と言われています。誰にでも肉眼ではっきり見える蜃気楼はめったになく、一九九六年から行われている観測でも、現在までに見られたのは八回のみだということです。

「押絵と旅する男」の執筆経緯のところでも触れたように、乱歩は実際に蜃気楼を見るために魚津を訪れていますが、その時は見ることができませんでした。しかし、作品の語り手の「私」は蜃気楼を見ています。「押絵と旅する男」の「私」は、「蜃気楼とは、乳色のフィルムの表面に墨汁をたらして、それが自然にジワジワとにじんで行くのを、途方もなく巨大な映画にして、大空に映し出したようなものであった」と言っています。

蜃気楼は作家の想像力を刺激するとみえて、芥川龍之介も、そのものずばり、「蜃気楼」という短編を、『婦人公論』一九二七年三月号に書いています。

「蜃気楼」の主人公「僕」は、ある秋に、東京から遊びに来た大学生のK君と一緒に神奈川県藤沢市南部にある鵠沼《くげぬま》の海岸へ蜃気楼を見に行きました。ここはよく知られた蜃気楼が見られる場所で、「僕」の家の女中も逆さまに映った舟の蜃気楼を見ていて、この間の新聞に出ていた写真とそっくりだと感心していたことも書かれています。この新聞報道は、一九二六年十月二十八日の東京朝日新聞のものであることが研究者の指摘でわかっています。女中が見たのは秋で、逆さ舟の蜃気楼でしたが、鵠沼海岸で見られる有名な蜃気楼は浮島現象で、これは冬型蜃気楼と言われるように、冬に見られます。寒い時期に海水付近の暖められた空気とそのすぐ上の冷たい空気との温度差（正確には空気の密度差）によって光が屈折し、遠くの岬や島が浮いたように見えるところから浮島と呼ばれています。

「蜃気楼」の続きに戻りますと、「僕」たちが期待していた蜃気楼は見えず、ただ砂の上に青いものがゆらめいているだけで、それは陽炎《かげろう》に映った海の色のようでした。このあと、昼と夜とで二度繰り返される鵠沼の海岸での錯覚や夢の描写には、人生で体験すること全てが蜃気楼なのではないかと思わせるようなことが書かれていて、この作品はそうしたことを暗示的に伝えようとしているのではないかと思われます。

内田康夫の「浅見光彦シリーズ」にも『蜃気楼』という作品があります。これは、自分の出世のために、自分を支えてくれた女性を殺してしまう物語です。アメリカの作家セオドア・ドライサーの『アメリカの悲劇』（一九二五年）も同じテーマの作品で、どこの国の人間も同じ過ちを犯してしまうことがわかります。

内田康夫の『蜃気楼』では、魚津出身の和泉冴子はデザイナー志望の女性で、子供の頃、蜃気楼で出現した町へ行けば、みんな幸せになれると教えられ、それを支えに風俗で働き、デザイナーになる勉強をしながら、高津という愛する男性と暮らしていましたが、高津は出世のために他の女性と結婚することになり、複雑な事情が絡み合って、最終的には冴子を殺してしまいます。冴子の夢は蜃気楼に終わり、高津の夢もまた浅見に事件を暴かれ、終わりました。

2 凌雲閣

「押絵と旅する男」の「兄」は、明治二十八年に凌雲閣で八百屋お七の押絵を発見し、恋に落ちました。

明治二十年代は、高所からの眺めを売り物にした望楼建築がブームとなり、浅草の富士山縦覧場、大阪の眺望閣に続いて、大阪と東京に相次いで同じ「凌雲閣」と名づけられた眺望塔が建てられました。東京の浅草凌雲閣は、浅草公園に建てられた十二階建ての展望塔で、明治二十三年（一八九〇）に竣工しました。当時の日本で最も高い建築物でしたが、大正十二年（一九二三）の関東大震災で半壊し、解体されました。「浅草十二階」または単に「十二階」という名でも呼ばれていました。

大阪の凌雲閣は浅草の凌雲閣より一年早い建設で、現在の大阪市北区の和風庭園「有楽園」内に九層楼として建てられました。大阪ミナミにあった五階建ての「眺望閣」が「ミナミの五階」と呼ばれたのに対して、「キタの九階」と呼ばれていました。

十二階建ての浅草凌雲閣は当時珍しく、モダンで、歓楽街浅草の顔でもありました。浅草で生まれ育った作家の久保田万太郎は、作品の中で、凌雲閣のことを懐かしく次のように回想しています。

「向島の土手から、上野の見晴しから、愛宕山の高い石段の上からそれを発見したとき、……そのときのそうしたゆくりない歓び、……その歓びは、それとりも直さず『浅草』を発見した歓びだった。……あらたな観音さまをもつ『浅草』を感じえた喜びだった。……それほど、つねに、その塔

は『浅草』にとっての重要な存在だった」（「絵空事」より）

浅草凌雲閣は、一階から八階にかけて日本初のエレベーターが設置されましたが、開業当日より故障が頻発し、翌年の明治二十四年（一九九一）五月には中止となり、客足を確保するために、階段の壁面に花街から選ばれた芸者たちの写真を展示し、日本初の美人コンテスト「東京百美人」が開催されました。入場客の投票で入賞者が決められました。

明治の美人は芸者から選ぶのが一般的でしたので、一等から三等までを新橋芸者が独占しました。芸者の隆盛は幕末の激動期に始まり、明治で頂点に達しました。このころの歴史上の有名人の多くが、芸者出身の女性を妻にしています。芸者写真の第一人者小川一真（一八六〇―一九二九）は、アメリカで写真術を学び、明治十八年に帰国、芸者写真集の海外輸出に携わりました。年間二万円（現在に換算して一億円）の売上があったそうです。

3 観音様

「兄」は、凌雲閣の頂上から遠眼鏡で観音様の境内を眺めていた時に、人混みの間に、チラッと一人の娘の顔を見たのでしたね。この観音様は、有名な浅草寺の観音様のことです。

作家の五木寛之氏は、若い頃よく浅草寺へ行かれたそうです。五木氏は、氏のテレビ番組「百寺巡礼」でも浅草寺を取り上げられました。

浅草寺の本尊は聖観音菩薩で、「浅草観音」または「浅草の観音様」と通称され、広く親しまれています。『浅草寺縁起』等の伝承によりますと、由来は次のようになっています。

推古天皇三十六年（六二八）、宮戸川（現在の隅田川）で漁をしていた檜前浜成《ひのくまのはまなり》・竹成《たけなり》兄弟の網に仏像がかかりました。これが浅草寺本尊の聖観音像です。この像を拝した兄弟の主人・土師中知《はじのなかとも》は出家し、自宅を寺に改めて供養しました。これが浅草寺の始まりです。一説によりますと、この像は、現在の埼玉と東京の県境に近い飯能市岩淵にある成木川沿いにある岩井堂に安置されていた観音像が、大水で流されたものとする伝承があります。

聖観音は一面二臂《いちめんにび》（顔が一つで腕が二つ）の観音様で、ここから十一面観音や千手観音などの変化《へんげ》観音（多面多臂の超人的姿）が派生して、豊かな形態の観音様が生まれていったわけですが、聖観音は基本の観音様ということになります。観音様は大慈大悲（仏の広大な慈悲で、楽を与えることを慈、苦を抜くことを悲と言います）を本誓《ほんぜい》（仏・菩薩が衆生を救うために立てた根本の誓い。本願に同じ）として、あらゆる人々を救い、あらゆる願いを叶えてくれます。

4 八百屋お七

八百屋お七は、江戸時代前期、江戸本郷の八百屋の娘で、恋人に会いたい一心で放火事件を起こし、火刑に処せられたとされる少女です。井原西鶴の『好色五人女』で取り上げられたことで広く知られるようになり、文学や歌舞伎、文楽など、芸能において多様な趣向の凝らされた諸作品の主人公になっています。

しかし、お七の史実はほとんどわかっていません。ほぼ唯一の歴史資料である戸田茂睡の『御当代記』の天和三年の記録に、わずかに「お七という名前の娘が放火し処刑された」と書かれているだけです。お七の時代の江戸幕府の処罰記録『御仕置裁許帳』にもお七の名前を見つけることはできません。お七の年齢も放火の動機も処刑の様子も、事実として知ることはできないのです。

物語を調べていく中で、こうしたことはよくあることで、十五年ほど前に日本でも大ヒットした韓国のテレビドラマ『宮廷女官チャングムの誓い』が思い出されます。このドラマは、韓国のNBCテレビで二〇〇三年秋から二〇〇四年春まで放送されたもので、数々の策謀に翻弄されながらも、強く生き抜き、ついには国王の主治医となり、大長今《テジャングム》の称号を与えられるまでを描いた女性のサクセスストーリーですが、彼女のことは史実では『朝鮮王朝実録』に、大長今と呼ばれて重用され、中宗王の主治医となった女医がいたことが十か所出てきて、王の主治医を務めたとされる記述は、中宗三十九年（一五四四）十月のところに、「予の証は女医これを知る」という一行があるのみです。『八百屋お七』にしろ『宮廷女官チャングム』にしろ、作家は僅かな資料を元に、想像力を駆使して、壮大なドラマを創り上げていくのですね。

ここでは、お七の物語の原典として名高い、井原西鶴の『好色五人女』で描かれるお七の物語を取り上げて紹介したいと思います。この作品はお七の事件のわずか三年後に出版され、自ら積極的に恋愛行動に移る町娘という、それまでの日本文学史上画期的な女性像を描き、後続の作家たちへの影響は絶大なもので、西鶴が設定した恋人の名を吉三郎、避難先の寺を吉祥寺とすることを受け継いでいる作品が大多数を占めています。あらすじを書いておきます。

師走二十八日の江戸の火事で本郷の八百屋八兵衛の一家は焼け出され、駒込吉祥寺に避難します。避難生活の中で、寺小姓小野川吉三郎の指に刺さったとげを抜いてやったことが縁で、お七と吉三郎はお互いを意識しますが、時節を得ずに時間が経っていきます。正月十五日、寺の僧たちが弔いに出かけて寺の人数が少なくなります。今夜が吉三郎の部屋に忍び込む機会だと思ったお七は、忍び込んで、十六歳同士の初々しい契りを交わします。八百屋の新宅が完成し、一家は本郷に帰ります。このの ち、なかなか会えぬ吉三郎のことを思い詰めたお七は、家が火事になればまた吉三郎のいる寺に行けると思い火をつけますが、近所の人がすぐに気づき、小火《ぼや》で消しとめられます。その場にいたお七は問い詰められ、自白し、捕縛され、市中引き回しの上火あぶりになります。吉三郎は、この時病の床にあり、お七の事件を知りません。お七の死後百日で吉三郎は起きられるようになり、真新しい卒塔婆にお七の名を見つけて悲しみのあまり自害しようとしますが、お七の両親や周りの人々に説得されて、吉三郎は出家し、お七の霊を供養します。

5「押絵と旅する男」が伝えるもの

私は「押絵と旅する男」のテーマは、作品冒頭の段落に集約されているように思われると前に書きましたが、それが次の文章です。

この話が私の夢か私の一時的狂気の幻でなかったならば、あの押絵と旅をしていた男こそ狂人であったに相違ない。だが、夢が時として、どこかこの世界と喰違った別の世界を、チラリと覗かせてくれるように、また狂人が、我々の全く感じ得ぬ物事を見たり聞いたりすると同じに、これは私が、不可思議な大気のレンズ仕掛けを通して、一刹那、この世の視野の外《ほか》にある、別の世界の一隅を、ふと隙見《すきみ》したのであったかもしれない。

「不可思議な大気のレンズ仕掛け」とは勿論蜃気楼のことで、実際に蜃気楼を見た「私」は次のように書いています。

遥かな能登半島の森林が、喰違った大気の変形レンズを通して、すぐ目の前の大空に、焦点のよく合わぬ顕微鏡の下の黒い虫みたいに、曖昧に、しかも馬鹿馬鹿しく拡大されて、見る者の頭上におしかぶさって来るのであった。それは、妙な形の黒雲と似ていたけれど、黒雲なればその所在がハッキリ分かっているに反し、蜃気楼は、不思議にも、それと見る者との距離が非常に曖昧なのだ。遠くの海上に漂う大入道のようでもあり、ともすれば、眼前一尺に迫る異形の靄《もや》かと見え、はては、見る者の角膜の表面に、ポッツリと浮かんだ、一点の曇りのようにさえ感じられた。この距離の曖昧さが、蜃気楼に、想像以上の無気味な気違いめいた感じを与えるのだ。曖昧な形の、真黒な巨大な三角形が、塔のように積み重なって行ったり、またたく間にくずれたり、横に延びて長い汽車のように走ったり、それが幾つかにくずれ、立並ぶ檜《ひのき》の梢と見えたり、じっと動かぬようでいながら、いつとはなく、全く違った形に化けて行った。

「私」は、この蜃気楼の魔力に取り憑かれたままの心の状態で汽車の中の男に遭遇したのです。男はこの地方の普通の住人で、魚津から乗って、「私」と会話し、小駅で降りただけのことだったのでしょうが、「私」には蜃気楼の魔力が効いていて、「押絵と旅する男」に見えてしまったということではないでしょうか。この心の状態は、夢を見ている時の状態、または一時的に狂人になった時の状態と同じで、通常とは別の世界が出現するのです。「幽霊の正体見たり枯れ尾花」という言葉がありますが、怖い気持ち、または怖いものを見たい気持ちがある時には、枯れた尾花が幽霊に見えるように、蜃気楼の魔力で「私」は通常とは違った心の状態にあったのでしょう。

「別の世界」とは、ここでは、通常は理性によって無意識の中に閉じ込められていた「私」の憧れの世界のように思われます。「私」が憧れていた世界は、物語の展開から推理しますと、「究極の愛」の世界ではないでしょうか。だから、「押絵と旅する男」とその兄には「私」が投影されていて、「押絵と旅する男」もその兄も「私」のことだと思います。

兄が淩雲閣へ行くのは、高い所から探した方が、探し物が見つかる可能性が大きいからだと思えます。そして、観音様の境内で探し物を見つけます。心の目で見ることを「観」と言います。色なき色を見、音なき音を聴く観音様。この「観」の働きをもって私たちの悩みや苦しみや悶えを救ってくださるのが観音様です。観音様が兄の願いを聴いて叶えてくださったのです。

兄が探し出したものは、八百屋お七の押絵でした。八百屋お七は究極の愛の象徴で、「私」の心の奥底には、愛のために究極の選択をしたお七への憧れがあったのだと思います。

評論家千葉俊二氏は、「押絵と旅する男」を次のように解説しておられます。

「押絵と旅する男」を乱歩の最高傑作とする評者は多いが、遠眼鏡を逆さに覗くことで縮小された小宇宙に封じられ、永遠の愛そのもののなかに生きるこの物語は、たしかに読むものに不思議な懐かしさと同時に戦慄するような恐怖感をよびおこさせる傑作である。浅草趣味、覗きカラクリ、人形愛など乱歩の趣味が、この一篇に凝縮されてみごとな出来映えを示している。(注①)

乱歩自身にも究極の愛への憧れがあったのでしょう。

乱歩の他の作品「人でなしの恋」には、人形への究極の愛が描かれています。夫の愛人とは、倉の二階に置かれた長持ちの中にある人形だと知った京子夫人は、嫉妬と怒りでその人形をずたずたにしてしまいます。それを見た夫は、悲しみのあまり自殺してしまいます。

究極の愛は、現実によって破壊されるものだと思います。「八百屋お七」は、この世のルール・処刑という現実によって、「人でなしの恋」は妻の嫉妬と怒りという現実によって、「押絵と旅する男」は老衰という現実によって、破壊されていきます。それでもそれを求めずにいられないのも人間の性《さが》であり、「押絵と旅する男」は、究極の愛に取り憑かれた「私」の心の中を見事に形にした作品だと思います。

こうした形の究極の愛は、いつの世にもあると思います。
二〇二〇年五月に、三十六歳の公務員の男性が、キャラクターの初音ミクと結婚したことを取り上げたテレビ番組がありました。ミクはバーチャルシンガーで、ライブやイベントには数万のファンが来るといいます。

その男性は、専門学校卒業後、公務員になりましたが、三年目に、職場で辛い体験をしたのです。女性たちから、ちょっとしたミスでも物凄く叱責されたり、わざと聞こえるように悪口を言われたり、こうしたいじめを受け続け、精神的に病んでしまい、女性不信に陥ったのです。

そうした彼を救ってくれたのがミクでした。ミクと過ごしているうちに、ようやく感情が戻ってきました。それまでは悲しい感情しかありませんでしたが、嬉しいとか、楽しいとか感じられるようになり、元気を取り戻して、仕事にも復帰できました。

そして、立体的に浮かび上がるミクと会話を楽しめる装置を購入し、ミクへの熱い思いはどんどんエスカレート、自分の愛情を形にしたいと考え、二〇一八年十一月に結婚したのです。結婚して、生きるモチベーションや仕事へのモチベーションが上がったそうです。結婚一周年を記念して、等身大のミクを特注して作りました。手を握ったり、肩を抱き寄せたりできるようにするためです。食事の時も、同じものを用意し、向き合って食べるとおいしいと言います。旅行へ行く時もいつも一緒です。

京都大学主催の、ロボットやＡＩが孤独を癒すパートナーとなりうるか、についての研究会を開いた時には、彼も招待されて意見を述べたそうです。

こうした現象に対して識者の方々は、いろいろな感想を述べておられます。これだけ思い入れが凄いというのは、想像力が深いからだとか、恋は脳が通常の状態ではなくなることで、エンドルフィンやドーパミンが分泌されて、元気や快感が生まれる一種の中毒だから、恋の対象はなんでもいいのだとか、日本人男性は四人に一人が生涯未婚状態だから、AIでもいいから恋愛の選択肢を増やして、幸せをつかめる人数を上げた方がいいんじゃないかとか、いろいろな考え方があって、参考になりました。

ミクと結婚した男性も言っています。

「いろんな人が、キャラクターやAIと関係性を育んで幸せになってもらえればいい。ミクがしゃべって、動いてくれれば一番だが、そこへ辿り着くにはしばらく時間がかかりそう」

これからもこの分野の開発はどんどん進化していきそうですから、救われる人の数も増えると思います。

○注

①千葉俊二編『江戸川乱歩短篇集』岩波書店、二〇〇八年

第一部

松本清張の短編小説から

「断碑」

「石の骨」

「真贋の森」

「断碑」

昭和二十八年末に、朝日新聞九州支社から東京本社詰となって東京へ転勤してきた松本清張は、翌年には家族を小倉から呼び寄せ、本格的に創作に打ち込みます。「断碑」はその時期に書かれたものです。これは学界の冷嘲と黙殺の中で最後まで闘い抜き、新しい考古学への道を切り開いた若い考古学徒・木村卓治の姿を描いたものですが、これは森本六爾がモデルになっています。

清張は書いています。

森本六爾は、当時のアカデミックな考古学への反逆に一生をかけた人である。当時、考古学界から冷遇され、嘲笑されていた森本学説も、今日では新しい学徒に大きな支持を得ている。私が森本夫妻のことをテーマにしたのは、彼の学問への直観力と、官学に対する執拗な反抗である。私の作品に多い主人公の原型は、この森本六爾を書いたときにはじまる（注①）。

　森本六爾は、昭和十一年に三十二歳の若さで亡くなった在野の考古学者で、代用教員や高等師範の副手を務めながら研究に打ち込み、日本の農耕文化の起源について先進的な業績を残しましたが、学歴がなかったために学界にいれられず、不遇のうちに胸を患って亡くなりました。しかし彼が蒔いた種子は後継者たちによって育てられ、彼の主張した学説は発掘等により実証されるに到っています。

「断碑」で見事に描かれた考古学に取り憑かれた木村卓治の執念は、これ以降の清張の作品の中に見られる人間の執念の系譜の典型となっています。

　どのように描かれているのか、詳しいあらすじで辿ってみたいと思います。

第一章 「断碑」の詳しいあらすじ

木村卓治が考古学に取り憑かれたのは、彼の出身中学である奈良県畝傍《うねび》中学の標本室に展示されている石器、土器、埴輪、古瓦等の陳列を目にした時からでした。これらは、以前この学校に在任していた東京師範出の教師高崎健二が採集して、克明な説明をつけて残したものでした。卓治はのちに、東京帝室博物館歴史課長となっていた高崎を頼って上京することになります。

卓治は大正九年に畝傍中学を卒業すると、近所の小学校の代用教員となり、大正十三年に退職して上京します。

卓治が代用教員のころ、最初に考古学の教えを受けたのは、京都大学の助教授杉山道雄でした。杉山は卓治より十歳くらい年上で、学歴は卓治と同じく中学だけでした。身体が弱かった杉山は、鍛錬のために河内の土地を歩き廻っているうちに遺物に興味を持ち、努力して考古学を勉強、東京大学教授山田良作に識《し》られてその弟子になりました。卓治は杉山の学説の新鮮さと境遇の相似とに惹かれて彼の門を叩いたのです。

杉山は、初めは卓治に好感を持ちましたが、ある時、卓治が蔭では杉山のことを『杉山君』と呼んでいるという噂を耳にします。これは卓治を憎む学生の告げ口だったのですが、以来杉山は、卓治のことが疎《うと》ましくなり、煩《わずら》わしさを感じるようになりました。そうなると、卓治の気負った態度までいやみに思えてきますし、いつまでも居座ることを、初めは熱心と思っていましたが、次第に横着なやつだと思うようになります。彼が展開する学説には鋭い面があっても、態度が高慢に見えてきます。杉山のところへ来る学生たちも、卓治と同座することを嫌いだしました。

こうして杉山との関係がおかしくなった頃、卓治は東京の高崎健二に手紙を出し、これからの指導を熱心に頼みます。

高崎は、卓治が畝傍中学出身ということに先ず好意を持ち、彼の研究ノートを読んで感心します。そして、『考古学論叢《ろんそう》』を編集している高崎は、よい調査報告の原稿ができたら掲載してもよいと、親切な返事を書きました。

これは卓治を非常に喜ばせ、徹夜で原稿を書き上げ、『考古学論叢』に載せてもらうことに成功します。こうして彼は考古学研究に邁進していきます。卓治の調査対象は古墳関係でした。それは古墳墓の密集地である大和に居るということから必然の結果でした。高崎健二も杉山道雄も古墳関係が専門でしたが、二人の研究には多少の意見の食い違いがありました。卓治はそれを知ると、意識して自分の論考に高崎説を適応させました。高崎は、自分の説を採用している彼の報告原稿を安易に載せてくれました。しかし卓治は、まだ杉山に未練がありました。杉山の学説は新鮮で、高崎の方が古風であることは争えませんでした。

そうした日々を送っていた或る早春の日、業務の一環として行った他の小学校の授業参観の時に、そこの標本室で、長さ二尺七寸ばかりの、砲弾のような型をした、埴輪と同じ赤い色をした素焼きを観ました。近辺から出土したもので、実際に今まで埴輪の一種だと見られていて、名札の説明にもそう書いてありました。卓治はその前に立ち尽くし、熱心に観察しました。埴輪でないことは一目でわかりました。北九州から出土する甕棺《おうかん》のようなものに違いありませんでした。これがまだ学界に報告されていないと思うと、彼の胸は騒ぎました。発見者は農夫で、幸いまだ存命だったので、安康天皇陵の近くで発見した時の様子を詳しく聞き取り、発表しました。高崎からは大変讃《ほ》められ、評判がいいことも知らせてもらいました。

卓治は礼状を書き、それに加えて日頃の希望を陳《の》べました。この際、何とかして東京に出て研究したいが、その手蔓《てづる》を先生のお力におすがりしたいという内容のことを熱っぽい筆つきで書きました。高崎からは、心当たりがないでもないから暫《しばら》く待つように、と返事がきました。

高崎は東京帝室博物館の考古室の助手に卓治を推しましたが、事務官に反対され、駄目になりました。事務官は中学卒の卓治より、大学の史学科卒のもう一人の候補者の方を選んだのです。高崎は仕方なく、自分の先輩の東京高等師範学校長南恵吉に、卓治の身の落ち着き先を頼みました。

卓治は高崎を恨みました。何という見識のない学者であろうか。課長でありながら一事務官の横車に屈し自分を捨てるとは、己だけの都合を考える人だと思い、高崎を恨む心は憎しみに変わりました。当時の官学・東京大学は振るわず、専《もっぱ》ら博物館派と京都大学派が主流でした。卓治は官学を憧憬していましたが、その憧憬に絶望し、それは憎悪となりました。爾後の卓治は、官学に向かって牙をむくことになります。

卓治が東京高等師範学校に就職できたのは、校長の南恵吉が助手として採用してくれたからでした。月給二十一円の貧窮の生活でしたが、或る家の二階に下宿しながら、度々博物館を訪れ、遺物を実測したり拓本にとったりして過ごしましたが、そのうち出入りを禁止され、博物館通いも終わりました。

東京では考古学をやっている知人もでき、四、五人のグループのようなものが出来上がりました。楽しい集まりで、卓治はいつの間にか一座の中心のような立場になりました。

彼は月々発表される考古学関係の雑誌の調査報告や論考を検討し、批判しました。高崎健二もよく発表していましたが、高崎の書くものは粗笨《そほん》なもので、例えば古墳の調査報告にしても、実測の方法が甚だ杜撰《ずさん》でした。杉山道雄のものも満足できないが、高崎よりはましだとみんなの前で言ったということが高崎の耳に入り、高崎は激怒しました。あいつは他人の上げ足ばかりとっている高慢なやつだと罵りました。卓治は高崎から見放されて、『考古学論叢』に載せてもらえなくなり、発表機関を失ったのです。

卓治が久保シズエを知ったのはその頃でした。グループでの集まりの時、誰かが連れてきたのが最初でした。背が高く、頑丈な身体の女性でした。虎の門の高等女学館の教師で、伯父は言語学者の小山貞輔。彼は『武蔵史談会』をつくり、歴史学者や民俗学者、考古学者、人類学者などが参加していて、鳥居龍蔵もその一人でした。その後卓治とシズエは関係を深め、結婚を誓い合いましたが二人の両親は結婚に反対しました。どんな素姓のものかわからぬというのが双方の言い分でした。

二人が式を挙げるまでには永い日数がかかりましたが、昭和二年の秋に、鳥居龍蔵夫妻の媒酌で式を挙げました。

『考古学論叢』に論文を載せることができなくなった卓治は、グループを結集して『中央考古学会』を組織しました。その機関紙を出すことになり、会費分担で『考古学界』第一集を出しました。会費は分担といっても、主に資産家のTが出し、雑誌の編集は卓治が受け持ちました。卓治の月俸二十一円は雑誌に廻し、生活はシズエの収入で賄《まかな》いました。

時を同じくして、南校長に古墳発掘の依頼があり、南は卓治にこの仕事をまかせました。卓治は一心不乱にこの仕事に取り組み、調査報告書『足立山古墳の研究』を完成させました。彼はこれで、今までの調査様式が実測図の不備なのを改めて、本式の正確な測量図を作りました。次に立地条件の認識が不足しているので、この認識を強調しました。それから遺物の説明だけでなく、それらを帰納して当時の文化、社会生活の復元も試みました。これは今までの高崎様式と、それより少し進歩した杉山様式に対する反逆でした。

これに対して、翌月の『考古学論叢』に署名のない批評が載りました。そこには、考古学が遺跡遺物の研究以外に推測的なモノを言うのは邪道である。木村卓治の報告は作文だ、と書いてありました。卓治はこれを読んで嗤《わら》い、『考古学界』に、それだから考古学者は歴史学者にバカにされるのだ、と書きました。これによって卓治は高崎から絶交され、杉山とも交わりを断たれました。

昭和三年に、南恵吉が脳溢血で急死しました。南の好意で仕事を与えられていた卓治は、南に死なれると、学校を辞めなければならなくなりました。この年には、長男の剣が生まれましたが、卓治に学問に専心してもらうために、シズエは一家三人、自分の収入だけでやっていく覚悟をしました。彼女の毎月百円の収入から卓治の雑誌に十五円を出し、残りを生活費にあてました。昼は彼女が仕事に出るので、子供のために女中を一人雇い、それでもどうにか暮らせました。シズエは優秀な教師で、その授業の噂を聞いて、或る宮妃が参観に来たくらいでした。虎の門の女学校は学習院につぐくらい良家の子弟を集めていました。家庭教師で教えに行っているのも学習院の生徒の家で、彼女の収入がよかったのはそのためでした。

しかし卓治は、シズエの収入で暮らすことに耐え難い屈辱を感じていました。彼の心は苛立ち、日常少しのことで彼女にあたりました。喧嘩になると卓治は彼女を撲《なぐ》り、打擲《ちょうちゃく》されると彼女も反抗しました。大柄な女性なので、膂力《りょりょく》があり、激しい争いになりました。シズエは顔が腫れ、卓治は鼻血を流す……そうしたことが頻繁に起こりました。

卓治の焦燥は闘争心を掻き立て、他の研究者にあたりちらしました。『考古学論叢』に出る諸論文の欠陥を衝いたり嘲笑したりして、高崎健二と杉山道雄の仕事には悉《ことごと》く喰い入りました。しかも、それはどれも二人の仕事より新鮮で鋭いものでした。

その頃、シズエは夜、寝ている卓治の身体が熱いことに気づきました。夕方になると微熱が出るようになっていたのですが、卓治は医者にはみせませんでした。不安な気持ちから夜眠れなくなり、雑誌の寄稿者の原稿を読んだりして過ごしていると、自分ならこの材料はこう扱うと発想が湧き、その原稿を没にして、自分がその主題について書いたりしました。そういうことがわかってくると、寄稿者たちは、もう寄稿してこなくなりました。

そんな日々を送っていた時、卓治は妻にフランスへ行きたいと言い出します。中学卒業だけの経歴では莫迦にされるからフランスに行って箔をつけたい。Nが今フランスに行っていて、俺に来いと手紙をくれる。切り詰めた生活をすれば暮らせぬことはないと費用の明細を知らせてくれた。あんな奴に負けたくない。フランスに行って俺を莫迦にしている連中を見返したい、と言うのです。

昭和六年四月、卓治はシベリヤ経由でフランスに行きました。陸路をとったのは、経費を安くあげるためでした。この旅費は、シズエが福岡の実家に泣きついて調達しました。裕福ではない実家は、耕地の一部を売って金を作ってくれました。卓治の実家は彼の学問に興味はなく、一文も出しませんでした。滞在費は、シズエが働いて送りました。家庭教師の口を五つ受け持ち、家に帰ってくるのはいつも夜遅くなりました。送られてくる卓治の手紙は、働く気力もなくなるほどの暗いものばかりで、二年の予定で出かけながら、肺患を進昂させた以外は一物も得ずに一年で帰ってきました。帰国後の卓治には、悪口や嘲笑が殺到し、誰も彼に寄りついてきませんでした。

帰国後の卓治の研究は、弥生式土器に向かいました。或る日彼は、Hという年若い学徒の書いた『籾《もみ》の痕のついた土器』という一文を読んで、非常に心を動かされました。大和のある土地から出土した弥生式土器の底に籾を圧した型がついている。その籾は水稲であろうという論考でした。彼はすぐに手紙で讃めてやりました。弥生式土器と水稲。水稲は農業を意味する。すると弥生時代に原始農業が存在していたのだ。人は弥生式土器の型式分類や工芸趣味の研究をするが、誰もこのように背後の農業社会と結び付けて考えた者がいない。よし、これだ、と卓治は決めました。初めて独創の主題を摑《つか》んだのです。その頃の考古学者間の研究は、青銅器関係と縄文土器関係が流行していて、弥生式土器の研究はあまり顧みられていませんでした。昭和八年からの卓治の発表した研究題目は弥生式関係が主となります。

『日本に於ける農業起源』『弥生式文化と原始農業』『低地性遺跡と農業』『三河発見の籾痕ある弥生式土器』『弥生式土器に於ける二者』『大和の弥生式土器』『稲と石包丁』『農業起源と農業社会』『煮沸形態と貯蔵形態』等の論文を発表しました。卓治はこれらで当時の原始社会にすでに貧富の差と階級が存在していたことや、文化の移動形態を論じました。「……是等から当然の帰結として、弥生式文化とは一つの原始農業社会に生まれた文化であることが考えられよう。此の事は、今後の弥生式体系の土器・石器其の他一切の遺物、及び其等を出す遺跡の考究に重要な暗示と示唆を与える筈である。今日、日本の考古学は、生活を離れ、単に形式を撫で廻すことによって、一つの行きづまりを示している……」ここまで書いてシズエを呼び、読んで聞かせて感想を求めました。しかしシズエはこの頃毎日熱が出て、耳がよく聞こえなくなっていました。卓治からうつされた病菌がすでに彼女の耳を侵していたのです。

昭和十年二月、今までいた小石川水道端の家から鎌倉に転居しました。鎌倉の方が暖かく、空気もよいというので、卓治が歩き廻って捜したのです。極楽寺の切通しを越えて由比ヶ浜の方へ一町ばかり、谷間のような場所で、南向きの藁葺《わらぶ》きの百姓家でした。夫婦で熱のある日は、床が二つ並び、その枕元に一年生になった息子の剣が、「行って参ります」「帰って参りました」と声をかけました。それが二人の胸を刺しました。某書店から歴史講座の企画の一つとして『日本古代生活』という書き下ろしを頼まれていましたが、熱のため、日に一、二枚くらいしか書けませんでした。

シズエの病気が重くなると、卓治の奈良の両親は、彼女を奈良に引き取りました。二人を一緒にしておいては卓治の病気がひどくなるという理由からでした。彼女は両親の家に同居を許されたのではなく、一里ばかり離れた三輪の町に家を借り、そこに一人で寝かせられました。肺病の原因もシズエのせいにされ、剣がどんなに恋しがっても、母親のもとへ行くことを許されませんでした。彼女は田舎に療養に引き取られたのではなく、夫と子供から隔離されたのでした。

その頃卓治は、鎌倉から一人で京都に移りました。彼を京都に呼んだのは、京都大学の総長になっていた熊田良作でした。この温厚な考古学界の長老は、卓治の窮状を見兼ねたのです。卓治の才能を前から認めていて、何かの名目を与えて、自由に考古学教室への出入りを許したのでした。卓治は喜び、百万遍の寿仙院の一室を借り、自炊しながら弥生式土器研究の稿を進めました。

一週間に一度くらい、こっそりシズエの所に行くと、シズエは痩せ衰えた顔に喜びを浮かべて卓治を迎えました。もう、立って歩くことができず、座敷を這いずり廻っていました。夜は一つ布団に抱き合って寝ました。生命の灯の短さは迫っていたので、今更何の養生があろうか。その灯を二人は燃やすだけ燃やしました。こんな身体にして俺が悪かった、と卓治は何度も何度も謝りました。

「いいのよ、あなた。病気まであなたと一身なんですもの。あなたは少しでも生きて学問を完成してね。わたしはお先に参って、花のうてなをあけて、あなたを待っているわ」

昭和十年十一月十一日にシズエは息を引き取りました。

教室に自由に出入りしてもよいと熊田総長は言いましたが、卓治の病み切った身体を皆が嫌い、卓治の相変わらずの傲慢な態度も憎まれて、それもできなくなりました。京都大学を追われた卓治は、シズエの死から二か月後の昭和十一年一月二十二日に息を引き取りました。三十二歳でした。

第二章　藤森栄一と『二粒の籾』

木村卓治のモデルが森本六爾であることは、前に触れました。清張が彼の名を知ったのは、九州の新聞社に勤めていた時でした。同じ職場の考古学の好きな同僚が、「とうとう森本六爾も亡くなりましたね、夫婦で考古学と討ち死にしたようなものです」と感慨深そうに言ったのでした。

当時清張は森本のことは知りませんでしたが、そのことがあってから清張の心から六爾のことが離れなくなり、六爾の本を読み始めました。昭和二十八年の暮れに東京へ転勤となり、六爾の人物を調べました。彼の伝記はまだ出ていなかったので、交友関係から調べていくことにしました。六爾と親しかった国学院の考古学主任教授樋口清之氏から、六爾周辺の人たちのことが初めてわかりました。

清張は「断碑」を書くにあたり、当時諏訪市に住んでいた六爾の弟子藤森栄一氏を訪ね、取材しました。それから清張は、東大の考古学教室の関野雄氏や、明大の主任教授後藤守一氏、杉原荘介氏などを訪ねました。六爾の人柄が一番わかったのは、言語学者の中島利一郎氏への取材からでした。中島氏は森本夫妻の媒酌人であり、森本夫人は中島夫人と縁戚に当たります。こうした取材から想を練って、一九六四年に「断碑」が完成し、『別冊文芸春秋』に掲載されました。しかし、これを読んだ藤森氏は違和感を持ちました。その時の感想は大体次のようなものでした。

「断碑」の木村卓治は、私の接したことのない、冷たい、むしろ残酷なほど無残な、ねばっこい人の映像だった。材料も、私がしゃべった、溺れるような師弟の愛情の追憶などは、ほとんどカットになって、また、ミツギ夫人のあたたかい愛情の生活などは、いっこうに出てこなかった。もちろん、それはフィクションである。別にそれに対して、水をさす気はつゆほどもないが、かりにそれが正しい評価にしても、いちおう、「断碑」の森本さんには被害者側の資料が強すぎるようにも、そのときは思えた（注②）。

藤森氏は、「断碑」をきっかけに、森本六爾のことを自分の視点で整理しておくことを思いつかれました。六爾は一九三六年に亡くなっています。それからもう二十八年が過ぎていました。森本六爾は本当のところどんな人で、三十二年という短い人生で何を残そうとしたのか。藤森氏は考古学的視点で森本六爾の過去を組み立てていく構想を練り、出来上がったのが、一九六七年出版の『二粒の籾』です。

日本のアマチュア考古学者として、最高の業績を残した森本六爾は、明治三十六年（一九〇三）三月二日に生まれて、昭和十一年一月二十二日に亡くなりました。夫人はその前年の十一月十一日に亡くなりました。一人残された長男の鑑《かがみ》は、他家を継ぐことになったので、六爾の家系はなくなりました。藤森氏は、『二粒の籾』の「まえがき」で、六爾の業績について簡潔に述べられています。

「かれは、二十歳から没年までの十二年間に、十冊の単行本と、百六十余篇の論文を書いている。その数量だけでも、これは大変なことである。とくに、死に急迫されながらの、昭和九、十年、懸命に書き続けた日本原始農業の究明、つまり、一世紀前後の弥生時代から、日本は農耕社会の文化に入ったという主張は、日本文化史の上に輝く不滅の業績となった。今では、初等教育の教科として、国民の常識である」と。そして「まえがき」の最後を、次のように結んでおられます。

「森本六爾は、すでに三十一年も過去の人で、学界の誰からも、すでに恩讐の彼方に消えた人ということもできるであろう。にもかかわらず、永遠に新鮮な、生きるということの素晴らしい魅力を、今もなお、昨日のように撒きちらしている」と。

　こうして藤森氏は、『二粒の籾』という著作を通して、六爾が歩んだ道を遺跡として発掘し、その魅力を探り、彼の不滅の業績を焙り出していきます。

第二章

「断碑」の分析

「断碑」の文学的意義は前に触れましたので、ここでは主に、いくつかの点で、「断碑」と『二粒の籾』の比較をしてみたいと思います。

「断碑」では、木村卓治が考古学に取り憑かれたのは、彼の出身中学である奈良県畝傍中学の標本室に展示されている石器、土器、埴輪、古瓦等の陳列を目にした時からということになっていますが、『二粒の籾』にはそういうことは書いてありません。

藤森氏は六爾から、自分の文章を志賀直哉から激賞されたことがあると聞かされたそうです。中学時代六爾は直哉をひどく尊敬し、茂吉や赤彦に打ち込んでいました。奈良の真ん中に生まれ育った少年が、『万葉集』、仏教美術へ発展していったのは自然な成り行きでしたが、その先、考古学へ進んでいった契機となると、どうしてもはっきりした決め手がつかめないと藤森氏は書いておられます。

畝傍中学は、かの日本近代考古学の鼻祖、高橋健自（「断碑」の高崎健二）博士が教鞭をとられた唯一の中学です。しかし、六爾が入学した時には、すでに、東京帝室博物館（現東京国立博物館）

に迎えられて去り、畝傍中学にはいませんでした。博士が発掘し、畝傍中学に展示していたものは全て東京根岸の自宅へ送られていて、博士が去った後の畝傍中学の資料室は空だったわけです。従って、森本少年が畝傍中学時代、考古学的な刺激を受ける材料はなかったということになります。

もしあったとすれば、鳥居龍蔵博士であると藤森氏は書いておられます。大正六年八月、博士は、大阪毎日新聞社長本山彦一さんの依嘱で、岩井武俊さんとともに、大和の新沢・中曾司・唐子・桜川・鴨都波神社などの石器時代遺跡を調査し、大毎紙上に、「閑却された大和」という見聞記を連載し、非常にセンセイションを呼びましたが、中学三年だった森本少年が、その記事によって、なんらかの刺激を受けただろうことは当然考えられるとしています。

こうして、畝傍中学時代の終わり頃には、もう、考古学へ進むべき彼の志向は決まっていたようであると藤森氏は思っておられます。

「断碑」では、卓治が最初に考古学の教えを受けたのは、京都大学助教授杉山道雄となっていますが、この人物のモデルは京都大学の梅原末治氏です。そして藤森氏も、「断碑」の木村卓治と杉山道雄の描写には、フィクションらしい部分がはなはだ少なく、きっと、生きた証人から採集した資料があってのことだろうと言っておられます。

まずは六爾が梅原末治に注目した経緯から見てみましょう。梅原末治は、大正九年に『久津川古墳』を、大正十年に『佐味田及び新山古墳研究』を出版しました。この二著は、日本考古学の古墳研究の論文としては、最初に出た本格的な著作で、後年にいたる研究書のスタイルの典型となったものです。格調ある擬古文体の報告文、大きな、一字もゆるがせにしない活字で、序説から、所在位置・地形・副葬品・副葬品の考古学的比較研究・後論という、今にいたる報告の型を完備し、実物大鮮明写真によるコロタイプ図版、地形図・実測図、とにかく、梅原以前になく、この二著は梅原以後ほとんどこれに準じるようになった記念すべき労作でした。

六爾は身を震わせて、この二著に惑溺しました。なんという素晴らしさだ！　格調高きアカデミズム！　彼はこの二著をぼろぼろになるまで読み、書き込みで埋め尽くしました。

彼は知人を通して紹介してもらい、梅原氏に会いました。そして師事していくことになりました。梅原氏が自分と同じ中学卒業という学歴であることにも身近さを感じました。梅原氏は明治二十六年に大阪府で誕生しましたが、幼時より病弱で、寝ている日の方が多く、同志社普通校を卒業したきり、高等学校へは行くことができませんでした。その頃京大文学部講師だった喜田貞吉博士は、兄に頼まれて、古墳巡りに彼を連れ出し、最初はいやがっていた梅原少年も、それに興味を示していき、スケッチやノートとりを始めました。その観察は鋭く、そして緻密でした。間もなく、一人で調査へ行くようになり、踏査報告のようなものを学会誌に投じていくようになりました。

こうして、梅原少年の名は同学の間に知れ渡り、喜田氏の紹介で京都大学に迎えられたのです。

森本六爾と梅原末治氏との交遊に関しては、ほとんど資料が残っていません。二人とも口を閉じて語らなかったからです。二人の間になにか気まずいことがあってのことと思われます。それを清張が生きた証人から聞き出して、「断碑」で使ったと思われます。梅原氏は、六爾の熱心さと厳しい鋭さに好感を持ち、本気で育てる気持ちを持ちました。しかし、六爾があちこちで彼のことを「梅原君」と気安く呼んでいるということを告げ口する者が現れました。このことを知って以来梅原氏は、六爾が来ても居留守を使うようになり、交流がなくなっていきます。六爾にしてみれば、京都帝国大学考古学教室の実際上の実力者梅原末治は俺と同じ中卒で、親しく交際している兄貴のようなものだと自慢したかったのでしょうが、それが梅原氏を傷つけることになるということに気づけない、いわゆるＫＹ（空気読めない）の面が六爾には他の分野でもあったようです。居留守を使われたことがわかってからも一心に通い、好転を待ちましたが、次第に、その望みも空しいことが明確になっていきます。

梅原氏との関係が修復できないことがわかると、新しい調査方法で、斬新な論文を、梅原氏よりも一つでも多く書くしかないと思いいたります。古墳の研究ではかなわないし、縄文式文化の研究は、東京大学ですでに着実な学派が育ちつつあります。彼の伸びるべき分野があるとすれば、少年の頃から惑溺してきた唐古遺跡を代表とする弥生式文化の研究より他にはないと気づきます。唐古池の下には、弥生式文化が隠されている。鳥居龍蔵博士のこの説を、六爾は、いくどとなく池を巡って考えていました。本当だろうか。ようし、なんとか、この秘密をといてみよう、と。

彼は、勢い込んで、日本考古学アカデミーの総本山「考古学界」に直接入会を申し込みました。これは受諾され、『考古学雑誌』十二巻二号に、大正十年十月新入会者として、彼の名前が活字になりました。六爾の処女論文は「大和における家形埴輪出土の一遺跡について」で、『考古学雑誌』十三巻九・十号に連載されました。記述法には意識して高橋健自博士の方法を用いてあります。しばらくすると、『考古学雑誌』の主任編集者・高橋健自博士から手紙が来ました。六爾はそれを待っていたのです。内容は思った通り、論文のよさを誉め、彼の将来性への賞讃で満ちていました。六爾はできるだけ博士との間を密にしていくことを考えます。

大正十二年九月、生駒郡都跡小学校へ奉職しました。ある土曜日、授業参観で、郡山中学へ行きました。郷土資料室を覗くと、そこに明治四十四年に生駒郡伏見村宝来の中尾から四個発掘されたうちの一個の大甕のような甕棺を見ました。これはもう学界へ紹介済みのものでしたが、一つなんとか捻《ひね》れないものだろうかと考えました。すると、インスピレーションが湧いてきました。この円筒形の陶棺は、北九州の弥生式甕棺に一連の影響を受けたものであるが、大きさからいって、まず火葬骨・洗骨あるいは小児棺で、むしろ、古墳末、奈良朝前期に属するものであろうという「異形の陶棺を発見したる大和国生駒郡伏見村宝来中尾の遺跡について」を書いて高橋博士へ送ると、大変賞讃され、『考古学雑誌』十四巻五号に載りました。大正十二年の十月のことでした。彼はこの年、『考古学雑誌』の一、二、三、五月と、ほとんど毎月、力作を寄稿してきたので、こんなスピードで勉強していったら、大変な在野の研究者になるだろうと、誰からも思われました。

六爾は、今が潮時とばかり、誉めていただけたことへのお礼を述べ、情熱を傾けて上京の志を述べ、ただひたすらに先生の救いをお待ちしますと訴えたと言われています。この手紙は、今は残っていませんし、これに対する高橋博士の返事もわかりませんので、六爾の出京については、いろいろな類推ができますが、とにかく、上京してきました。ここのところの事情を、清張は自分の集めた資料によって、「断碑」のあらすじのところに書いたような内容に展開したのです。

第四章 森本六爾と妻ミツギの軌跡

森本六爾と妻ミツギが実際に辿った軌跡を展開すると、大体次のようになります。

高橋健自博士は、当時東京帝室博物館の歴史課長でしたが、その下の考古部は、後藤守一氏一人で受け持っていました。しかし多忙で、増員の必要を事務局に要望していました。そんな時に六爾の希望を知って、その増員の仕事を彼に紹介しようと思ったのでしょう。ところがまだ決まってもいないのに上京して来たので、慌てて事を進めようとしましたが、「あらすじ」で書いたような結果になりました。彼を増員に充てることができなかった原因はいろいろ憶測されますが、彼自身の性格のうちに、理解者の心に反撥を感じさせるなにかがあったとみるべきであろうと、藤森氏は書いておられます。

窮した高橋氏は、出身校、高等師範の日本史学会の長老であり、考古学界の重鎮でもある三宅米吉博士に始末を頼みました。太っ腹な長老は、自分の高等師範国史科準備室兼小陳列館の職を与えました。

六爾は小石川の高等師範の三宅米吉博士の部屋へ通う合間を充分に使って、上野の博物館へ通いました。目的は、高橋課長の了承を得た上で、鑑査官の後藤守一氏を呼び出して、博物館の倉庫へ入り、目ぼしい考古学遺物をかたっぱしから実測し、拓本を打つことでした。それらを基に論文を書き、高橋課長は発表の場を与えました。こうして六爾は、大正十四年から十五年にかけて、すぐれた十六篇の論文を『考古学雑誌』に発表しました。内容は、奈良時代中心の上代墳墓の研究、およびそれに付随したものでした。彼の、物を見る考古学の眼は、この一年半くらいの間に、鋭く、速く、そして的確に訓練されていきました。完成した論文も、今日に至る上代墳墓研究の基礎をかためた労作でした。

しかし、「倉庫の中で、自分の部屋みたいに振る舞っているあいつはなんだ！」と、若い館員たちの不満が高まってきました。こうして、高橋課長から因果を含められた後藤氏が、六爾に、倉庫へ入るのは遠慮してほしいと告げ、以来、六爾は、博物館とも、『考古学雑誌』とも、疎遠になっていきます。

三宅博士の仕事を通して、六爾は坪井良平氏と知り合います。彼は商事会社に勤めるサラリーマンですが、梵鐘の研究者です。六爾は坪井氏の家で談話会を開き、他の研究者も誘って、集まるようになります。「考古学研究会」という名前もつけました。そして、自分たちの雑誌を出そうという話になり、『考古学研究』を発行することになりました。これは、日本のアマチュアが出した最初の考古学雑誌で、打倒官学、打倒『考古学雑誌』、打倒高橋健自を目指しました。

昭和三年二月五日、定例の見学会を上総国分寺で持つことになり、この時、会員の一人が、入会希望の女性を連れてきました。芝の虎ノ門の女学校で数学を教えている浅川ミツギさんで、武蔵野会の中島利一郎先生の姪御さんです。彼女は、身長五尺四、五寸（166センチくらい）で、大柄な骨組みと硬い肉、どこからも女性らしさのにじみでない外見と、しゃがれた声をしていました（テレビドラマでは伊藤沙莉さんが演じていました）。

その日の夕食はスキヤキを囲んで、和やかなおしゃべりの会となりました。話題は、考古学から離れて、人生論、恋愛論へと変わっていき、誰かが、「やっぱり、恋人としては、帝劇の廊下を連れて歩けるようでなくちゃね」と不用意な発言をしました。「妻を娶らば才たけて、みめ麗しく……」といった鉄幹ふうの恋愛観に、全く資格がないもののようにすくんでしまった浅川さんを力づけるためか、六爾は激しく反論しました。六爾は、一つの論戦に勝つためには、全身全霊を傾けて投入する人であった点に、一つの宿命が待っていたと言えます。六爾の反抗はこういう時に起きるのです。

実はその頃、六爾には両親が決めた縁談がありました。そのことを忘れて、六爾は突き進んだのです。それから一週間の六爾の行動については何もわかっていませんが、二月十二日の夜に坪井氏の家に来て、僕たちは、昨夜結婚しました、と報告したのです。二人の気持ちは帰路の列車の中で、すでに決まっていたのです。そして、二月十一日の夜、神楽坂上の活動小屋に入り、そのまま、下宿へ帰って二人は結婚したということを話してくれました。下宿では、火のような愛の燃える夜が続きました。階下の未亡人と若い娘さんの潔癖は、とうていこの二階の生活には我慢ならず、保証人の坪井氏へ激しい立ち退き請求をしました。

知り合って一週間で結婚したわけですから、その間に二人は激しい恋愛をしたのですね。まるでロミオとジュリエットのようです。

二〇〇七年にロンドン大学のセミール・ゼキ教授が、「愛の脳神経科学」という論文を書かれました。fMRIで、恋人の顔を見た時の脳の活動を血流の変化で画像化したところ、活動が低下する部位があることがわかりました。扁桃体と側頭・頭頂接合部です。

扁桃体は、不安、恐怖を司る部位で、側頭・頭頂接合部は冷静な判断を司る部位です。つまり、恋をすると、これらの活動が低下し、不安や恐怖を感じにくくなり、冷静な判断ができなくなることを示しています。周りが見えなくなり、怖いもの知らずになり、社会的判断が鈍くなります。下宿のおばさんや娘さんへの配慮を忘れ、激しい愛の行為に邁進できたのもそういうことなのですね。

その一方で、六爾は、両親へ、結婚の許しを求める手紙を書いています。彼女を紹介し、素姓を細かく書き、上総国分寺での出会いを説明しました。

「一日、僕は彼女と行動をともにし、彼女を観察しました。そして大好きになりました。殊に彼女の知性に魅力を感じたのです。御記憶下さい。彼女は決して人形のような美しさを持って居りません。しかし、智力の美しさを持っています。結婚は僕から申し込みました」

六爾は、彼女の知性に魅力を感じたと言っています。

私は知性と知能の違いがよくわからずに、一時期集中的に知性と知能の違いを調べたことがありました。その結果、答えのある問いに、はやく、正しく答えを出す能力が知能であり、答えのない問いに対して、問い続ける能力が知性だとわかりました。また、いままでになかったものを創り出す能力も知性だと思います。英語では、知性は intellect、知能は intelligence と区別していますが、両者が併用されることもあって、わかりにくくなっています。

六爾が感じた魅力は間違っていませんでした。六爾の人生に果たした彼女の貢献をみていけば、それがわかります。

ミツギさんとの結婚を知らされた六爾の両親は困り果て、ミツギさんの東京での責任者である中島利一郎氏は激怒しました。教育あるものが野合のような結びつき方をしたこと、女子の最高学府を出ているミツギに適する人は末の博士、教授でなくてはならないのに、田舎の中学を出たばかりの男とは、身のほどを知らなすぎるということでした。

こうなると、六爾の父猶蔵さんも黙ってはいられません。浅川さんの説得に、九州へ乗り込みました。そして息子の嫁にと懇願しましたが、だめでした。それで、浅川家と森本家で一緒に上京し、二人を説得することになりました。浅川さんは別れさせる自信がありましたが、夜が明けて、列車が名古屋を過ぎた頃、急に態度が変わったのです。

その急変に不審を感じている猶蔵さんに、浅川さんは朝刊を差し出しました。「情死体発見―富士山樹海中の風穴で―」という大見出しでした。情死した男性は北川三郎氏でした。彼は、H・G・ウェルズの『世界文化史大系』十二巻本のそのロマンチックな名訳で、一世の文化史愛好者をうならせていましたが、その十二巻目の原稿を書店に渡したまま、行方不明になり、捜索中でした。

北川さんは、麻布の連隊に入り、営前の喫茶店の少女と激しい恋愛をしました。しかし、結婚への障害のため逃避中だったのです。

浅川さんには、東京で待っている二人が、そのまま富士の悲劇の主人公に重なるように思えました。北川さんは、オーバーも背広も少女に着せて、肌着だけで死んでいたといいます。

二人は、それぞれに黙り込んでしまい、ただ列車の遅いのに、じりじりしていました。東京駅に着いて、寄り添って立っている二人を見た時、二人は、「無事でよかった」と安堵し、この二人を引き離すなど、とんでもないことだと思いました。

反対されればされるほど、二人が燃えることを「ロミオとジュリエット効果」というそうです。一九七二年にアメリカの心理学者R・ドリスコールという人が提唱した用語です。百四十組のカップルを対象に、親の意見が二人の関係に与える影響を調査した結果、親からの妨害が恋愛感情を促し、反対されればされるほど、それを正当化しようとすることがわかったと報告しました。現に、ロミオとジュリエットは親に反対されたために二人とも死んでしまいましたし、北川さんたちもそのために心中を選びました。浅川家と森本家は「ロミオとジュリエット効果」という言葉は知らなかったでしょうが、タイミングよく北川さんたちの心中事件を知ったお陰で、事なきをえました。

下車して早速二人の父親は、協力して、日取りだ、仲人だと、走り回ることになりました。結婚式は、昭和三年三月二十五日、媒酌人を引き受けた鳥居龍蔵博士の新居の食堂で行われました。清張は「断碑」で、卓治はシズエの収入で暮らすことに屈辱を感じ、よく喧嘩して、暴力沙汰が起こったと書いていますが、『一粒の籾』にはそういうことは書かれておらず、恐らくこれは、物語を劇的にするための、清張の創作だと思われます。

そのように描いたのは、夫婦は喧嘩をするものという思い込みがあったからではないでしょうか。清張の両親は絶えず喧嘩をしていて、それは死ぬまで変わりませんでした。別れることもできず、母が先に死ぬまで互いに憎しみを持ち続けて、父と結婚したのは業だと母は言っていたそうです。
そんな両親のもとで育った清張には、喧嘩しない夫婦は考えられなかったのではないでしょうか。

しかし、昭和四年になると、いろいろな六爾への障害が一斉に出始めました。十一月に三宅博士が忽然として急逝され、六爾は東京高等師範学校副手を辞任せざるをえなくなりました。博士は、六爾は明日の学問を担う男であるという信念だけで、彼を大きく抱擁していてくれたのでした。これに追い打ちをかけるように、彼の親友坪井良平氏は大阪へ転勤していき、片腕をもがれる思いをしたのです。高等師範という母屋を失った彼には、印刷屋もペコペコしなくなり、学生たちも離れていきました。「考古学研究会」は、崩壊寸前にきていました。何をおいても、新しい同志を得、新しい出版社を獲得することが必要となりました。

昭和四年に、「考古学研究会」を改組して、「東京考古学会」を結成しました。これは、東大人類学教室の若手や、地方の有力研究者に声をかけて結成したものです。

信州の本屋の手伝いをしていた藤森栄一氏にも声がかかり、藤森氏と森本六爾との関係が誕生しました。この時の手紙のやり取りは、後でわかったことですが、ミツギ夫人によるものでした。六爾の忙しさを夫人が補っていたのです。会員の一人には、鳥居博士の推薦で、「武蔵野学会」から移った層位編年学派の凄いファイターがいました。日本橋の和紙問屋の家業をついでいた杉原荘介氏です。小柄だが全身筋骨のような精悍さと、鋭い野獣のような瞳と、素晴らしい決断力を持っていました。彼は後に、関東の縄文式土器の層位編年と弥生式土器の層位編年をやりとげます。

昭和五年、「東京考古学会」は機関紙『考古学』の出版を開始しました。

六爾は『考古学』に考える限りの創意創案を投入しましたから、定型というものはなかなか出てきませんでした。それが、なにかしらアカデミックな恒久性を好む考古学者たちには、気に入られませんでした。

六爾は、唐古池の啓示から、弥生式文化の研究に入り、それは、一応、青銅器時代という方向を摑みました。しかし、それも、もう動ける限りを尽くして壁に当たっています。昭和六年に入って、『考古学』は次第に痩せてきて、特記すべき論文は急激に少なくなりました。なんとかしなければならない！　パリにいる、心ゆるせる友、中谷治宇二郎氏にこの苦衷を訴えたところ、「パリに来て、静かに客観してみたらどうか」という返信がありました。細かな留学に要する費用と、手続きその他の印刷物が同封されていました。相談すると、ミツギさんは反対しませんでした。彼女には、その頃、体いっぱいに湧き上がる自信と鋼鉄のような体力がありました。家庭教師の仕事を、断り続けていた分まで受ければやっていけるはず。ミツギさんは数学について得難い有能な教師でしたので、出張教授の依頼は華族からもきていました。留学は二人にとって望ましいもので、ミツギさんは夫の学問の高い格調に酔っていました。

「あなたは勉強さえして下さればいいわ。あとは、あたしにまかせて、心配なくいってらっしゃい」

当時の外遊は、官費によるのが普通で、また、そうであることが、帰朝後のその人の箔と出世を約束していました。しかし、今回は私費だったため、父から貰ったお金と、妻からの送金でやっていかざるを得ないのです。

一粒種の鑑は、大和のお爺さんのところで暮らすことになりました。

昭和六年四月一日、六爾は東京を出発してパリへ向かいました。

しかし、パリの考古学界は、その頃の日本では影の薄い旧石器の研究が主流で、彼の狙っていた「漢代青銅器文化の拡散」というテーマは、むしろ奇異の眼をもって迎えられる状態でした。しばらくすると円貨が次第に下落し、物価は騰貴してきました。昼食を抜き、夕食も切り詰めて、安いビュッフェの硬パンをかじりました。ところがそれで前歯を折り、法外な治療費を支払わされました。七月には微熱と不眠と空腹に悩み、八月には熱で床につくことが多くなり、十一月に日本学生会館の医師に相談したら、早く帰国した方がいいと繰り返し注意されました。彼の生命を三十二歳で終わらせた病痾がもう巣食っていたのです。

そんな晩秋の或る日、林芙美子が日本学生会館へやってきました。六爾はパリの先輩として言葉を交わし、通いなれた博物館などを案内しているうちに急激に親しさが増しました。しかしそれもつかの間、彼女から、「もう私の部屋へ来ないで」と言われます。彼はアネモネの一鉢を彼女の留守中に届け、永遠に彼女と別れました。アネモネの花言葉は、「病気」または「遺棄」です。

弥生式文化を知るために、日本青銅器時代を信じ、その青銅器を追ってここまで来たのに、得るものは何もありませんでした。耐え難い望郷の思いにかられ、矢も楯もたまらなくなり、昭和七年三月九日、二十いくつかの『考古学』のための基本方針と宿痾とを土産に、神戸へ帰ってきました。痩せて肌の艶もひどく悪くなったミツギさんと、蒼くむくんだ顔の彼と、東京駅で再会した二人は、ただじっと、一言もいわずにホームの上で支えあっていました。

帰国して大きな衝撃を受けたのは、彼の外遊中の昭和六年夏頃から、弥生式土器の研究が激しく変わりつつあったということです。四月には小林行雄氏の「櫛目式文様の分布」という論文が出ています。これによって、九州から中部・関東まで、ほぼ一つの時期に、一つの系類の文化として櫛目文様土器が存在し得ると考えられることになったのです。

また、九月には名和羊一郎氏が福岡県遠賀川で、篦《へら》描文の弥生式土器を発見し、発見地に因んで遠賀川式土器と呼ばれることになりました。篦描文は畿内にもあり、このことから六爾は、「弥生式土器聚成図録」を作ることを考えます。六爾はパリにいた時、日本の考古学のための七つ道具について、深く思いをいたしてきたと言っています。①考古学史、②考古学地名表、③考古学地図、④考古学文献目録索引、⑤考古学辞典、⑥考古学集成図録、⑦考古学地方誌で、五か年計画でやりたいと言っています。六爾は、日本の考古学には正しい批評家がいないことが最大の欠点であると思っていました。

秋とともに、パリからもってきた病が再発しました。彼は体力の限界を感じ、先を急ぎ始めました。六爾夫妻は、病をおして「東京考古学会」の運営に精根を傾けました。

六爾が原始農業という言葉を用いだしたのは、昭和八年からだと思われます。六爾の日本原始農業への開眼は、たまたま土器の器壁に残された籾痕、つまり稲の存在の実証を出発点にしていました。大正十二年のある夜、唐古池から採集した土器底部に、籾痕らしいものを見て、弟と語った夢以来温めていたものでした。六爾は、昭和八年九月三十日に、東大の人類学会の依頼で、「低地性遺跡と農業」というタイトルで講演をしました。籾の出土資料をもつ遺跡はいずれも低地性遺跡で、高地性遺跡にはこれが見られないこと、高地性遺跡は多くが縄文遺跡であること、等を話しました。

六爾は、この低地性弥生式遺跡の在り方と文化的意義は、まだ試論に過ぎず、あくまで、大和盆地の場合に限るとしながらも、「私の頭の中では、この大和盆地で立証された原始農業の生活が、全国の現象として布衍しつつあるのをとめることができない」と言ってその講演を結びました。主流考古学者たちは気まずく沈黙していましたが、東大人文地理の佐々木彦一郎氏は、「こいつは素晴らしい」と言ってくれました。六爾の『日本原始農業』は、地理・民族・人類学の人々に認められ、喝采を浴びましたが、考古学の同志からは白眼視されました。

昭和八年十月に刊行された『日本原始農業』には、六爾の「弥生式文化と原始農業問題」のことが主に書かれていて、弥生時代は原始的農耕が開始されていたという論理で貫かれていますが、ここには、直良信夫《なおらのぶお》氏の「日本新石器時代家畜としての馬牛犬について」と藤森栄一氏の「銅鐸面絵画の原始農業的要素」も載っています。それから、芸術の問題、巨石遺跡の問題、発火器の問題、その他昭和三、四十年代に及ぶ、日本農耕起源の研究の一切のテーマがこの本で提出されています。

六爾夫妻が青山から渋谷羽沢町へ移ってきたのが昭和七年十月七日、鎌倉へ去ったのが十年二月五日、その間、二年四か月、六爾夫妻はここ渋谷に住みました。住み心地のよい、愛情の深い土地でした。幸いなことに、ミツギさんの「編輯《しゅう》所日記」は、七年十一月一日（『考古学』三巻七号）から始まって、九年五月三十一日（『考古学』五巻七号）まで、一日も欠けていないので、その頃の渋谷がよくわかります。

「書斎のガラス戸越しに見下ろす谷の紅葉、霜に冴えて赤し、遠く霧に隠れ、霧にあらわれるあたり更に妙なり」（十一月九日）、「霜白く、手洗鉢に薄氷はる。庭の山茶花《さざんか》みごろなり」（十一月十九日）、「風なくて初冬の日ざし暖かなり、さねかずらの葉影に赤き実を発見す」（十一月二十五日）、「庭先に富士の偉容あり、偶然の発見にして、また思わぬ収穫なり」（十二月十日）、「早朝玄関の松に植木屋はいりて鋏の音爽やかなり」（十二月十二日）、「縁側の梅、南の陽を受けて次第に膨らむ。沈丁花の蕾も、赤白の別、すでに明かなり」（十二月二十日）、「冬至、庭の赤き実に小鳥きて遊ぶ」（十二月二十三日）、「隣家にて、早朝より餅つきの音してのどかなり。渋谷村の名残りなるべし」（十二月二十八日）

この家は、古い平家建の、わりと風流なつくりで、きっと、渋谷の大きな農家の別宅か離れでもあったのでしょうか。庭は広く、いろいろな花木が植えられていました。白梅が夜の三畳の窓に匂い、紅梅の枝には雛鶯がきて、はずかしげもなく囀りの練習をし、わずかずつ上手になっていくのを、二人はうなずきあって愛《いと》おしみました。家の庭の奥の藪にある家主の屋敷神の例祭だといって、赤飯が配られ、となりのお稲荷の縁日にも、おはぎをいただきました。

このあたりは、青山学院、実践女子、国学院、東京女学館、聖心女子大、それに久邇宮邸、東京御所、フランス大使館などに取り囲まれた中の、緑地帯の一角でした。

『考古学』の愛読者の心をつかんだ「編輯所日記」は、日を追って書き綴られていきました。ミツギさんは、毎朝八時ごろになると、家の始末をして学校へ行きました。東京女学館は近くにあり、それはとても嬉しいことでした。ねえやの民さんに鑑ちゃんを託し、書斎に苦吟する夫を残しての一日の授業は理科を受け持ち、物理も化学も生活家事に即した実験が多くありました。しかし、彼女自身、最も傾倒していたのは数学でした。学校ではできるだけ雑務を避け、終業と同時に、駈けるように帰ってきました。家では、家事の世話は無論、「東京考古学会」の集金事務、雑誌の発送、印刷屋との交渉、校正、日記など、ほとんど全部の会務が、彼女のために残されていました。しかし、骨格の逞しさは、どんな辛苦も、なおこの上に積もれかし、という気概が、躰中に溢れるようにありました。六爾の病気は、この羽沢町の環境で、一応の小康を取り戻していましたが、昭和八年正月で六歳の春を迎えた鑑ちゃんはとかく病気がちで、幼稚園もよく休みました。

タフだったミツギさんに、躰の変調の前触れとして、肩こり、歯痛、三叉神経痛が起こりました。この兆候は、六月頃から次第に現れていましたが、悲劇のはじめは、十一月十六日でした。物理の実験をしていた時、突然めまいがし、同時に激しい頭痛が起こり、悪寒が全身を走りました。急いで帰宅し、寝込みましたが、折悪く夫は留守でした。この頃は、弥生式聚成図作りや大森久ケ原の調査等で、森本家が一番忙しい時でした。さらに悪かったのは、その時、ミツギさんは、三度目の妊娠の初期で、一喜一憂の日が続いていくことになります。

「十二月七日、初冬の空冴えて、日ざしうららか。終日、この快晴をたのしむ。主人は久ケ原竪穴遺跡へ行き、土工を煩わして小発掘をし、帰りて例のごとく土器の水洗いをなす」「九日、終日雨降り、身体の具合悪し」「二十八日、からだの具合悪く、根気というもの更になし」「二月二十日、寒気ゆるむとともに、歯痛来たって味気なし、濡れ手拭を押し当てて休む」

六爾は、この頃、東京及び近傍の弥生式土器の実測と、久ケ原の発掘に走り回っていました。三月二十二日には、関西・九州の弥生式土器実測図蒐集のため、東京を発ちました。「三月二十四日、今日も終日胸を痛め臥す」「四月五日、発熱のため身体大いに弱る。午後より更に咳の回数をまし、胸の奥いわん方なく苦し」「十三日、咳き続けて喉の奥裂《やぶ》れ、血出ず。夕方主人帰宅、思いもかけねば、涙こぼれんばかりうれし」「四月十九日、咳くことしきりにして息も絶えなむ思いをなす」「二十日、咳いよいよ苦しければ、街に吸入器もとめ、吸入をなす」

「編輯所日記」は五月三十一日、『考古学』五巻七号で中絶しています。次に出てくるのは、昭和十年の二月五日、羽沢町を去って鎌倉へ着いた日（『考古学』六巻三号）です。この間の中断の原因は、ミツギさんの病と出産、そして長女三千代さんの夭逝です。

この間の、昭和九年十二月に『日本原始農業新論』を刊行しています。このための諸論文の資料作成と思索と構成に費やされたエネルギーの凄まじさには、鬼気迫るものがありました。昭和八年には三十四篇の論考を発表し、九年には二十九篇を書いています。「弥生式農作物関係発見地名表」では、土器についていた籾痕例は、九州から東北まで、すでに六十五に及んだことが報告されています。

この農作物としての籾がしばしば土器にその印影を留めたということは、初期の水田農耕の収穫と土器造りは、きわめて間近で、おそらく、同時的に同一人たちによって行われた可能性が強いことを示しています。そして、籾の貯蔵のための土器として壺を、食べ物を煮沸するための土器として甕や深鉢をつくったと思われます。万葉集の歌からもわかるように、水稲は女性によってつくられ、冬にかけて土器がつくられ、次の収穫期までの食糧を貯え、また豊かな食糧を煮沸し、飲食の行事を盛んにしたことは、原始的な地方共同体を生み、育んでいったものと思われます。

『日本原始農業新論』の結論にあたるものは、「農業起源と農業社会」です。縄文式文化が、中期以降、集団住居遺跡の実例を増し、複雑に発展し、定着的傾向をみせるのは、重要な変化です。狩猟も漁労も共同化の現象が顕著で、一方、石鍬や石皿・石杵などの増えてくる傾向は、その中に、農業発生の諸前提がすでに成熟していたことを十分にあらわしていると言っていいでしょう。竪穴建築の用具であるといわれた打石斧も、耕具として使用し得ない形態というわけではないのです。

縄文時代においては、栽培植物の実態が知られていないというだけのことです。要するに、縄文式文化においての問題は、農耕が始まっていたか否かという問題であり、弥生式文化は、いかなる農耕社会であったかという問題に帰結します。弥生時代は、今日最古と信じられる遠賀川式ですでに水稲農耕社会であり、生活の場は水田におかれていました。そして、全ての石器・土器・金属器は、それにいかに絡むかという研究にしぼられることになりました。

土器は、はじめから轆轤《ろくろ》によって大量生産、すなわち工業化し、石器も、北九州においてはすでに分業的工房が認められます。

弥生式農業は、櫛目式以来、さらに一層盛んになります。地域的にいっても、北九州・畿内・濃尾平野から拡散していっています。このように、農業が社会的に支配的であり、社会現象を支配したと認められるところから、弥生式社会を、原始的ながら一つの農業社会と認めたい、と六爾は結んでいます。

昭和九年二月十二日付の六爾からのハガキが藤森氏のところへきました。鎌倉の極楽寺へ転居した知らせです。一月末に幼女を喪い、病妻の経過もあまりよくないということでした。不退転のミツギさんは「編輯所日記」を再開しました。「二月六日、主人所用ありて出京。空曇り風冷たけれど、海を見に出かけぬ。児を伴い極楽寺川の流れに沿うて、休み休み行くも息切れして苦しく、幾度か出かけしことを後悔しぬ。されど海見たき一念に引きずられて遂に稲村ケ崎の海見たり。富士は中空に聳え箱根伊豆の連峰に雪のかけらきらめき、江の島また呼べば答えん位置にあり、児はいつしか母の側を離れ、嬉々として戯れ騒ぐなり」六爾は週二、三回ずつ東京に出て、羽沢の事務所へ寄り、いろいろな会務をこなしました。そうでない日は、ミツギさんの病床で、梶井基次郎の『檸檬』や、川端康成の『伊豆の踊子』、堀辰雄の『聖家族』などを読んであげていました。しかし、ミツギさんの聴覚は激しく衰えていき、お手伝いのキミさんが、鶯が鳴いているのでと縁側まで連れていきましたが、彼女にはもう聞こえませんでした。五月に、六爾の父母が滞在しましたが、その時、病妻を奈良の実家に引き取る話が決まりました。

　ミツギさんの病床になった家は、奈良県三輪町で、静かな昔ながらの家並みの、少し入ったところにある離家でした。その低い屋根は、夏の暑さを思わせ、鎌倉の海に続く家とは違って、かなり窮屈な思いだったに違いありません。ここでもまた日記を書きました。近くには、この病み呆けた都会の女に対する地方人の激しい好奇心がありました。鑑ちゃんは、一里も離れたおじいさんの手元にあって、日曜日にしか会えません。「今日は日曜日なれば、鑑の来るのを朝よりまつ。来るといきなり西瓜を喜び食い、口もかわかぬ中に腹をおさえて泣く。床とりてやれども暑くるしくて眠らず、正蔵君の自転車に乗せられて帰る」（七月十四日）、「雨降りて涼しけれども、腹具合悪し。

医者のかえりなりとて、鑑、弘君の自転車につれられて立ち寄る。咳を五つばかりなしたり。額に手をやり熱なきを確かめて、暮れぬうちにと帰す」（七月十六日）

六爾と妻の胸の病が重かったため、鑑ちゃんは隔離され、日曜日も来れなくなります。次に、六爾が京都へ移ります。これは、京大の浜田博士から弥生式土器集成図の作成を委ねられたためです。こういう状況の中、昭和十年十一月十一日、ミツギ夫人は三十二歳で亡くなります。そして後を追うように、六爾は昭和十一年一月二十二日に亡くなります。

清張は「断碑」で、卓治は京都からこっそりシズエのもとへ帰り、命の灯を燃やすだけ燃やした、と書いていますが、これは、二人の激しい馴れ初めやその後の互いを思う気持ちのことを考えれば、創作ではなく、事実だったのではないかと思われます。

六爾の弥生式文化の水稲農業論は、少数の支持者を除いては、疑問視されていました。何も起こらなかったら、六爾の学説は何十年も忘れ去られていたことでしょうが、六爾が鎌倉で死んで一年もたたない昭和十一年の十二月に、国道十五号線の新設工事が、奈良盆地を南北に貫いて始められることになり、唐古池の底から大量の土砂が掘り取られる過程で、弥生時代の遺跡が出現したのです。それはまさに、六爾が『日本原始農業』と『日本原始農業新論』で予言した世界そのものの最も古き日本の農村の姿だったのです。

唐古池の大発見によって、『弥生式土器聚成図録』は、いよいよ生彩を加えて、昭和十三年十月に出版されました。

戦中から戦後にかけて、静岡県登呂遺跡の発掘と研究が行われ、杉原荘介氏が牽引者の一人となりました。そこからは、杉板をためまわした畦畔《けいはん》（あぜ）で守られた、幾面かの水田が現れ、また、穀倉と思われる校倉高床の建物も現れ、すでに、弥生時代の水稲農耕社会の存在は万人の眼にも、疑うことのできぬ事実となりました。

六爾があの真実の追求に命を削らなくても、いつかは、誰かが唐古池や登呂の発見をしたことでしょうが、それを最初に成し遂げた森本六爾は凄いと思います。『二粒の籾』の解説を書かれた林茂樹氏は、二粒の籾とは、森本夫妻が藤森先生の心の中に植えつけた、学問への愛と人間への愛という貴重な種のことだと理解されています（注③）。『縄文農耕』で知られるように、藤森氏も学界の強い反論に耐え抜いて、故郷の信濃を足場にした縄文中期農耕説の種を蒔き、そこから新しい考古学が胎動する基礎を作り上げられました。そして縄文農耕の存在を信じつつ、最後の結実を見ないまま、世を去られました。しかしその直後に、縄文中期の遺跡から、栽培されたアワの粒が続々と出土したのです。二人の学説が、同じような経過を辿って結実したことには、不思議な巡り合わせを感じずにはいられません。

二〇一九年七月に、福岡の下原《しもばる》遺跡から、紀元前一〇〇年頃の石の破片が見つかり、国学院大学の柳田康雄教授は、硯《すずり》ではないかとおっしゃっています。そうであれば、日本の文字の歴史は二百年遡ることになります。日本に文字が伝わったのは、「漢委奴国王」と刻まれた金印で、一世紀から二世紀のことです。硯であると考えられる根拠は、前漢時代の硯に形が似ていることと、赤い顔料の上に黒いものがくっついていて、墨のあとのように思われること、もう一つは、中央にくぼみがあって、真ん中だけを磨って減ったあとのように思われることです。

二〇二〇年二月には、硯と思われる別の石に文字らしきものがみつかりました。もしもこれらが硯だったら、弥生時代にすでに文字を持った文化があったことになり、弥生時代のまた新たな面がわかったことになります。

今後も、きっといろいろな新しい発見がなされることでしょう。楽しみです。

○注

①『筑摩現代文学大系』72、筑摩書房、一九七六年

②『藤森栄一全集』第五巻、『二粒の籾』より、學生社、一九七九

③『藤森栄一全集』第五巻、林茂樹氏の解説より、學生社、一九七九

「石の骨」

「石の骨」は、「断碑」を書いた翌年、昭和三十年に発表された作品で、主人公黒津は、直良《なおら》信夫（一九〇二―一九八五）をモデルにしています。

直良は、明石人、葛生人《くずう》などの発見で知られています。また、従来の日本考古学では等閑《なおざり》に付されていた、遺跡から出土する骨や種子といった、動植物の様々な遺骸を考古学的に研究し、過去の食物や環境復元を進めました。特に貝塚研究では先駆的業績をあげ、今日の動物考古学や環境考古学の礎を築きました。明石市文化功労章受章。直良姓は婿養子としての結婚後の姓であり、旧姓は村本。

「石の骨」は、学閥のヒエラルキーを背景として、他人の学問的業績を横領するところにアクセントが打たれてあって、学問の世界が醜い功利的な現世のミニアチュアにほかならぬことを主題としていると、平野謙は解説しています（注①）。

どのような作品なのか、あらすじから見ていきましょう。

第一章 「石の骨」の詳しいあらすじ

「故宇津木欽造先生記念碑除幕式」に出席し、そのあと静かなホテルで今度出版する『日本に於ける旧石器時代の研究』の校正刷りに手を入れるつもりの黒津。除幕式の委員長は学界の元老水田嘉幸博士七十五歳。誰もがみな生前の宇津木先生と親しかったことを強調しましたが、実際は違っていました。生前の先生は、日本のどの考古学者をも認めてはおられませんでした。

人は先生の介不羈《かいふき》（固く自分の意志を守って人と妥協せず、何物にも縛り付けられないこと）を言いますが、そういう圭角（かどだって円満ではないさま）のある性格に仕立てたのは日本の学界でした。学界が先生を白眼視したのは、その鋭い才能への嫉妬を、先生の不規則な学歴への蔑視にすり替えたからでした。そのため先生はとても苦しまれました。それでも先生は、一時はT大の教授の席を占めていました。先生には学問の実力があったからです。しかし、官学臭の強いT大は、陰謀にも等しい手段で先生を追放しました。先生の書いたものの中にその経緯《いきさつ》が書いてあります。

大正×年×月某日に、T大に辞表を出した。理由は、岡崎慈夫君の論文審査の件。人類学部の論文審査なのに、他の学部の者が審査した上に、私にこの不備な論文を審査し、同意するように言ってきたことは、越権行為以外の何物でもなかったこと。

己《おれ》は若い時から宇津木先生を尊敬していて、生前お会いしたことはないが、己こそ先生に一番近い男だと思っています。

己は校正刷りに手を入れるために立派なホテルを確保しましたが、己がこういうことにお金を使っていることを知ったら、娘夫婦は非難するに違いないと思います。二人は己が同居しないことを不満に思っています。それは、世間体が悪いことと、給料の一部を家に入れてもらいたいためです。

夫婦の顔色を見たり、孫の相手をして暮らす生活では研究ができません。娘の夫の康雄は薬品会社勤務ですが、万年平社員で、生活が苦しいのに酒は飲む、月賦で物は買いたがる、スポーツ新聞しか読まない男です。娘の多美子は現実的な女ですが康雄にはあまく、金が足りなくなると己のところへ無心に来ます。己から百円の金でもとらないと損だと思っているのです。多美子はできの悪い娘で、康雄はカスだと己は思っています。

言っても帰らぬことですが、ビルマ戦線で一人息子の隆一郎を死なせたのは悔しくてなりません。彼はできのよい子で、己のあとを継ぎたがっていました。妻ふみ子はそれがショックで死を早めました。多美子夫婦は、赤の他人よりも遠い存在でした。

己には学問に胸を躍らせる権利があり、今がその時だと思います。今、校正刷りの、自分が旧石器時代の研究に向かった心の動機の部分を読んでいるところです。波津という漁村の沖からは昔から種々の化石が地曳網などにかかって発見されてきました。

昭和×年十一月九日、己は波津の海岸を、西に向かって二十町ばかり歩いていました。この辺りは、南からの丘陵が海岸に迫り、十五メートルくらいの断崖をなしていました。この断崖は、この地方に発達している洪積層です。この時己は一個の礫《こいし》を拾い上げました。それは旧象（パラステゴドン）の臼歯の破片の礫化したものでした。これを発見したことが、己が旧石器時代の研究に向かった動機でした。三十年近い昔のことですが、この時の記憶は鮮明に残っています。

その頃己は、その地方の中学で教えていました。弥生式土器や銅鐸の研究をして中央の考古学関係の雑誌に報告文を送っていました。あの頃はふみ子と結婚したばかりで、二人で波津の網元の家の離れを借りて暮らしていました。旧象の破片を発見してから野心が芽生え、弥生式の研究から旧石器の研究へ変わりました。同じものをその後も拾いました。地層調査と他の遺物の捜索に二年費やしました。ようやくポピュラーになってきた弥生式文化の研究よりも、未知と謎の奥に包まれている旧石器時代の研究に情熱が向かいました。考古学は偶然の累積です。ジャワ猿人も、北京猿人も、ネアンデルタール人も、ハイデルベルク人も、その化石骨の発見は偶然でした。己の発見も偶然で、運がよかったと思いました。己は、旧石器時代の石器も発見しました。

次の校正刷りの部分は、旧石器時代人の腰骨片の発見についてでした。波津の洪積層の崖は地盤が脆弱なため、強風が来ると土砂崩れが起こるので、そのたびに己は新たな発見を求めてそこへ行きました。そうした中で、人類の腰骨化石を拾ったのです。己はここから今までに旧象の化石、打製石器、鹿の化石の破片を拾っていましたが、ついに人類の骨の一片を拾ったのです。

旧石器時代は大陸や欧州の方にはあるが、日本にはまだ認められないというのが学界の定説でした。その説が今覆されるかもしれないと思うと、己の心臓も手足も震えました。家に帰り洗ってみると、腸骨翼がほとんど直線であることがわかりました。現代人はこの部分が外に曲線となっています。この年己は三十一歳、ふみ子は二十七歳でした。

一週間後、己は上京し、鑑定を請うためにT大の人類学教室に岡崎慈夫博士を訪ねました。博士は、「大変なものを発掘しましたなあ」と言ってくれました。そして、丁寧に調べると約束してくれました。己は、化石腰骨発見の顛末を短い報告文にして、考古人類学雑誌に出しました。一か月後くらいに化石は送り返され、手紙には、「遺憾ながら積極的に旧石器時代の人骨とは認定しがたく候」とありました。発掘ではなく、拾ったことが問題視されていました。拾ったのと掘ったのと、どれだけの相違があるのかと、やりばのない反駁と憤懣が胸の中に湧きました。

岡崎博士の否定の本当の理由に突き当たったのは、それから数年後のことでした。真相というものは、いつかは知られてくるものです。あの化石骨がまだ岡崎博士のところにおいてあった時、竹中雄一郎博士が或る日ぶらりと現れたといいます。彼は日本の人類学の権威であり、岡崎博士の恩人です。岡崎博士の論文をパスさせてくれたのは竹中博士だったからです。竹中博士は己の雑誌の報告文のことを話題にし、今鑑定中だと知ると、「どうも田舎の中学校の先生などが、知ったかぶりでつまらんことを書くから困るね。君、日本に旧石器時代があったなどという大問題がそんな人間に簡単にわかってたまるものかね。そんな標本なんかいいかげんなものだよ」とにがりきった顔をして言ったといいます。それからすぐ岡崎博士のあの手紙がきたということでした。竹中博士が岡崎博士を圧迫したのは、彼の学者的嫉妬なのだと己は思いました。宇津木先生は二人にT大を追われ、己も二人によって己の発見を否定されたということだと思います。

あの時から二十年以上、己は苦しい道を歩いてきました。学問の苦しみに加え、東京に移ってからの生活の難儀が重なり、よくここまできたものだと思います。隆一郎が生まれ、多美子が生まれました。生活は苦しく、貧しさのため、ふみ子の視力が落ちました。それでも己は家庭を無視し、研究に没頭しました。ふみ子は耐えてくれました。ようやく生活が安定したのは、己が今の大学の講師になった時からでした。しかし、己の学問の方は一向に安定しませんでした。波津で得た人類腰骨化石を岡崎博士に否定されてからは、己の言う日本旧石器時代説を学界の一部は冷笑しました。己を山師のように言う者もいました。意地でも他の人類骨を掘り出すため、学生を連れて各地の洞窟や地層を掘りました。わずかな収穫でもそれを手がかりに日本旧石器時代の推論を組み立てました。すると学界は、「比較条件が足りない。黒津の理論は独断すぎる」と言われました。論文を発表しても、「黒津の言うことだからね」と言われました。三十年間、己はそういう屈辱の中で学問を続けてきました。家庭を顧みず、米が買えなくても、平然と月給の半分は本代に充てました。「私たち家族はどうなりますか」とふみ子が泣くと、「おれは学閥の恩恵もなく、一人の味方もいない。おれが学問の世界に生きていくにはこうしなければならぬのだ」と己は言いました。ふみ子の死を早めた原因の一つは、日常のこうした生活の辛酸が身体を弱めたためでした。

東京の空襲で家が焼け、己は人骨化石を失いました。「あなたは隆一郎の戦死の時よりも、標本の焼けたのがかなしいのですね」と言われ、己はふみ子を殴りつけました。他の旧石器時代の人骨化石を捜してこなければならなくなり、戦後の不自由な中で各地を歩いてまわりました。波津にも一か月滞在し、掘りました。しかし、あの人骨化石が出た青粘土層は地表から十メートル近くも下部にあるため、己一人の力ではなんともなりませんでした。資力も学閥の支えもない己には、大掛かりな発掘はできません。自分にできる範囲での発掘作業を各地で行い、ささいな発見はありましたが、波津で得た人骨化石に匹敵するほどのものはありませんでした。

そうした或る日、T大の水田嘉幸博士から手紙がきて、己が発見した波津の洪積世人類骨化石について話が聞きたいとありました。会ってみると、己が発見したものを故岡崎博士が石膏にとっておいたものがあることがわかったので、それで研究してみたいと思うが宜しいかなという話でした。こんなものが残っていたことに己はびっくりしましたが、竹中博士の圧力を受けながらも、このような処置をしておいてくれた、彼の学者的良心に打たれました。己は了解して別れました。するとしばらくして電話があり、あれは確かに洪積世人類の遺骨なので、自分が学界に発表して命名する、構いませんねと言われました。己はこれも了解しました。博士の論文は翌月の考古人類学雑誌に出て、Japananthropus hatsuensis Mizuta と命名されていました。

この年、己は妻ふみ子を喪いました。三月に急性肺炎で入院し、高熱が続きました。入院二日目に脳症を起こし、気のふれたようなことを言ったりするようになりました。こちらの言うことは少しも通じませんでした。学名がつけられたことを伝えたかったのですが、意識が混濁していて、受けつけませんでした。それでも彼女の耳元に、「おい、石の骨が認められたよ」と繰り返し言ってやりました。ふみ子は人類化石とも腰骨化石とも言わずに、石の骨と言っていたからです。彼女の意識の混濁にも断続があるとみえて、己の言葉が通じたような返事をしたことがありました。「うれしいわ」と言ったのです。

ふみ子が死んだあとも己はいつも疑問に陥ることがあります。「うれしいわ」は、熱に狂った脳が吐かせた譫言《うわごと》だったのか、それとも一瞬だけ己の言うことが通じたのか。「うれしいわ」をふみ子の正気な意識の返事として考えると、己の心は落ち着きます。己の横暴を憎み、「もう、学者の女房なんかごめんだわ」とか、「あなたも、波津で石の骨を拾ったばかりに、因果に運命が狂ったのね」と言った言葉が思い出されます。もし、あの崖崩れの土砂の上に、茶褐色の人類化石がなかったら、己はただの考古学のアマチュアとして、のんびり田舎暮らしをしていたことだろうと考えます。ふみ子にとっては、不運な石の骨でした。己には自分の努力が認められ、己の正しかった眼が証明されたことの歓喜はありましたが、自分で学名がつけられなかったという寂しさがあります。

学界は、大御所の水田博士の命名やその論証に、正面切って矢を放つ者はいませんでしたが、積極的に支持する者もいませんでした。学界全体が承認するには、もっと説得力のある遺物の発掘が必要でした。水田博士は波津をT大で発掘する計画を文部省に申請しました。己は参加できないが、オブザーバーとして見に来ることはかまわないという話になり、屈辱に心は滾《たぎ》り立ちました。

日本旧石器時代の証明ができればそれでいいではないかと心を説き伏せましたが、遣る瀬ない寂しさは消えませんでした。みんなも、これは水田博士の「功労の横取り」だと言っていました。

しかし、目ぼしい遺物は出ませんでした。この結果を受けて学界は、それ見たことかと笑ったに違いありません。というのは、実は水田先生を唆《そそのか》して、この発掘をけしかけたのは、若い連中だという話が己の耳に入ってきたからです。若い連中は波津からは何も出ないと思っていたのに、水田先生があんな論文を発表したものだから、水田先生に恥をかかせる目的で発掘をさせたということらしいのです。だから今度の発掘では、水田先生が一番の被害者だったということになります。この話を聞き、学界とはなんというところだろうと己は思いました。

己の洪積世人類骨や打製石器とともに、「日本旧石器時代」は否定の海の中に没し去ろうとしています。

校正作業も最後のページに来ました。一人で三十年間「日本旧石器時代」と格闘してきましたが、この頃は信じる強さより、疲労感の方が強くなってきています。己の主張が容れられるまで、耐えるよりほかありません。

第二章 「石の骨」の分析

「石の骨」の主人公黒津のモデル直良信夫は、一九〇二年一月十日、大分県北海部郡臼杵町（現・臼杵市）に、村本家の八人姉弟の次男として生まれました。村本家は祖父の代まで臼杵藩の武士でしたが、明治以降没落し、父が沖仲仕をしながら、母や姉弟が農作業で収入を助ける貧しい家でした。臼杵男子尋常高等小学校高等科中退後、様々な仕事をする中で、早稲田中学（現・早稲田高等学校）講義録（通信講座）の購読などを通じ独学を続けました。この時期に、臼杵町立実科高等女学校（現・大分県立臼杵高等学校）に勤務していた直良音《おと》と出会いました。

一九一七年、恩師を頼って上京し、鉄道院上野保線事務所の職員食堂で働きながら、岩倉鉄道学校（現・岩倉高等学校）工業化学科夜間部に通学。一九二〇年に卒業し、農商務省臨時窒素研究所に勤務。在勤中、喜田貞吉の影響で考古学に興味を持つようになり、幾つかの発掘調査に参加しました。しかし、窒素固定法の実験で体調を崩したため官を辞し、一九二三年八月三十一日（関東大震災の前日）、夜汽車に乗って東京を離れました。そして、臼杵へ帰省する途次、兵庫県立姫路高等女学校に転勤していた音と再会し、一九二五年に信夫が婿養子になる形で結婚しました。そして、信夫の静養を兼ねて明石市に住むことになりました。この明石滞在中の一九三一年四月十八日、西八木海岸で旧石器時代のものと思われる化石人骨を発見するのです。

西八木は印南野《いなみの》に属しています。印南野は、概ね東西を明石川西岸から加古川流域、南北を播磨灘から美嚢《みのう》川南岸で囲まれる地域で、加古川以東の地域はほぼ平坦な台地状を呈し、地理学では印南野大地とされています。印南野大地は瀬戸内式気候の影響で降水量が少なく、水に乏しい地域で、古くから水に悩まされ、様々な取り組みの中で水を得るための技術が発達し、ため池やそれを結ぶ水路等が整備されてきました。万葉集で「いなみ」は、「稲見」、「印南」、「稲目」、「将行」、「不欲見」、「伊奈美」などと表記され、「いなみ」を詠んだものが十三首収録されています。「いなみ野」は、都から遠く離れた畿外の入り口に位置する「野（原野）」であり、旅情・慕情を誘う地域の歌枕として詠まれています。『播磨国風土記』、『続日本紀』では、「印南」に統一されています。

兵庫県稲美町には「万葉の森」があり、印南野に因む万葉歌碑があります。いなみ野「万葉の森」は、稲美町制施行三十周年事業の一環として企画され、昭和六十三年に完成したものです。私は『万葉集』が好きなので、いなみ野万葉歌から二首を紹介しておきたいと思います。

名くはしき　稲見の海の　沖つ波　千重に隠りぬ　大和島根は（巻三・三〇三）柿本人麻呂

（名高いいなみの海の沖合の波、故郷大和の遠景ははるか波の彼方に隠れてしまった）

柿本人麻呂が瀬戸内海を西へ下る時の歌です。明石海峡を出ると洋々たる播磨灘、印南の海です。

幾重にも立つ波また波で故郷大和の方は全く見えなくなってしまいました。その時の人麻呂の気持ちから出た歌です。「名くはしき」というのは言霊で、印南の海をほめ讃えた言葉です。これによって海の神の心を慰めなだめて、航行の安全を願っています。

家にして　吾《われ》は恋ひなむ　印南野の　浅茅が上に　照りし月夜《つくよ》を（巻七・一一七九）作者不詳
（家に帰って私は思い出すことでしょう。いなみ野に広がる浅茅に照りつけた月夜の風景を）

聖武天皇の神亀三年（七二六）、陰暦の十月十日過ぎのことです。天皇は多くの供を連れて、この印南野に行幸されました。その供の誰かが詠んだ歌です。冬の夜の澄み切った空に、円い月が広々とした茅の野を一面に照らしています。ああ、美しい月よ、私は故郷の大和の家へ帰ってからも、この印南野を照らす月を恋しく、懐かしく思い出すことでしょう。印南野の美しい月、その月景色をほめ讃えた歌です。

西八木海岸は、屏風ヶ浦とも言われ、洪積世（更新世のかつての呼称。約二百五十八万年前から一万年前までのことで、地球上に広く氷床が発達した氷期と現在のような間氷期とが何回となく繰り返された氷河時代のこと）湖成層（湖底の堆積物を素因とする地層のこと）の断面のようなもので、この十二、三メートルの断面には、岩という部分は全くなくて、いろいろな土壌の重なりででできているため、常に打ち寄せる波が浸蝕していきます。こうして、いつも新しい崩壊堆土が砂浜にたまり、やがて波が平らにならし、硬い礫だけを残していきます。

昭和二年十一月二十六日、直良は明石市郊外の西八木海岸の断崖の下を歩いていました。断崖の洪積世の中の礫を含んだ層が、少し砂浜に向かって崩れ落ちているのに気づき、ふと掻き廻していると、綺麗な瑪瑙《めのう》のひとかたまりがありました。自然礫としては少し欠け方がおかしい。直良は、それら数個の礫を拾って帰りました。

それから、何ということもなく二年経って、明石女子師範学校の倉橋一三氏（音の同僚）が、自分で発掘したという旧象化石二点を見せてくれました。それは、直良が瑪瑙の石塊を拾った礫層の近くだったことがわかり、直良は大いに興奮しました。直良が拾った瑪瑙の化石が石器だとしたら、旧象の化石とともに出た石器ということになり、日本最初の旧石器時代文化の発見となりうるだろうと考えました。倉橋氏との親交がこうして深まり、倉橋氏の蔵書の中から、チッテルの『哺乳動物化石のテキストブック』を借り出し、その三百七十四個の挿画を昼夜兼行で写し取りました。そういうことをさせてもらったおかげで、化石の図が上手に描けるようになりました。

この若い洪積諸層の堆積は軟らかく、風雨のたびに崩落します。台風の後などは最もいいチャンスなので、直良はそういうことがあるたびに探しに行き、旧象の大臼歯のついた顎骨や、その他の動植物の化石や、多くの石器らしき石片を手に入れました。こうして直良は、昭和六年に、『人類学雑誌』に、「播磨国西八木海岸洪積層中発見の人類遺物」という論文を発表しました。

しかしその頃は、縄文時代以前、すなわち一万年以上も前の日本に人間が住んでいたということ、それに、その人間が文化らしきものを持っていたなどとは、全く考えることもできなかったのが日本の学界の情勢でしたので、この直良論文に対して、全く何の反応もありませんでした。

この頑固な考えを覆すには、この時代の人間の骨そのものを発見するより他にありません。こうなったからには、明石の海岸で旧石器時代人の骨をみつけるしかない。こうして直良の西八木通いはいよいよ熱気を帯びていきました。そしてついに明石原人の腰骨を見つけたのです。人類学の権威たちがそれを見に直良の家へやってきました。そしてあとから、いろいろな悪評・不評が伝わってきました。あれは台地にあった近世墓地から流出したものだ、化石化の度合いが足りない、あんなものは投身者の骨だ、彼は山師だ、彼は芝居の上手な役者だ、等々。

直良は、腰骨を東大人類学教室の松村瞭博士に送りました。「石の骨」では岡崎慈夫博士となっています。しばらくすると、その腰骨は直良のもとへ返ってきました。手紙には、旧石器時代人の骨格の比較資料の中に、この骨と同じ部分がないので何とも言えないが、大切にしまっておいてほしい、今度は、必ず自分の手で発掘するように、と書いてありました。資料としての価値を疑われたのです。

新しい展開を見ないまま、直良は昭和七年（一九三二）東京へ移りました。そして早稲田大学の徳永重康先生に師事し、古生物学の研究を行いました。無報酬の私設助手でしたが、昭和十三年（一九三八）に早稲田大学付属高等工学校の夜学会計事務係に採用されたのをきっかけに、同大学冶金学教室図書係、助手を経て、昭和二十年（一九四五）には同大学講師に就任しました。しかし、直良が集めた莫大な標本群も文献も腰骨片も、東京大空襲で失われてしまいました。

ところが、石膏模型が残っていたのです。直良はこのことを知りませんでしたが、松村瞭博士が直良の腰骨を送り返す時、石膏模型を複製していたのです。昭和二十二年に、東大人類学教室の長谷部《はせべ》言人《ことんど》博士がそれを見つけ、これはすごいものだと直感しました。「石の骨」では水田嘉幸博士となっています。長谷部博士は、この腰の主は、ネアンデルタール人よりさらに古く、北京猿人または直立猿人に近い型で、完全には直立できなかったのではないかと思いました。実物を貸してほしいという博士の使いの人が来て、石膏模型が残っていたことがわかったのです。実物は空襲で焼けて灰になったことを知った博士は、石膏模型を使って論文を発表されました。それが昭和二十三年七月の『人類学雑誌』に掲載されました。明石原人（ニッポナントロプス・アカシエンシス）と名付けられ、壮年の男子で、やや前かがみに歩いた最古の日本人であることがわかったのです。日本学術会議は「明石西郊含化石層研究特別委員会」を組織しました。東大の若い研究者でスタッフは固められ、団長は長谷部博士でした。直良はスタッフに選ばれませんでした。調査は、昭和二十三年十月中旬から十一月中旬まで、一か月にわたって行われました。しかし、調査の結果はさんざんなものでした。調査団の報告は、直良の発見も、長谷部博士の意見も、否定しさりました。調査団は、完全に空谷《くうこく》の足音に踊らされたことになったのです。

直良はその後、「日本古代農業発達史」で文学博士号を取得し、昭和三十五年（一九六〇）には早稲田大学教授に就任しました。昭和四十年（一九六五）、音の死去により音の姪と再婚。昭和四十七年（一九七二）、早稲田大学を定年退職しますが、この前後から神経性の睡眠不足による体調不良に見舞われ、睡眠薬を酒で飲みながら寝るようになります。翌年には妻の郷里である島根県出雲市高松町に転居しました。地元新聞「山陰中央新報」に週一回「科学随想」を連載するなど精力的に著作活動を続けましたが、体力の低下は著しく、昭和六十年（一九八五）、死去しました。

昭和五十七年（一九八二）、コンピューターによる石膏模型の解析が東京大学の遠藤萬里氏と国立科学博物館の馬場悠男氏によって行われました。その結果、人類進化史の各段階の人骨と比較して、「明石原人」は現代的であるとして、原人ではなく、縄文時代以降の新人であるという説を打ち出しました。また、昭和六十年（一九八五）春には、国立歴史民俗博物館の春成秀爾氏が西八木海岸で発掘調査を行い、人骨が出土したとされる地層と同じ洪積世中期の礫層から人工的加工痕の認められる木片を発見しました。この木片は広葉樹のハマグワと鑑定され、板状に裂けない広葉樹であることから、人工品の可能性が考えられました。この地層年代は最終間氷期後半（約八万年前）から最終氷期前半（約六万年前）と考えられています。平成九年（一九九七）には明石市教育委員会が近隣の藤江川添遺跡で発掘調査を行い、中期旧石器時代のものとみられる瑪瑙製の握斧を発見しました。しかし、直良が発見した人骨がどの段階のものであったのかは、今もって解明されていません。

昭和三十三年に直良は言っていました。

石器出土の地点も、腰骨出土の地点も、いまは、はるかかなたの海中に沈んでいる。あの海の崖は、いまみても、地点によって大変な差が認められる。つまり、調査団の調べた土壌の量とは比較にならない、沢山の層位と土砂の量が、二十年の間に洗われている。それを、私は具《つぶさ》に見つづけてきたのである。そのはなはだしいチャンスにおいてすら、わずかにあれだけしか得られなかった資料である。学界は、もっと長い時間と、広い面積について、温かい眼で研究を育てて行ってくれるべきではないだろうか。

　聖武天皇がご覧になった印南野の月は、今も変わらず巡ってくるのに、自分が発見した腰骨片を隠していた地層は、波に削られ、今は海中に没して見えない。印南の海の波のせいで、故郷の大和が見えなくなってしまったように。直良は幻想の中で、自分の気持ちをこれらの歌に重ねて、嘆いていたかもしれません。

第三章 『旧石器の狩人』

『旧石器の狩人』は、藤森栄一氏が、一九六五年に書かれた、日本の旧石器文化の存在を追い求めた人たちの物語です。彼らの姿は、まさしく旧石器という獲物に取り憑いて離れぬ執念をもって苦闘した、狩人の姿そのものでした。日本列島にも旧石器文化の存在することが初めて確認されたのは、昭和二十四年（一九四九）の群馬県岩宿遺跡の発掘によってでした。『旧石器の狩人』は、この岩宿の発見をはさんで、明治時代以来、日本最古の人類文化探求の夢を追い続けた人々の姿と、岩宿以後、怒涛のように旧石器を追う狩人たちの、すさまじいばかりの執念を描いた作品です。林茂樹氏の解説を基に、私たちもその流れを追体験したいと思います。

事の発端は、曽根遺跡の発見でした。

明治三十九年、信濃教育会諏訪部会の先生たちが、「諏訪湖の研究」を志してその学問的解明を決意し、諏訪湖の実相に迫ろうとしました。その過程で、全く予想もしなかった湖底遺跡を発見するのです。

ウィキペディアでは、次のように説明されています。

曽根遺跡は、長野県諏訪市の諏訪湖北東側大和《おわ》区、千本木川河口付近の湖岸より約300メートル離れた水深2メートルの湖底に沈む、旧石器時代から縄文時代草創期（約1万年前頃）にかけて残された水中遺跡です。明治四十一年（一九〇八）十月二十四日、諏訪湖の湖盆形態の調査中、曽根と呼ばれる湖底に蜆鋤簾《しじみじょれん》をおろし、湖底の地質調査を行っていると、その鋤簾にたまたま二個の矢じり（石鏃）がかかりました。その後、辺りの泥土を幾度も掻き除き、終いに泥土と水草に混在する多量の石鏃が陸揚げされました。それを翌年『東京人類学会誌』に発表したところ、考古学の代表者、東京帝国大学教授の坪井正五郎氏の強い関心を呼び、諏訪湖を訪れ、湖上より曽根遺跡の調査を行いました。

坪井博士は、「杭上住居説」を主張しましたが、以来多くの説が唱えられました。「土地陥没説」、「島地辷《すべ》り説」、「筏上住居説」等です。

曽根遺跡の研究とは別に、他でも旧石器文化追求のための狩人たちの真摯な努力がありました。それが直良信夫博士の「明石原人の腰骨」発見の物語です。このことはすでに書きましたので、次に書かれたのが岩宿遺跡発見に関してです。ここでは、発見者相沢忠洋青年の生い立ちと、少年の時にともした心の灯を消さずに、旧石器の存在を信じて、赤城山麓を「砂の上をはう地虫のように」探しまわる真摯な姿が描かれています。この発見によって、それまで土器時代以前の日本列島に人類は居住していなかったとされた定説が覆され、日本にも旧石器時代が存在していたことが証明されたのです。これ以降、日本全国において、旧石器時代の遺跡の発見が相次ぐことになります。岩宿遺跡は陸の曽根遺跡そのものでした。

藤森氏は再び曽根遺跡解明に取り組み、「考古学上より見たる諏訪湖と沖積世における水位の増減」という論文を『地学雑誌』に発表し、曽根遺跡の形成当時には湖はなかったという主張をされました。これは後に琵琶湖の地質調査のデータによって証明されることになりました。琵琶湖も断層によってできたように、諏訪湖も断層によってできたことがわかってきたのです。だから曽根遺跡は、断層によって諏訪湖ができる前の住居跡であることがわかったのです。ウィキペディアの曽根遺跡の説明の続きもそうなっています。

「なぜ湖底に遺跡があるのかについて、多くの研究者が諸説を発表し、学会をにぎわす『曽根論争』へと発展しました。現在では、もともと陸地だった曽根遺跡が、断層活動によって地盤沈下し、さらに自然環境の変化で湖の水位が上がったため水没したという考えが有力です。曽根遺跡は諏訪市の史跡として保護され、考古学者藤森栄一氏らが収集した曽根遺跡出土品の一部は、諏訪市博物館で展示されています」

最後に、旧石器時代に関する資料の中から、旧石器時代研究の負の遺産として、「旧石器発掘捏造事件」のことに触れておきたいと思います。これは、二〇〇〇年十一月五日に、毎日新聞がスクープしたもので、多くの人々の記憶にあると思います。二〇二〇年のテレビ番組「アナザーストーリーズ」で事の顛末が詳しく伝えられました。

一九六〇年代には、三万年以上前に、日本に人が住んでいたのかどうかを巡っての「前期旧石器論争」というのがありました。東アジアからシベリヤにかけては、四万年以上前の地層から斜軸尖頭器《しゃじくせんとうき》が出土しているので、日本でもそれが見つかれば、日本にも前期旧石器時代に人が住んでいたことが証明されることになると、考古学者たちは、情熱を持って発掘に取り組んでいました。そんな時、一九八〇年に、捏造者が宮城県座散乱木《ざざらぎ》遺跡で、自分で埋めておいた斜軸尖頭器を発掘したのです。

それ以降、捏造が暴かれるまでの二十年間、次々に捏造した石器を掘り出し、最終的には七十万年前の地層からも捏造品を掘り出し、中・高の教科書にもそのことが載りました。しかし不審に思った一部の研究者の指摘を受け、毎日新聞の取材班が真相に辿り着いたのです。

捏造の理由は、「みんなで楽しいことできればと思った」ということでしたが、このことで人生を狂わされた人々が多くいますし、歴史そのものが歪《ゆが》められてしまいます。どんな理由があっても、捏造は決してやってはいけないことだと思います。これは何かに取り憑かれることの、負の一面だと思います。

地道に研究を続ければ、日本にも前期旧石器時代があったかどうかは、やがてわかってきます。現に、捏造が露見した二〇〇〇年から二十年経って、その間の研究者の努力で、三万八千年前から、確実に日本へホモ・サピエンスがやってきていたことがわかってきました。三万八千年前以降の石器が一万点以上見つかったのです。

捏造の情熱を、そうした地道な努力に向けてほしかったものです。

余談ですが、以前「ブラタモリ」で伊賀を取り上げた時、もともと琵琶湖は伊賀にあったのだけど、三百六十万年前くらいから断層が繰り返して起こり、今の琵琶湖の位置まで移動したのだということを知り、びっくり仰天したことがあります。宇宙ができて百三十八億年、知らないことはまだまだ星の数ほどありますね！

○注

①『松本清張傑作短編集』（１）新潮社、一九六五年

「真贋の森」

『筑摩現代文学大系』72で、松本清張の「真贋の森」の解説を、尾崎秀樹氏は次のように書いておられます。

「真贋の森」は、それと前後して発表された「装飾評伝」などと同様なモチーフを示すもので、美術史学界のボスに睨まれたばかりに、ついに主流に乗ることができず、不遇な生活を強いられる一美術史家が、アカデミズムに復讐を試みる話である。

主人公の宅田伊作は、元浦葖治やその弟子岩野祐之に代表されるアカデミーへの反感から、無名の画家を育てて、浦上《うらがみ》玉堂の贋作を描かせ、それを彼らに真作と見誤らせることで美術界への復讐をとげようと企画する。思わぬ破綻から成功にはいたらないが、その陰湿な執念を通して、特権階級となれあったアカデミズムの在り方に対する痛烈な批判が汲み取れる。

ここで槍玉にあげられているのは古美術の世界だが、古美術界に限らず、まだまだ現代は肩書がありがたがられる社会だ。松本清張は、この作品で主人公を在野の美術史家として設定することにより、官製的な権威がみせかけだけのものであることを批判したかったのであろうが、こういった姿勢は、「現代官僚論」「小説東京帝国大学」「落差」などにもうかがわれる（注①）。

以前私は、川端康成が浦上玉堂の「凍雲篩雪図《とううんしせつず》」を手に入れるために奔走した話をテレビで見て知っていましたので、浦上玉堂には大変興味を抱いていました。ですから、その玉堂の贋作を作らせて復讐しようとするこの作品には大変興奮しました。

どのような作品なのか、詳しいあらすじで作品を追ってみたいと思います。

第一章

「真贋の森」の詳しいあらすじ

一

主人公宅田伊作は煙草屋の二階に下宿しています。朝八時まで、つまらない雑誌に美術記事を書いて、起きたのが午後三時でした。銭湯へいきます。六十に近い老人にしか見えません。疲れやすく、ものを書くのも大儀になってきています。民子との交渉も永続きしそうもありません。

風呂から帰ると、骨董の鑑定屋の門倉耕楽堂がきていました。土地の新聞に広告を出し、宿屋に滞在して鑑定依頼を待つ生活をしています。上野の荒物屋の二階を借り、女事務員を一人置いて事務所にしています。その門倉が宅田のところへ鑑定依頼にきたのです。門倉は、二十年くらい前に勤めていた博物館で鑑定眼を養っていましたが、博物館のものを横流しして解雇されていました。

北九州の炭鉱主が豊後の素封家から買った着色牡丹の掛け軸をもってきました。本物か偽物かわからなかったので、宅田に鑑定依頼にきたのです。よくできた贋作だと宅田は言いました。岩野祐之君だったら騙されるかもしれない。兼子君あたりだったら、美術雑誌に図版入りで解説を書くかもしれないと宅田は言いました。鑑定料二千円を置いて門倉は帰りました。

二

民子の家に行った帰りに古本屋があったので、宅田は入りました。元浦奘治（一八七八―一九四三）の著書が五冊並んでいました。大正から昭和にかけての日本美術界の大ボスで、宅田伊作を美術学界から締め出した男です。宅田伊作の一生は彼のせいで埋もれたのでした。

岩野と宅田は東大の美学の同期でした。しかし宅田は、あらゆる官立系の場からも、私立系の場からも締め出されたのです。各校の美術教授、助教授、講師の任免は、元浦の同意がなければできませんでした。宅田が彼に嫌われたのは、元浦が嫌っている津山孝造教授に宅田が近づいたためでした。そのため、朝鮮を放浪し、内地に戻っても、田舎回りで暮らし、五十半ばを越しても、骨董屋の相談相手や二流出版社の雑文書きで暮らしているのです。

三

津山先生に近づいたことで宅田の不運は始まりましたが、先生の知遇を得たことに後悔はないといいます。先生は実証的な学者で、元浦への遠慮から著書は残されませんでした。国宝鑑定官や文部省古社寺保存事業に関わり、該博な知識を持ち、権威や勢力に近づくことはなさりませんでした。元浦は津山に嫉妬し、津山も、元浦の権勢欲と鑑識眼の不足を内心軽蔑していました。元浦は日本古美術史を学問的に確立した功績はあるのですが、実証の積み重ねが空疎で、元浦美術史論は粗悪で、充実のない理論でした。使っている資料の半分は贋の材料で、贋作も、他人の作品も、後世の模作も区別がついていません。元浦の『日本古画研究』の三分の二はいけないと津山は言います。しかし、彼が生きている間は指摘してはいけないと津山は言います。それが学者の礼儀だからと。

先生の著作がないのは、書けば元浦を否定することになるからでしたが、先生の方が五十歳で先に死んでしまわれた。元浦は先生の死後十五年も生きて、六十七歳で死んだのです。就職先のない宅田に朝鮮総督府博物館の嘱託の口をみつけてくれたのも先生でした。そこで十三年間宅田は辛抱し、その間に先生は亡くなられたのです。宅田は、一度妻をもらいましたが、別れました。その後何人かの女と同棲しましたが、長続きしませんでした。わけのわからぬ怒りから乱暴を働き、女は逃げてしまうのです。

元浦は、定年退職後も大御所的存在でした。岩野祐之は元浦の後を継いで帝大の日本美術史主任教授になっていました。彼の昇っていく光景を朝鮮の一角から屈辱的な気持ちで傍観していた宅田。岩野は名家の出だが頭脳は鈍く、元浦にひたすら取り入り、奴隷的に奉仕し、所有の土地の半分はそのために使いました。アカデミズムとはそんなものだと悟ったのは、よほど経ってからでした。当時は宅田も若く、岩野のような男が思いもよらない地位に就く不合理に怒りを燃やし、軽蔑と嫉妬と憎悪にのたうちまわりました。

昭和十五、六年頃宅田は内地に戻り、H県のK美術館の嘱託になりました。ここにはK財閥の蒐集品があり、日本の古画が沢山ありました。ここで古画の研究に没頭し、先生の教えが役に立ちました。立証的で精緻な先生の該博な知識、元浦が罵った職人技術が大いに役立ったのです。しかし、二年経って首になりました。理事が上京した時、元浦と岩野に宅田のことを指摘され、理事は忖度して解雇したのです。それから一年後に東大名誉教授の元浦は死にました。宅田は彼の死を祝いました。

四

煙草屋の二階に戻り、門倉が土産に置いていったウニの箱を見て、彼が見せた竹田の似絵を思い出しました。よくできた絵で、岩野や兼子だったら騙されるかもしれない……。

岩野の鑑識眼のなさは、元浦よりもひどいものでした。岩野は師に倣って南宋画を領域としています。世間の人は何も知らないので、岩野は南画研究の権威だと思っています。岩野には鑑定の基礎がありません。教えられたのは大まかな解説や体系的理論のみで、対象についての実証が空疎なのです。

日本美術の作品の多くは、貴族や財閥の蔵の奥に埋蔵されています。見ることができるのは、偉いアカデミーの学者だけです。戦後、旧華族や財閥の没落で放出されましたが、全体の三分の一にもあたりません。本物を見られる人間が限られているので、贋作跳梁の自由を広げていると言えます。できのいい贋作を見せて、眼のない学者を誑《たぶら》かすのは容易なのです。この世界の封建制が盲点になっています。

こう思った時、あることが閃きました。

五

宅田は、竹田の贋作を描いた男の住まいを門倉に訊きます。僕が仕込むというと、門倉は目を輝かせます。東京に呼んで、一年か二年仕込み、顔の広い骨董屋も巻き込んで、贋作の売り込みを目論む宅田。宅田は芦見彩古堂という骨董商に飼われていたことがあったので、協力者を彩古堂に決めます。門倉は九州に発ちました。

六

宅田は、門倉が探し出した贋作家酒匂鳳岳《さこうほうがく》に会いにF県I市へ。京都の絵画専門学校を卒業したという鳳岳は、三十六歳で、妻と中学生の子が一人います。I市は、F市から十里ばかり南に入った炭鉱町で、鳳岳はそこで日本画を教えて暮らしています。何でもこなし、似絵も描きます。鳳岳の妻は、これから始まろうとしている未知の運命に怯えているような表情をしていました。作品を見せてもらい、手先の器用さはわかりましたが、その他はまだまだ中央では通用しないと宅田は思いました。それに対して、模写は精彩を放っていました。雪舟、鉄斎、大雅も、前に見た竹田の似絵のような出来映えで、南画が一番適していることがわかりました。東京へ一人で出てきてもらうよう、話が決まりました。

帰りの汽車の中で門倉が、鳳岳には何を描かせますか、と訊いたので、玉堂あたりがいいだろうと宅田は応えました。すると門倉は、浦上玉堂ですね、いいところに目をつけられましたねと眼を輝かせました。竹田や大雅はありふれています。玉堂は少ないのでいいといいます。玉堂は小物でも五〜十万、いいものなら四〜五百万でも売れます。玉堂を熱心に蒐めているのは浜島か田室。浜島は私鉄を経営している新興財閥で、田室は砂糖、セメント財閥の二代目。芦見は田室に出入りしています。

宅田には、自分が世に出る望みはもうありません。権力者に嫌われた男が生涯を埋没させ、媚び諂《へつら》った実力のない男が権威の座についた不条理を衝き、人間の真物と贋物を指摘してみせたいだけです。

利益の分配は彩古堂が半分、残りの半分の三分の一が門倉、三分の二が宅田。鳳岳には全体の歩合で払うことに決めました。

民子の家へ行くと、二日前に引っ越したといいます。いなくなられると、そこが宅田の本当の居場所だったような気がしました。

七

鳳岳が東京の百姓家の二階に落ち着くと、宅田は、君がこれから描くのは玉堂だと言います。川合玉堂ですかと訊きました。浦上玉堂だ、描いたことあるかと訊くと、まだないと言う。

余談ですが、玉堂と聞くと、たいてい川合玉堂を思い浮かべるようで、私もそうでした。彼は私にとって地元の人なので、特にそうかもしれません。愛知県葉栗郡木曽川町出身で、生家跡に玉堂記念木曽川図書館が建っています。

まだ描いたことがない方がいい、これから見に行こう、今博物館に出ていると、宅田は鳳岳を上野の博物館へ連れて行きました。あと一週間開かれているので、これから毎日弁当を持って、朝から閉館まで通うように指示しました。

玉堂の作品は、一つケースに納められ、屏風と大幅が三本懸かっていました。屏風は「玉樹深江図《ぎょくじゅしんこうず》」、画幅は、「欲雨欲晴図《よくうよくせいず》」「乍雨乍霽図《さくうさくせいず》」「樵翁帰路図《しょうおうきろず》」で、いずれも重要美術品指定でした。宅田は玉堂の解説をします。

「文政三年、七十いくつかで死んだ。備前に生まれ、池田候に仕え、供頭や大目付を勤めて度々江戸に来たことがある。五十歳で仕えを辞すと、古琴と画筆を携えて諸国を遍歴し、気が向けば琴を弾き、興がおこると画を描いて自らたのしんだ。それだから彼の画は、師匠のない勝手な画で、画の約束事に縛られない奔放気ままなものだ。だが、この無造作の中に、自然をうつすというよりも、自然の悠久な精神を示している。この山水や樹木や人物などをよく見給え。表現は下手糞みたいだが、この画らしからぬものが、離れて見るとき、空間や遠近の処理が見事に出来ていて、構図に少しの緩みもない。それが観ている者の心に逼《せま》ってくる。それから、この讃の文字を見給え、隷書のようなものと、草書のようなものとあるね。ことに隷書は稚拙の中に風格がある。この文字も鑑定には大事なデータだから、よく癖を覚えておいてくれ」

この陳列品の四つの玉堂は、宅田には久しぶりのものでした。すでに三十年近い以前に、津山先生について遠い所蔵家のもとに旅をして実物を観賞したり、或いは写真で凝視したりしたものでした。いま、これを観ていると、先生の指や言葉が横から出そうな錯覚を覚えたのです。

博物館通いが済むと、宅田は鳳岳に、二冊の画集と、一冊の本、一冊の雑誌と、一冊のスクラップブックを渡しました。

門倉はよく鳳岳の様子を見に行き、報告しました。彼は随分先生を尊敬していますよ、と門倉は告げました。尊敬と聞いて宅田は自分を嗤いました。俺は鳳岳に何を与えようとしているんだ。実際に与えたいのは、もっと別な種類の人間に、彼自身が喜びで充実するような知識や学問でした。それが若い時に夢想した念願で、贋作家をつくるような智恵ではなかった筈でした。しかし、もはや、それは渉《わた》らなければなりませんでした。

宅田は何度も鳳岳のもとに通い、本物と偽物を区別する作業を繰り返しました。

「これを見給え。この図柄はよく出来ているけれど、筆の使い方が小器用になっていないか」と「山中陋室図《さんちゅうろうしつず》」を指しました。

「玉堂の筆はもっと荒々しいのだ。近くに寄って見ると、これでも画かと思うようなものがある。それで、ちゃんと遠近感が全体に出ているのだ。この画は、玉堂の筆癖の、いわゆる、藁灰描《わらばいがき》に似せているけれど、あまりに部分の整形に捉われすぎて、迫力がない。これは、この画を描いた贋作家が、自分のちぢこまった技術から抜け切れなかったのだ」

鳳岳は両の手と膝を突いて見入っていましたが、黙ってうなずきました。

次に、「渓間漁人図《けいかんぎょじんず》」の検討に入りました。

「これもよく出来ていて、君が真物と思うのは無理もない。実際、そう思っているのが多いのだ。宿墨《しゅくぼく》のにじみ、焦墨《しょうぼく》の調子、構図も悪くない。だが、野放図な感じがない。計算され過ぎている。玉堂の画は即興的に描くから、もっと直感的なのだ。この画は整いすぎている。それはこの偽作家が、風景を客観的に頭で考えてまとめているからだ。玉堂の捉え方は、もっと感覚的で抽象的なんだ。分かるかね？　それから、ここに橋を渡っている人物が見えるが、玉堂はこんな足の描き方はしない人だ。似せたつもりでかいているが、こんな小さなことで馬脚を出すものだ。一体に直感で描いた人だから、人物が橋の二つの線の上方に乗っていることが多い。人が橋の中を歩いていないのだ。これも玉堂の癖だからよく覚えておくがいい。讃の文字もいけないね。かたちは似たようでも、玉堂は、こんな、ひょろひょろした勢いのない字は書きはしない。とかく雅味を出すつもりで形の上だけをなぞるとこんなことになるんだ」

宅田は熱が入って、ついに画集の全ての図版について説明しました。黙って聞き入っていた鳳岳の素直な熱心さに、宅田は少し心を打たれました。

「この次、一週間ばかりしてまた来るから、一枚何か思う通りのものを描いておいてくれ」と言って宅田は帰りました。

八

夏が終わり、秋が始まっていました。

時日が経つにつれ、鳳岳の描く画は次第に宅田が満足する方向に上昇してきました。玉堂の筆癖もよく呑み込み、樹木や、巌石や、断崖、渓流、飛瀑、人物などの線、近景や遠景を表す渇筆と潤筆の使い分け、さては藁灰描の特徴など、大そう巧妙に紙の上に表していました。

ただ、当然ながら、玉堂を真似るには、直感的な把握の仕方が未だ出来ていなかったのです。どうしても頭の中に造った自然の形にひきずられてしまっています。省略しようと努力しても、それが哀しく出てきてしまっています。部分的な遠近感に拘泥《こうでい》するから、玉堂の特徴である奔放な筆致の中に大きく空間距離が迫って来ないのです。構図も緊密感がありません。

宅田は鳳岳の努力は認めました。しかし、どんなに鳳岳が心血を注いでいても、その姿に宅田は純粋な感動を受け取ることはありませんでした。鳳岳は宅田に培養されている一個の生物体でしかないのです。条件を与えて、少しずつ成長してくる生物なのです。

「君はよく勉強した」と褒めると、鳳岳は嬉しそうに笑いました。

宅田は、まだ鳳岳に言っていなかったことを話しました。上野の博物館で見た三幅の絵の中の一枚は贋作であることを告げたのです。「これは誰もまだ気づいていない。俺の先生だった津山博士と俺だけが知っていることだ。どれか、君に分かるか？」と訊かれたので、「一番右にあった軸ですか？」と鳳岳は答えました。それは「樵翁帰路図」でした。「よく分かったね」「先生がそう云われるから考えてみたのです。それでなければ、とても分かりません」鳳岳は、やはり喜ばしそうに笑いました。

「それにしても、すぐにあの画を言ったのは、君の眼が肥えた証拠だ。あれは昭和十一年に重要美術の指定を受けたのだ。それをしたのは国宝保存委員だった元浦奘治だがね。その著書にも図版入りで、大いに讃美しているよ。元浦奘治だけではない。岩野祐之も師匠の受け売りで、やはり自分の本に礼讃している。しかし、それが贋作であると看破したのは、津山先生だった」

鳳岳を育てることで、宅田に充実感があるとしたら、それは酒匂鳳岳という偽絵師を培養する事業欲でした。そして、それはもう一つの「事業」の準備でした。

この頃から宅田は、彩古堂の芦見藤吉を予定通り味方に引き入れました。鳳岳の描いた一枚を、黙って彼に見せると、芦見は眼をむいて愕《おどろ》きました。「先生、これは何処から出たのですか？」彼は本物と思って疑いませんでした。

「よく見給え、印がないだろう？」

芦見は急いで鳳岳に会いました。そこに描かれた数々の「玉堂」の稽古画を観せつけられて、顔色を変えました。

「先生、これは大した天才ですね」

芦見藤吉は、是非、自分の一手に任せてくれと昂奮して申し入れました。

宅田は門倉を芦見のところへ呼び、三人で今後の方針を打ち合わせました。宅田は企画者として、鳳岳の描いたものは宅田の許可なしには一枚でも絶対に他に出さぬこと、出す時は三人で合議して方法を決めること、この秘密は飽くまでも守ること、等を主張し、そう決められました。

一番出来のいいものを一枚、田室惣兵衛のところに持っていくことから始めることになりました。田室は兼子を顧問にしているので、兼子を試すことにもなります。宅田は、鳳岳の画の中から一枚を選び、丹念に古色をつけました。これには、奈良あたりの模作者がしているように落花生の殻を燻《いぶ》し、その煤煙で汚れた朽落《くちば》のような色をつけました。この方法は、普通行われているような北陸の農家の炉の煤《すす》を塗るよりも、脂肪がよく紙の繊維に滲み込みました。紙も墨も古い時代のものを彩古堂が入手していました。印は篆刻師《てんこくし》に頼む必要はなく、「玉堂印譜」や「古画備考」を見て宅田が彫りました。全て、うまい具合にいきました。

そうして、田室に「秋山束薪図《しゅうざんそくしんず》」を見せると、五日経って、兼子が太鼓判を捺したので八十万円で納まったと言って、彩古堂がやってきました。

宅田の事業は、次の段階に取り掛かることになりました。

九

鳳岳の画はもう二十枚くらいになってきました。芦見と門倉は早く売って換金したいのですが、宅田がなかなかOKを出しません。普通、贋画は、一点、二点と散らせて、目立たぬように納めるのが安全な方法とされています。一どきに何枚もかためて出しては、滅多に出てこない古画のことだから、ひどく注目を浴びるし、それだけに疑惑を持たれて破綻が起こりやすくなります。だから、早く処分したい二人は、何が狙いなのか、宅田に探りを入れます。

「まとめて鳳岳の画を出したいのだ」

「それじゃ、人目に立って、かえって暴《ば》れるでしょう。危険じゃないですか？」

「売立てをするのだ」

人目に立つ、それこそ宅田の狙いでした。話題が旋風のように捲き起こり、それがジャーナリズムに拡がる。当然、その鑑定に岩野祐之一門が引っ張り出される。岩野アカデミズムが社会の眼の前で恥をかかされる。宅田が見たいのはそれでした。死んだ絵画よりも、生きた人間の「真贋」でした。

「でも、それだけ一ぺんに玉堂のものが出たというと、不自然になりませんか？」

「不自然ではないね。日本は広いのだ。まだまだ、どんな名品が名家や旧家に埋没されているかわからない。これくらいの品が出たとしても、ちっとも嘘にはならないよ」

それが盲点でした。宅田はそこをついたのです。

そこが封建的な日本美術史の盲点と言えます。西洋美術史の材料はほとんど開放されて出尽くしているといってもいいでしょう。欧米の広い全域に亘《わた》る博物館や美術館の陳列品を観れば、西洋美術史の材料の大多数が蒐集されていて、研究家や観賞者は誰でも見ることができます。しかし、日本ではそうはいかないのです。所蔵家は奥深く匿《かく》し込んで、他見を許すことに極めて吝嗇《りんしょく》なので、何が何処にあるのか、判然としません。それに、美術品が投機の対象になっているので、戦後の変動期に旧貴族や旧財閥から流れた物でも、新興財閥の間を常に泳いでいるから、たとえ文部省あたりが古美術品の目録を作成しようと企てても、困難なのです。その上、誰も知らない処に、誰も知らない品が、現存の三分の二くらいは死蔵されて眠っていると推定されます。この盲点が宅田の企みの出発点だったのです。

十

酒匂鳳岳は、見違えるように元気になってきました。

一つには、彼の懐具合がよくなってきたからです。芦見が「秋山束薪図」を田室に売った時、鳳岳は十万円貰いました。その後も、九州の家族の生活費と合わせて、芦見からかなりな手当てが出ています。その経済的な充実感が、鳳岳の自信にも、風貌にも、肩を聳やかすような軒昂とした気力を与えているに違いありませんでした。

芦見から、一どきに沢山売立てをする話を聞いた鳳岳は、手元に二十六枚の画幅があるが、これでは足りないかと言うので、宅田の眼にパスするものは一点か二点だと言うと、機嫌を悪くしました。宅田は、鳳岳に慢心の兆しがあることに腹を立てましたが、それ以上のことを言うのは抑制して別れました。

その後も、宅田は武蔵野の奥にある百姓家を訪ねていきましたが、鳳岳は出かけて留守のことが多くなりました。階下の人に訊くと、都心の方へ出かけて行くということでした。時には、二晩くらい続けて泊まってくることもあるといいます。近頃は新調の洋服で外出していて、それは急激な彼の経済的な変化を物語っていました。芦見や門倉が共謀して、宅田には内密に鳳岳の絵を二枚か三枚売り飛ばしているのではないかと疑われ、もう一刻も猶予ができないと宅田は感じました。

或る日、鳳岳の家に行くと、玉堂の写真を手本に文字を手習いしていました。

その時鳳岳は、街に出た際、偶然専門学校時代の友人に遇ったことを話しました。城田菁羊《しろたせいよう》という画家で、宅田も名前は知っていました。彼は二十七、八歳の時に日展の特選をとり、今や、その斬新な作風を注目されて、同世代の中堅の中では先頭を走っている日本画家でした。展覧会ごとに彼の名前は新聞の学芸欄に派手に出ていました。

「それで、君は菁羊にどう言ったのだ？」

「絵を描いて暮らしていると言っておきましたよ」

「君は、あまり出歩かない方がいい」と宅田は言いました。

鳳岳はこの忠告に一応はうなずき、そうします、と素直に答えましたが、彼の顔の不機嫌はそれほど直っているとは思われませんでした。宅田には、二度目の漠然とした不安の予感が水のように満ちてきました。

早く「事業」を完成させなければならない、と宅田の心は急《せ》いてきました。それは、どこかで破綻が来そうな予感を懼《おそ》れる気持ちでした。

門倉が、岡山から偽作を買い込んで帰ってきました。玉堂、大雅、竹田の、すぐに偽作とわかるものを混ぜて展示する必要があったからです。いいものばかりが出ているのは、おかしいからです。

少し時期を繰り上げ、早速準備に取り掛かりました。札元には、芝の金井箕雲堂《きうんどう》になってもらいました。箕雲堂は一流の古美術商です。この大量の玉堂の出所は、旧某大名華族で、実は或る筋から処分の委託を受けたのだと説明しました。

金井箕雲堂は大そう驚愕し、岩野先生の推薦をもらうことを条件に札元になることを承諾しました。玉堂の画幅だけで十七点、百万円平均としても千七百万円以上の売り上げが予想されました。事があまりにも順調に運んだので、芦見は空怖ろしくなりました。

赤坂の一流料亭で玉堂の画幅をずらりと並べ、下見会が開かれることになりました。そこには、蒐集家や学者、美術ジャーナリストが押しかけてきます。東京でも一流の業者が会場を埋めることになるでしょう。文部省から撮影の人々もやって来ます。

みんなが揃った時、宅田が叫びます。あれは贋作だ！　岩野祐之が真っ逆さまに転落して行く姿が眼に見えるようです。荘厳な権威の座から哀れげに落ちていきます。アカデミズムの贋物が正体を剥がされて、嘲笑の中に堕ちていくのです。

宅田の眼に映っていたのは、このような光景でした。しかし、実際はそうはなりませんでした。どこに誤算があったのでしょうか。

酒匂鳳岳が喋《しゃべ》ったのです。彼は、ほんの一言、城田菁羊に洩らしたのです。「おれだって玉堂くらいの腕はある」と。これは、中堅画家として声名を得ている昔の友に対抗して、己の才能を認めさせたかったのです。決して知らせてはならない秘密でしたが、自分が無能の土砂の中に埋没するのはあまりに寂しく、ほんの少しは誰かに知らせたかったのです。

彼は、残っていた落款のない一枚を、自慢げに菁羊に見せたのです。そこまですると、崩壊の穴は急速に拡がりました。

金井箕雲堂があわてて約束の取り消しに来ました。不運にも、岩野祐之の推薦文のついた目録はまだ印刷中で、刷り上がっていなかったため、外部に出ることはありませんでした。岩野は危うく転落を免れたのです。

宅田には、酒匂鳳岳を責めることはできませんでした。宅田も、自己の存在を認められたかった男だからです。

宅田の事業は不幸な、思わぬ躓《つまず》きによって、急激な傾斜のしかたで崩壊しました。しかし、宅田は何もしなかったという気には決してなりませんでした。或ることを完成させた小さな充実感がありました。それは、酒匂鳳岳という贋作家の培養を見事に成し遂げたことでした。

間もなく宅田は、女との間に醗酵した陰湿な温もりを恋い、白髪まじりの頭を立てて、民子を捜しに町へ歩いていきました。

第二章

「真贋の森」の分析

人間の執念を描かせたら右に出る人はいないと思われるほど、人間の取り憑かれた心を圧倒的な迫力で描く松本清張。昭和二十八年に芥川賞を受賞した「或る『小倉日記』伝」は、まさにその代表的な作品だと思います。頭脳には恵まれていましたが、片足が不自由で、口がよくきけない小倉在住の一文学青年が、森鴎外の「小倉日記」の欠落部分を補うために、関係者を訪ね歩いて聞き書きをまとめていく話ですが、主人公田上耕作の執念は、読者を感動させ、励ましを与えてくれます。田上耕作で描かれた執念は、「断碑」の木村卓治で典型にまで高められています。清張の小説には、アカデミーに対する抵抗を描いたものが多く見られ、陽の当たらない場所にいる民間学者への共感は、同時に官学的なものに対する批判となって現れ、その腐敗堕落ぶりを容赦なく告発しないではおきません。

「真贋の森」では、「詳しいあらすじ」で確認しましたように、美術史学界のボスに睨まれたばかりに主流に乗ることができず、不遇な生活を強いられた宅田伊作がアカデミズムに復讐を試みます。主人公宅田伊作は、復讐を「事業」として冷静に見つめ、この事業を達成させるために、酒匂鳳岳という贋作家の培養を見事に成し遂げる優れたプロデューサーとして描かれています。

清張自身が玉堂のことをよく研究していて、鳳岳に玉堂が乗り移ったかのように玉堂を習得させた主人公宅田の玉堂通ぶりがよく描かれています。

贋作のことをリアルに描くには、実際にあった贋作事件を参考にしたと思われますが、どれと特定する必要がないほど、贋作事件の例は沢山あります。イギリスには、シェイクスピアの贋作を作った「アイアランド贋作事件」というのが一七九〇年代にありましたし、日本の国立西洋美術館も贋作を購入させられたいやな過去があります。その時大金を払って買わされた二枚の絵が国立西洋美術館の地下に保管されています。二〇一二年には、ガリレオの『星界の報告』を偽造した事件がありました。

「真贋の森」の贋作事件を思い出させるものとして、浮世絵贋作事件の「春峯庵事件」があります。昭和九年（一九三四）四月二十六日の東京朝日新聞に、「珍しや写楽の肉筆現る」の記事が載りました。某大名華族で、春峯庵と号する人が秘蔵していた写楽や歌麿の肉筆浮世絵が発見され、美術史研究の権威笹川臨風が絶賛したとありました。五月十四日に発見された一連の品々の売立入札会が行われ、総額二十万円（現在の金額に換算するとおよそ十億円）のうち九万円が売約済みとなりましたが、読売新聞はじめ各社で贋作疑惑が報じられ、売約はほとんどキャンセルとなりました。

そして二週間も経たずに、贋作者はじめ、浮世絵骨董商や神官、出版業者などが関わった大掛かりな犯行であることが明るみに出ました。

罪名は、「署名印章偽造行使詐欺」でした。中心人物の金子清次は懲役二年、贋作を請け負った矢田家の三男・修は懲役一年六か月、詐欺幇助として矢田家の長男・三千男と清水源泉堂は執行猶予付きの懲役一年の判決が出ました。差し押さえられていた贋作は、素人として出資していたテント商の近藤吉助に全て下げ渡されました。その後、海外に売られた噂もありました。二〇一〇年に一部が発見され、展示会が開かれました。

入札会に先立ち、豪華な画集「春峯庵華宝集」の序文を書いた笹川臨風は、罪には問われませんでしたが、大学教授という権威が真贋を見誤ったとして、専門家としての地位を失い、勤めていた東洋大学、駒澤大学を去りました。

「真贋の森」の分析に戻りますと、宅田伊作の事業の失敗は、とんでもない誤算があったことです。落とし穴は、鳳岳がしゃべってしまったことですが、その危惧は、宅田も感じていたはずです。事業が崩壊する前に、宅田はいやな予感を二度感じていました。だから事を早めたわけですが、時すでに遅しでした。後知恵で考えれば、鳳岳を監禁するとか、馬鹿な真似をするいとまを与えず、一気にやっていればうまくいったかもしれないのにと考えられますが、そうはなりませんでした。結果は敗北に終わりました。

後知恵といえば、「後知恵バイアス」という言葉があることを知りました。参考までにまとめておきたいと思います。

後知恵バイアス(Hindsight Bias)とは、何か物事が起こった後に「だと思った」と、まるで自分が予言者のごとく振る舞う人間の心理的傾向を指します。この傾向は、あらゆる場面で見られる、有名で強力な認知バイアス(傾向)です。

後知恵バイアスにはいくつかの問題点があり、結果が重視され、プロセスが軽視される傾向があります。例えばスポーツで、監督の采配の内容よりも、とにかく勝てば名将と言われ、負ければ迷将と言われたりすることです。監督はチーム内でしかわからない選手の状況や、モチベーション、得手不得手等、あらゆる要素を考慮して、監督なりの戦略を考えた結果の采配をしているのに、そうしたプロセスのことは度外視して、結果だけを見て、評価を下してしまう傾向があります。

また後知恵バイアスは、真実に辿り着く道を邪魔したりします。例えば、二〇〇〇年七月にコンコルドという高速旅客機が墜落し、事故原因は、別の旅客機が整備不良で滑走路に金属部品を落としたためだということが判明したのですが、真っ先に疑われたのは、コンコルドのエンジン部品の不具合やテロでした。

私たちには、この後知恵バイアスが染みついているため、結果だけを重視したり、飛行機の墜落と聞けば、テロを思い浮かべたりしてしまうのです。そのためについ言ってしまいがちな、次のような言葉があります。

「やっぱりそうか」「何かおかしいと思ってた」「そうなると思ってた」「待つんじゃなかった」「だから言ったでしょ」「そんな友達とつきあうから」「そんな恰好してるから」「いやな予感がしたんだよね」等々です。

後知恵バイアスは、自分の選択が好ましい結果を生まなかった時に起きる言い訳みたいなものです。失敗したことも予測できていたと考えることによって、自分の過失を中和し、尊厳を保つことができます。他人に対しての後知恵バイアスも、予測できていたことを示すことで、自分の能力を誇示し、自信を保つことができます。

　後知恵バイアスに支配され過ぎると、自分がしてしまったミスに対して反省したり、そこから学んだり、次に向けての改善ができなくなったりします。様々なことわざや迷信の中にも、こうした例が多く見られ、「終わりよければ全てよし」などはその典型だと思われます。

　宅田伊作も後知恵バイアスが染みついていて、自分の事業の失敗に関して、いやな予感を二度も感じていました。その予感通り、事業は失敗しましたが、宅田は鳳岳を責めませんでした。自分にも自己の存在を認めてもらいたい気持ちがあった点では同じだったからです。目論見は失敗に終わりましたが、或ることを完成した小さな充実感がどこかにあったと言っています。それは、酒匂鳳岳という贋作家の培養を見事に成し遂げたことでした。培養という言葉を創造という言葉に置き換えれば、創造の喜びを感じていたということになります。

　刑事ドラマなどで、刑事が犯人に、復讐からは何も生まれないと諭す場面がよくありますが、宅田の復讐劇の中から生まれたこの創造の充実感は、宅田を救ってくれたのではないでしょうか。

　宅田は事が終わり、今までを振り返って心が浄化され、目に見えなかった一番大切なことが見えてきたのではないでしょうか。そして、民子が自分にとって、一番大切なもの、かけがえのないものだと気づき、忘れていた温もりを求めて民子を捜しに行くところでこの物語は終わっていて、一読者として、「よかったね」と声をかけてやりたくなりました。

〇注

①『筑摩現代文学大系』72、筑摩書房、一九七六年

第二部

浦上玉堂

第一章　浦上玉堂の生涯
第二章　浦上玉堂の芸術
第三章　浦上玉堂の評価

「真贋の森」で贋作の対象であった浦上玉堂は、川端康成がその「凍雲篩雪図《とううんしせつず》」を手に入れるために奔走したほど、心に響く南画家であることは前にも触れましたが、浦上玉堂も琴と南画に取り憑かれた人でした。彼のことを知れば知るほど興味が尽きず、是非とも触れておきたく思い、浅学を顧みず、取り上げる次第です。至らぬところはお許し願います。

川端康成が手に入れた「凍雲篩雪図」（国宝）は、冬の山中を微妙な墨の諧調と繊細な筆致で憂愁を込めて描かれています。昭和五十五年に発行された『週刊朝日百科　世界の美術』１２８の中で、佐々木承平氏は「東雲篩雪図」を次のように解説されています。

「空はまだ明けやらず帳《とばり》をおろしている。篩《ふるい》にかけたような、雪がまだ降りやまないのか、山の地を白く覆《おお》っている。樹々は寒さに縮《ちぢ》かんで、小刻みに震えているようでもある。よく見ると、樹木の陰にさらに一層深く梢や枝が見え隠れする。いかにも繊細な筆の運びであり、冷気が山の地肌にまでしみ通るようでもある。そうした中で、色鮮やかな朱が散りばめられる。夜の帳を破って暁が大気を、木の枝を染め始めた瞬間を、このように描いたのであろう。玉堂の詩の中には、暁や夕日の情景を歌ったものが多い。『東雲』もおそらく『しののめ（夜明け）』を意味するので

あろう」（注①）

「凍雲篩雪図」の他に主だった玉堂の作品としては、秋の明るく澄んだ山中をわずかな色彩を添えることによって表現した「山紅於染図《さんこうおせんず》」や「煙霞帖《えんかじょう》」、「鼓琴余事帖《こきんよじじょう》」（いずれも重要文化財）など、揺れ動く自らの心象を鋭い詩的感性をもって歌い上げた画は、近年とみに高い評価を得ています。

長男の春琴《しゅんきん》も山水花鳥画を得意としていて、当時は玉堂よりも高い評価を得ていました。春琴はやがて関西画壇きっての人気画家となり、玉堂も晩年は京都で春琴と同居しました。次男の秋琴《しゅうきん》は十一歳から会津藩に仕え、雅楽方頭取に任じられるほど、音楽面での活動が目立ちます。父子はそれぞれに異なる活動に勤《いそ》しみましたが、三人とも文人としての誇りを高く保ち続けて生涯を送りました。因みに、二〇一六年には、千葉市美術館で、「文人として生きる―浦上玉堂と春琴・秋琴父子の芸術」展が開かれました。

浦上玉堂父子の人生を久保三千雄氏の『浦上玉堂伝』（注②）（平成八年）で辿ると、まさに波乱万丈の人生でした。

第一章

浦上玉堂の生涯

1 浦上家の系譜

浦上家の家系図は、武内宿禰《たけのうちのすくね》に始まっています。

武内宿禰は、景行・成務・仲哀・応神・仁徳の五代（第十二代から第十六代）の天皇に仕えたという伝説上の忠臣です。そして、紀氏・巨勢氏・平群氏・葛城氏・蘇我氏など、中央有力豪族の祖となっています。日本書紀の神功《じんぐう》皇后紀には、神功皇后が斎宮に入り、自ら神主となって仲哀天皇に祟った神の名を知ろうとしたとき、武内宿禰は琴を弾くことを命じられました。玉堂の琴とつながっていて興味深いですね。武内宿禰は忠臣とされることから、日本銀行券の肖像として五回採用されています。

宿禰から十九代目が紀貫之ということになっています。そうしたルーツを玉堂も強く意識していて、自身の書画に「武内大臣之孫」「紀《き》弼《ひつ》」という印章を用い、長男春琴を紀一郎、次男秋琴を紀二郎と名付けました。

紀氏《きうじ》は、五世紀以降、大和朝廷で外交・軍事を担った有力豪族で、全国に拠点を築きました。

余談ですが、NHKの「日本人のおなまえっ！」という番組で、「木村」という姓の「木」は「紀氏」の紀からきていて、紀氏が拠点とした村が「木村」で、「木村」という姓は、その地名を姓にしたものであるということを紹介していました。そして、紀氏の拠点だった場所と木村という姓が多い地域が重なり、それは全国に分布していることもわかりました。このようにネームバリューの高い「紀氏」を強く意識した玉堂の気持ちはよくわかります。

もともと鎌倉幕府御家人だった浦上家は、足利尊氏方の重鎮赤松氏とともに行動して手柄を立て、室町幕府成立後に赤松氏が播磨国の守護に任命されると、赤松氏の重臣となります。赤松氏を支えた浦上則宗《のりむね》（一四二九―一五〇二）の実力には、将軍も注目していました。幕府は、則宗に地位や恩典を与え、彼の軍事力を幕府のために使おうとしました。七十一歳の雪舟が則宗のために渡唐天神図を描いたことが『古画備考』に載っていることからも、則宗の存在感の大きさがわかります。浦上家は高僧も出していて、京都大徳寺を開いた臨済宗の僧宗峰妙超（大燈大師）は浦上家出身です。則宗の死後、浦上家当主の座は村宗、政宗へと引き継がれましたが、外敵への政策の違いから政宗は弟宗景と対立し、宗景が勝利し、播磨西部・備前東部の最大勢力に成長しました。しかし、家臣の宇喜多尚家の反乱で城が攻め落とされ、宗景は逃亡し、戦国大名としての浦上家はここで途絶えました。

紀貫之から二十二代目が浦上七郎兵衛行景《うらがみしちろうひょうえゆきかげ》という武士になっています。行景が浦上の姓なのは、封土が兵庫県揖保郡西南部の平野地から室津港にわたる一帯、浦上の地であったためです。

この家系図がどこまで本当かはわかりませんが、一応こうなっていると、頭に入れておきたいと思います。

2 玉堂の誕生から藩主・政香の急逝

玉堂と関わってくるのは、浦上松右衛門宗明の姉於常《おつね》（玉堂の大伯母）が、岡山藩池田家中興の祖池田光政の第二子政言《まさこと》の側室になった時からです。寛文九年（一六六九）、於常は政言の嗣子政《まさ》侍《より》を生みます。元禄十二年（一六九九）、政侍は岡山藩の支藩・鴨方藩二代藩主になり、この時浦上家は鴨方藩において一挙に由緒ある家柄となりました。といっても、玉堂の父・浦上兵右衛門宗純は、家僕同然でした。

光政には綱政という後継ぎがいましたが、愚鈍だったため、池田家の血脈存続に万全を期すために、第二子の政言に鴨方藩を与えたのです。外様には何が起こるかわかりません。外様としての心配故の鴨方藩の成立だったのです。

浦上玉堂は、一七四五年に生まれました。幼名・市三郎のちに磯之進、通称・兵右衛門、正式名・孝弼《たかすけ》、字《あざな》・君輔《きんすけ》。玉堂は浦上家期待の星でした。父・宗純は、玉堂が七歳の時（一七五一）に、六十歳で亡くなりました。於常は浦上家を厚遇し、玉堂にすぐに家督を継がせ、御広間詰の役職も与えました。宝暦三年（一七五三）玉堂九歳の時、於常が死没、十三歳の時、藩主の厚遇で、侍屋敷が並ぶ三番町の吉田権大夫跡屋敷を拝領します。

母一人子一人の家で、母の茂女は孟母のごとく玉堂を訓育します。茂女は浦上家の家格を先祖の時代に近づけたかったからです。玉堂も母の執着を受け入れ、祖先に伍し得る人物たらんと励みました。後に自由人として生きた玉堂でしたが、一方で、家系図、血のつながりには執着したのです。

また、茂女は学問、実学こそが身を扶けると考え、玉堂もその母の思いに応えました。ところが、学問に励んで培われた教養は、芸への憧憬を喚起し、中国の士大夫《したいふ》が嗜んだ琴、詩、画の方に力を入れ、次第に実学の域から逸脱していきます。

鴨方藩は支藩といっても独立した藩なので、幕府への公務等、やるべきことは全てやらなければなりませんでした。莫大な出費があるため、本藩からの援助を仰ぐことしばしばで、本藩にとっては負担以外の何物でもありませんでした。鴨方藩主は独立心が欠如していて、無能で、三代政方《まさみち》は十二年で退隠し、政香《まさか》が宝暦十年（一七六〇）に四代藩主になりました。歴代藩主中、唯一人異彩を放った名君でした。

宝暦十年の七月九日、浅草鳥越の鴨方藩邸において、玉堂は政香に初御目見えしました。この異例の扱いは、政香と玉堂の親近の証でした。政香と玉堂は「水魚の交」と謳われるほど厚い信頼関係で結ばれていました。

玉堂の心の奥底に育まれた根強い選民意識や、生涯のあちこちでみせる意外な依頼心は、格別な幼児期を過ごした者に見られる性格に重なります。後年に至るまで、政香との幼児期よりの親交が自分を有利に導いたと確信していました。我が子にもその有利を及ぼさんと、幼児を世間に引き廻し、三歳の長子を京坂に同道して文墨の士に引き合わせ、主人役を割り当てたりしました。

玉堂が求めたのは、学問の先にある教養で、高士の嗜みとされる風雅の道に知己を探り、様々な啓発を受けたいと熱望しました。江戸の文人墨客との交遊は十代の終わり頃からで、弾琴、詩文、染筆に力を入れました。

岡山藩では、光政襲封（一六三二）以来城下においての歌舞音曲は風俗矯正策としてご法度でしたが、江戸では可能だったので、中国の士大夫を憧憬する玉堂は、琴《きん》に熱中しました。玉堂が弾いたのは、和琴ではなく、中国伝来のものでした。長さは百二十〜三十センチメートルで、七弦を張り、柱は立てず、指で弦を押さえ、素爪で弾きました。音の高低は幅広く、弾きこなすにはかなりの熟練を要しました。玉堂の弾琴への憧憬は、孔子や門人たちが弾琴を好んだこととも無縁ではありません。琴を自在にすることは、知識人としての己を誇示する教養でした。明和三年（一七六六）、玉堂二十二歳の時にはすでに、延岡藩主等に弾琴を教授していました。

明和五年（一七六八）、帰国中の政香が急な病に襲われます。八月一日に倒れ、五日に亡くなります。二十八歳でした。この時、葬儀諸事取計を仰せ付けられた玉堂は、無事大役を果たしました。

後に玉堂は、政香の言行を『止仁録』にまとめました。

3 玉堂の幅広い人脈づくりと河本家

政香には子がなく、弟の政直が五代藩主になりました。

安永元年（一七七二）、玉堂二十八歳の時に妻を娶りました。

安永三年、玉堂は玉田黙翁《たまだもくおう》に朱子学を学びました。黙翁は医術、弓馬術にも通じ、殖産経済の法も人々に教えました。生活は簡素恬淡《てんたん》（無欲で執着しないこと）で、玉堂は黙翁の人物、識見を崇敬しました。黙翁は程朱の学を説いただけではなく、詩文の造詣にも深いものがありました。玉堂は儒学だけではなく、医術、薬草、製薬の知識も黙翁から学びました。安永七年（一七七八）、玉堂三十四歳の時、江戸で時疫《じえき》（流行り病）を患い、黙翁に治療してもらいました。玉堂は黙翁の所用を代弁するまでになり、著名士とのつながりを広げることができました。その中に幕府の医官多岐蘭渓《たきらんけい》がいました。蘭渓は、弾琴も本格的な人でした。

話は少し戻りますが、明が滅んだ時、明の曹洞宗の僧東皐心越《とうこうしんえつ》が延宝五年（一六七七）に長崎に来て興福寺に入りました。天和三年（一六八三）、水戸光圀に呼ばれ、水戸・天徳寺に来ると、受戒の雲衆は千七百余人に及びました。恬淡高潔の心越は、楽譜に造詣があり、詩文、書画、篆刻《てんこく》にも通じていました。杉浦琴川は日本の琴家に心越の琴法を伝え、広めました。名琴が心越から琴川、小野田東川、蘭渓へと順送りされたといいます。それを玉堂が受け継いだことも考えられると久保氏は考えておられます。玉堂が所蔵していた「存古《ぞんこ》」という名琴がそれかもしれません。名琴の継承には多額の金子を要しましたので、そうだとすれば、玉堂が弾琴の風雅にどっぷりはまり込んでいたことが窺えます。蘭渓に出会えたのは、黙翁がもたらした恩恵でした。

玉堂の弾琴を痛烈に批判したのは新楽閑叟《しんらかんそう》と藤堂龍山でした。二人の他には批判はなく、大方は神韻に迫る音色と天稟《てんぴん》を讃え、多くの人々を感動させたことを証明する詩文ばかりでした。二人の批判は、玉堂ならではの一種独歩の音色への反感だと思われます。玉堂にとって、自ら奏でる琴の音に身を浸すことは、神域にもたとえられる別世界に在ると同義でした。玉堂が自覚する神域は詩境であり、画境でもあるのだと思います。これほど没頭した玉堂の琴だったからこそ、人々の心を動かさずにはおかなかったのだと思います。

儒者の井上金峨《きんが》の知遇を得たお陰で、彼の莫逆《ばくげき》の友（親友）を紹介してもらい、琴だけではなく、彩管（絵筆）の士にも知己が広がりました。玉堂は世渡りが巧みだったと言えます。玉堂は大坂でも幅広い人脈を築きました。

玉堂は知識欲旺盛で、膨大な読書量を誇っていました。読書も画人には必須の嗜みでした。岡山の豪商河本《こうもと》家は多くの本を蒐集していて、閲覧を許されていました。河本家は諸国物産卸問屋で、三代目の一居《いっきょ》は全国をまわり、諸国産物の先物買いで投機的巨利を得ていました。禁裏御用達も務め、長崎に出店を設けて中国と貿易もしていました。必要以上の富は禍の元という哲学から、万金投じて書画骨董、書籍を買い集めました。四代目巣居《そうきょ》も書画骨董、書籍を買い漁りました。五代目一阿《いちあ》は陽明学に通暁し、一阿の代から河本家は岡山知識人のサロン的趣を呈しました。屋敷内に「経宜堂《けいぎどう》」を作り、父祖三代にわたって蒐集した和漢書三万一千冊を自由に閲覧させました。図書館の濫觴《らんしょう》（起源）と言えます。経宜堂は、身分や年齢を越えた交歓の場となりました。庶民の子弟に実学である陽明学を講義もしました。一阿と玉堂は身内同然の付き合いをしました。岡山には熊沢蕃山以来、陽明学を尊崇する気風が途絶えることはありませんでした。玉堂が陽明学に惹かれるようになったのは、一阿の影響でした。

陽明学という呼び名は明治以降広まったもので、それ以前は、王学と言っていました。中国では心学と言っていることからもわかるように、心を鍛えることの大切さを主張した教えです。あらゆるものが心から出てくるので、心の中の葛藤をなくし、不動心を確立することを教える思想です。権威に従い、秩序を重んじることを説いている朱子学と違い、自分の責任で行動する心の自由を唱えたのが陽明学です。朱子学は統治者が好み、陽明学は革命家が好みます。

陽明学の特徴としては、外的権威を否定し、朱子学が求めるような読書も必要としません。これは身分制崩壊につながります。陽明学では講学と呼ばれる研究会を作り、議論や交遊を好みます。同志意識が強く、連帯意識を醸成し、仲間内での人間関係を重視します。水平方向の人間関係である朋友を重視することは、体制側にとっては脅威です。日本の陽明学者としては中江藤樹やその弟子の熊沢蕃山が有名です。吉田松陰、高杉晋作、西郷隆盛は陽明学の影響を受けました。

安永八年（一七七九）、玉堂は明の顧元昭が作った古琴「霊和」を入手しました。その銘「玉堂清韻」から玉堂と号するようになりました。

玉堂の画は独学とよく言われますが、金峨との縁で知遇を得た中山高陽や文晁《ぶんちょう》をはじめとする仲間からの啓発もありました。玉堂の手になる隷書は、清代の隷弁などよりずっと遡った漢隷についての知識をも弁えたものとの説もあります。玉堂は何事にも周到徹底していました。

天明元年（一七八一）、玉堂は大目付役に抜擢されます。藩士としての有能が証され、浦上家の安堵が保証されました。この昇進によって、政香逝去以来の不安は払拭されました。

藩務に平行して、弾琴、詩作、染筆に精励しました。玉堂の弾琴、詩作、染筆への執心・傾斜には、世に名を馳せたいという願望が抑え切れないまでに染みついていました。『大東詩集』には「従軍行」という詩を載せていますし、琴の世界でも『玉堂琴譜』を刊行しています。ここには、「青柳《あおやぎ》」「桜人《さくらひと》」に始まる全十七曲が、減字譜と称される中国七弦琴独特の譜法で表されています。全て催馬楽譜《さいばらふ》で、中国古音再現の試みになっています。『玉堂琴譜』には、斯界《しかい》（この分野）を捻じ伏せたい野望が顕現しています。

無役の家から知行取りにまで進み、ついには藩大目付役にまで栄達した玉堂を慈しむと同時に叱咤激励した母茂女は、天明六年（一七八六）に病没しました。八十一歳でした。

玉堂は小児的好奇心の持ち主で、とどまるところを知らない幅広い好奇心を持ち、文画の世界への執着も貪欲でした。

河本一阿の七十歳の賀を祝って、「南山寿巻《なんざんじゅかん》」を描いたのは天明七年（一七八七）でした。これは、玉堂の画としてはまれな題材で、備前南部の海辺の小村を描いたものです。

4 玉堂左遷

ところが、同年の五月七日に、玉堂は突然大目付を罷免され、左遷されます。理由ははっきりしませんでした。

藩務と文画の世界で多忙を極めていた玉堂にとって、青天の霹靂でした。彼の波乱万丈の人生の序曲のようなものでした。

そうした中、寛政二年（一七九〇）に「寛政異学の禁」が出ます。これは寛政の改革に含まれるもので、朱子学以外を禁ずるものでした。この頃、朱子学の非現実、空論的傾向への反発から古学派（荻生徂徠や伊藤仁斎など）や折衷派（井上金峨や片山兼山など）が起こり、学問研究の自由を主張する気風が漲《みなぎ》っていました。熊沢蕃山以来、陽明学の気風だった岡山藩も取り締まられました。

玉堂には、あらゆる面で規矩《きく》（規則）に従う姿勢はありませんでした。一方で、己を嬌飾《きょうしょく》（いつわり飾ること）するくせがあり、外に向かって己を取り繕う反面、家では、身も世もあらぬ愁嘆から、憂鬱の底に沈むことが多くなりました。また、頑《かたく》なな一面もあって、他人と和するところが少ないという世評がありました。異能の人の傲岸、それとも、官僚意識なのでしょうか。

寛政五年（一七九三）、玉堂は致仕《ちし》（官職を辞すること）しました。大目付役罷免から次々と卑役に転落し、六年辛抱して職を辞したのです。元の地位への復帰を期待して辛抱していたのでしょうが、叶わぬ夢と思い知り、断念したのでしょうか。

5 玉堂脱藩

致仕の翌年玉堂は脱藩しますが、その間は大坂の木村巽斎の世話になっていました。巽斎は玉堂より九歳年上で、醸造業の豪富、風雅の人でした。巽斎と脱藩後の打ち合わせをしていたようです。

寛政六年三月下旬に、玉堂父子三人は岡山の城下から姿を消しました。出奔です。玉堂五十歳、長子・選《せん》（春琴）十六歳、末子・遜《そん》（秋琴）十歳でした。父子三人は岡山を出て但馬《たじま》国城ノ崎温泉に向けて道をとり、城ノ崎の地から藩庁に向けて脱藩の届書を発しました。浦上一家出奔前後の模様は、出奔から二十年後に岡山藩士・斎藤一興《かずおき》が『池田家履歴略記』に詳しく書いています。しかし、真相はわからず、また、他に玉堂脱藩の真相に触れた資料はありませんが、考えられる脱藩理由はいくつかあります。①主君の死で厭世の念を抱いていた、②母、妻が亡くなり、長女・之《ゆき》も嫁ぐなど、係累に煩わされることがなくなった、③幕府が朱子学以外の学派を禁じる中、陽明学を学ぶ玉堂は思想の自由を求めた、などの見解があります。

　また、脱藩の思想的背景として、玉堂が老荘思想から影響を受けていたことも指摘されています。なお、これらとは別に、大目付役罷免当時から囁かれた噂がいつまでも尾を引いて蒸し返されたのも事実でした。それは、玉堂の娘之女《ゆきじょ》の美貌に狂った藩主が側室として差し出すことを命じたのを、玉堂が蹴って藩主の不興を買ったとするものでした。当時の儒学による道徳観は、「君君《きみきみ》タラズトモタラザルベカラズ」でしたが、一方には『礼記』曲礼篇にある「三タビ諫《いさ》メテモ聞キ入レザレバ去ル」の道もあったわけで、玉堂からすれば、理の当然の行動であったのかも知れません。また、之女が岡山藩士・成田鉄之進のもとへ嫁した後に不義を犯し、玉堂も岡山にいたたまれなくなったとする説もあります。これも掘り起こすすべはありません。しかし、この説も様々な肉付けをされて、後々まで語り継がれています。こうした巷説《こうせつ》も含めて、真相はわからないのです。

　脱藩というと深刻な印象を受けますが、平戸藩主・松浦静山《まつらせいざん》は『甲子夜話《かっしやわ》』の中で、岡山藩では脱藩者を厳格に処置することは稀薄であったと伝えています。現に、岡山藩の脱藩者記録には、江戸初期から幕末に至るまでの脱藩者として二千人近い名前が載っています。それでもやはり当時の社会構造を考慮すれば、出奔、脱藩が如何に重苦しい行動であったかは想像に難くありません。

大坂の隠れ宿に潜んで、岡山藩に動きのないのを見届けたところで江戸へ行きました。江戸に出た早々は、まだ藩庁よりの追及を怖れて潜んでいましたが、やがて安寧を見届け、玉堂は江戸で琴の教授所を開き、たちまちのうちに相当な数の門人を得ました。しばらくすると、会津藩士・荒井文之助《あらいぶんのすけ》の入門があって、玉堂父子の環境は一変することになります。

当時の会津藩主は、この年四十三歳の五代・松平容頌《かたのぶ》でした。容頌は藩校「日新館」を創設して文武両道の教育に意を用い、後に会津藩中興の祖と仰がれた名君です。

容頌は常々藩祖・保科正之《ほしなまさゆき》侯を祀る土津《はにつ》神社の御神楽が二代・正経《まさつね》、三代・正容《まさかた》と時代が下るとともに略奏となってしまい、いまや全く楽歌《がくか》が途絶えてしまっているのを、何とか再興したいものと願っていました。そこに聞こえてきたのが玉堂の琴教授所の隆昌で、玉堂が雅楽を修めて持明院の奥旨を受け、和漢の楽、今様は言うに及ばず、管弦、鼓拍の奏調に至るまで、音楽万般に亘る該博と堪能を備えた人物であることを報らされました。

6 会津藩の玉堂招聘

文之助の進言で、容頌は国元の楽人たちを直接指導してもらうために、玉堂を招聘しました。玉堂は長子・選を江戸の町家に預け、末子・遜を伴って、寛政七年（一七九五）四月二十八日に会津に向けて江戸を発ちました。

会津藩の応援は下にも置かないもので、この上ない待遇を受けました。玉堂も、会津到着後、ただちに昼夜を分かたず楽人たちの指導に励み、御神楽再興に尽力しました。また一方で玉堂は、寸暇を惜しんで高田伊佐須美《たかたいさすみ》神社や塔寺八幡の調査を行い、藩庫の蔵品、古文献に目を通しました。このとき、菅原道真愛用の琴をはじめとして数多の貴重な文献、蔵品が発見されました。その中には、浦上家の遠祖・紀貫之が「喚子鳥《よぶこどり》」と号して愛玩した琵琶、熊沢蕃山が源氏物語の礼楽を研究した『源氏外伝』などが含まれていました。会津藩と浦上家や岡山との不思議な関わりに複雑な感慨を玉堂は覚えました。

玉堂は御神楽再興を成し遂げ、会津藩雅楽の中興としてその名を留めました。また、大らかで節義ある会津藩の家風を見届けた玉堂は、この家中こそ遜の留まるべきところと考え、遜の登用を懇願しました。玉堂の願いは入れられ、出仕が叶うことになりました。

しかし、玉堂は会津藩の懇切丁寧極まる対応に歓喜する一方で、奥底の懊悩に身も心も苛《さいな》まれて日々を送っていました。会津藩の扱いが丁重であればあるほど、内奥には鴨方藩への怨み辛みが募りました。藩中で孤立するしかなかった屈辱を振り返らずにはいられず、心は千々に乱れ、やりきれない孤独感は益々増大されて、その身を責め苛みました。加えて、気候温暖な岡山に育った玉堂には、会津の一冬はほとんど堪えられないまでの窮厄《きゅうやく》（危難にあって苦しむこと）でした。

都を遠ざかっての暮らしに付き纏《まと》う寂寥感《せきりょうかん》は玉堂の内奥を責め苛み、望みは、都の芸苑に地歩を占めることでした。

会津を発って江戸へ向かった途端、玉堂は何とも言えない解放感を味わいます。この玉堂の気持ちの浮き沈みの極端さには、別の視点からの解釈が必要かも知れません。玉堂の性格には、躁鬱病的性向が否定できないのです。原因が母の訓育の厳しさから来ているのか、脱藩までの七年間の辛い環境のせいなのかはわかりませんが、後に盛んに制作を展開するようになると、随所にその性向に結び付けなくては説明のつかない精神の落差が顕わになります。折に触れて描く画の極端な明暗の変転の凄まじさは、単に心情の揺れを解くだけでは説明がつかないのです。

7 京都に拘る玉堂

江戸に帰ってまず知らされたのが、之女の死でした。出産後の産褥《さんじょく》熱で死没したのです。二十一歳でした。玉堂の悲しみはいかばかりだったでしょうか。

江戸には長居せず、大坂の巽斎を訪ねます。玉堂には常に文雅の道の首都である京都に住処を定めたい強い願望がありましたが、そうするためには、やはり巽斎に頼るしかありませんでした。巽斎は、玉堂の頼みは何でも聞き入れました。

寛政九年（一七九七）、遜は藩命による舞楽修行のため京都にいました。父子三人は、一年ぶりの再会を喜びました。三人は、清水寺で開かれる東山新書画展観に作品を出品し、玉堂は行書題詩、選、遜は扇面に小品を描きました。京都にあって、文墨の世界に地歩を得たいと願い、また二子の斯界での暢達《ようたつ》に密かに期待をつないでいた玉堂は、小品とはいえ、子供たちの画が京都の画人、文人たちの作品に混じって他人の目に供されることに、大きな喜びを覚えました。

玉堂はまた、琴曲について考察した『玉堂雑記』という小冊子も書いています。玉堂の和漢の書籍への通暁がわかり、膨大な数の和漢の諸書を引用して論考が進められていて、玉堂の読書熱によって培われた博識が窺えます。『梁塵秘抄』を読破していたこともわかります。

寛政末年頃の玉堂は、京都を拠点に周辺に出遊して知友を訪ね歩いています。京都の住処がどこだったかはわかりませんが、嵯峨野をとても愛していましたので、嵯峨野のどこかだったと思われます。

玉堂は生活力旺盛で、生涯にわたって生活に困ったことはありません。彼は書画に目が利き、鑑定料でもお金は入りました。また、製薬、医療の面でも、琴を制作・販売することでも収入がありました。大金のかかることでは巽斎に頼りましたが、日々の生活は自分でできたのです。

長子・選は、一般に受け入れられやすい画を描いたので、春琴の号で次第に世上に人気を博するようになってきました。

当時、一定の住処が得られて一家を構えられた文墨の士は稀な存在で、ほとんどは間断なく旅を重ねることによって漸く口を糊したのが実情でした。勿論、玉堂もそうでしたが、都の翰墨場裡《かんぼくじょうり》（詩文・書画などの会、またはその仲間がいるところ）に何としてでも潜り込みたかった玉堂は、京都にしがみついて離れるわけにはいきませんでした。

そんな玉堂も、文化二年（一八〇五）に憧れの長崎に向けて旅立ちました。旅には玉堂琴を携行し、愛用の煙草の皮袋を下げ、薬を調合するための秤も持ちました。そしていつもの鶴氅衣《かくしょうい》（隠者の服装）なので、道行く人々は好奇の目で見ました。旅の途次、三田尻の豪商の娘に琴を教えたようです。

九州からの帰路の途次、しばし大坂に逗留し、田能村竹田《たのむらちくでん》と時をともにしました。竹田はもともと春琴の知友で、春琴より二歳年上で、玉堂より三十二歳年下でした。竹田は江戸時代後期の代表的南画家の一人です。竹田は岡藩の藩校で総裁まで務めましたが、藩政改革の建白書が受け入れられず、致仕した後は詩作と染筆に傾注しました。中国の画風を正確に受け継いだ画を描きました。

8　李楚白の『山水帖』入手

文化三年（一八〇六）、玉堂は画人としての魂を根底から揺さ振られる掘出物に巡り合いました。李楚白《りそはく》の画帖『山水帖』を入手したのです。『山水帖』は池大雅《いけのたいが》が愛蔵した逸物で、それを大雅の高弟・青木夙夜《しゅくや》が受け継ぎ、玉堂の手に渡ったのです。李楚白の画は玉堂にとってまさに衝撃でした。明末清初の画風で、雲か霞にかすむ主山を奥に描き、主山周辺の山並み、近景となる樹木などが見事にそれを支えています。帖に収められた十一の山水図には、気韻動かし難い堅牢な構図のうちに確固たる主張があり、玉堂は圧倒されました。

玉堂は李楚白の画に天啓を観ましたが、彼の『山水帖』については何も書き残していません。玉堂は李楚白に嫉妬したのです。『山水帖』は自分からは遠ざけておきたいと思い、春琴に与えて、画の心を学び取らせようと思いました。しかし春琴は、西遊こそが画人を肥やすと言って、『山水帖』

は玉堂の手元に置いたまま、西に向けて出発しました。

文化四年（一八〇七）の冬、玉堂は大坂の持明院で一か月余にわたって、田能村竹田と同宿しました。琴を弾じ、画を描く生活をともにしたのです。

竹田は、彼の著『竹田荘師友画録《ちくでんそうしゆうがろく》』『山中人饒舌《さんちゅうじんじょうぜつ》』の中で、彩管を握る玉堂の姿勢、緊張について詳細な観察を記しています。要約すると次の通りです。

「玉堂は早朝に起き出して居室を清め、香を焚き、弾琴して、午前六時に酒を盃に三杯飲んでから筆をとりました。玉堂は一種儀式のように手順を踏んで彩管を手にしたのです。酒が力を貸し、酔いが自らを別の世界に運んでくれることを承知していたのです。筆を握ると飽くことなく、休みませんでした。酔いが醒めるか、興がそがれるかすると、ただちに筆をおきました。酒が重ねられるとまた新たに興が湧き、墨が乾いたら紙幅に向かい、墨の上にまた墨を重ねて描きました。十余酔を繰り返し、十余回も墨を重ねて描いたりもしました」

これが玉堂の筆法なのです。淡い墨に濃い墨を重ねて遠近を描き、その上にさらに濃い墨で樹木を描く重ね描きこそ、玉堂ならではのものです。それは南画に稀有の筆法というより、近代絵画が絵具の上に絵具を重ねる手法と同じです。

六十三歳と年齢の書き入れがあって、文化四年の作と判る玉堂の画に、「青松丹壑《せいしょうたんがく》」図があります。玉堂六十代の代表作とされるこの画は、十全に玉堂独自の様式を確立した作で、水墨画でありながら「青松丹壑」の画題が、松林の緑色に透けて見える赤い岩肌を際立たせて詩情を醸し出し、詩画一体の境地を完成させています。描き出された画境は、李楚白の影響が窺《うかが》えるもので、画帖中の

「青松落陰《せいしょうらくいん》」図から演繹された詩境と言えます。内なる記憶が触媒となって対象世界が摑みとられ、画境がなります。表出されたものは意外に実在には遠いものですが、そこに至るのは記憶を超えた天稟《てんりん》のなせる業です。

9 奥羽への旅

文化五年（一八〇八）、六十四歳の春に玉堂は奥羽に向けて旅立ちました。玉堂琴に加えて李楚白の『山水帖』まで携えての旅です。秋琴を訪ねるためでしたが、巽斎はじめ、彼の後ろ盾になっていてくれた人々に死なれ、京都での暮らしに窮していた気配も感じられます。

その途中、水戸に立ち寄り立原翠軒《たちはらすいけん》を訪ねました。翠軒はこの折の玉堂との談話を記録していて、そこには、春琴については虚偽が混じり、秋琴については、会津藩出仕の年齢の十一歳を九歳と嘘をつくなど、見栄を超えた意図した虚構を玉堂が用いていたことが書かれていて、息子自慢はわかりますが、旧知の前で嬌飾を弄さずにはいられない玉堂の心の有様には、心傷みます。

水戸を発った玉堂は、七月に飛騨高山の国学者・田中大秀《たいしゅう》を訪ねました。弾琴を玉堂に学んだ大秀でしたが、師弟関係というより、互いに異能を認め合う、風雅を分かち合った旧知でした。大秀との交歓は、風雅に加えて極めて高尚な知的愉楽への欲求を満足させるものでした。

文墨の人の放浪の旅は、一見、風流にも見えますが、永い泰平が風雅を鼓吹する文人墨客の急増を招いたこの時期、通過される郷村の側には迷惑至極な事態が重なったことも否定できません。「物売り、画家、俳諧師お断り」の貼紙をしたところも多くありました。一か所で遇されたら、次の宿の確保のために紹介状を書いてもらいました。田中大秀も飛騨古川の酒造家である蒲家に紹介状を書いています。これによりますと、玉堂が田中家に六十日ほど居たことがわかります。

蒲家でもこもごもの恩義に与《あずか》った玉堂は、返礼の意を籠めて「曳杖野橋《えいじょうやきょう》」図を描いて遺し、それが今に伝わっています。小品ですが、斬新な手法が画紙に試みられています。中央に大きな樹木を濃く描き、うしろの空間に丈高く樹木の影を同じ形に配したのは、画中に余韻を求めたものと思われます。

秋になって飛騨を後にした玉堂は、加賀藩の文人藩士寺島応養《てらしまおうよう》を訪ねました。玉堂より三十一歳年下でした。文画の士として知られた彼のもとには、諸国からの文人墨客の来訪が引きも切りませんでした。黒木稼堂の『寺島静斎翁伝』によりますと、玉堂の金沢入りはこの時に限らないことがわかります。また、黒木稼堂の『三州遺事』には、玉堂に独歩の気配を見届けていることが注目されます。玉堂の金沢逗留は百日の余に及んだとあります。この折描いた「山中読書《さんちゅうどくしょ》」図、「緑染林《りょくせんりん》皐《こう》」図が寺島家に伝わっています。また、玉堂の詩が加賀藩の文人藩士・富田景周《とだかげちか》が編纂した詩集『燕台風雅《えんだいふうが》』に採録されています。

やがて玉堂は文化七年（一八一〇）、会津に至ります。この時玉堂は、秋琴の予期せぬ変化を見届けることになります。結婚した妻が長女・千代女を残して二十二歳で死没したため、秋琴は子連れの女性と再婚していました。その家庭環境から推し量って、秋琴の将来について、玉堂は絶望を感じたに相違ありません。乳飲児が泣き喚く家内では、弾琴に専念することは勿論、彩管を握るさえ到底不可能と看て取りました。この会津訪尋《ほうじん》を機会に、玉堂と秋琴の交渉は全く絶えることになります。

こうして、文化五年から八年にかけて、足掛け四年間の奥羽の旅は終わりました。

第二章

浦上玉堂の芸術

1「煙霞帖」十二図

奥羽から帰った玉堂は、六甲山下に遊び、やがて伊丹に道をとりました。伊丹の富豪の酒造家は、文人墨客を厚く遇す風がありました。すでに伊丹でも画名盛んだった春琴が、青林詞兄と呼んで馴染んだ人物のもとに身を落ち着けた玉堂は、後に「煙霞帖《えんかちょう》」と題された画帖にまとめられる一聯の画を一気に描きました。これは、「雲与霞乎《くもかかすみか》」「渓橋抱琴《けいきょうほうきん》」「幽谷茂林《ゆうこくもりん》」「棄日留夜《きじつりゅうや》」「渓上読易《けいじょうどくえき》」「穿幽透深《せんゆうとうしん》」「水流花謝《すいりゅうかしゃ》」「青山紅林《せいざんこうりん》」「松風秋水《しょうふうしゅうすい》」「問津者乎《もんしんしゃか》」「渓間釣詩《けいかんちょうし》」「山渓欲雪《さんけいよくせつ》」の十二図から成る一聯の画です。

玉堂の筆致は秀潤そのもので、色を惜しむように画紙上に墨色しかなくても、多彩な色彩を想像させて、画紙上の世界は決して単調ではありません。というより、墨一色の世界が、むしろ一層豊饒な色彩感を示しています。時に点彩される代赭《たいしゃ》や淡い雌黄《しおう》は、その色彩自体が多くを語ることは勿論、墨色が更に多くの色彩を想像させ、観る者に緊張をもたらします。

例えば、「雲与霞平」図にある樹木に点彩された枯葉の代赭は、柔らかに用いられた青墨《せいぼく》に調和し、主峰の墨色、それを際立たせる焦墨《しょうぼく》の諧調は観る者に自然を実感させる効果を発揮しています。まさに色彩を止揚した水墨世界の完成で、淡彩表現の極致を表出していると言えます。四字の題詞は画面に描かれない音、画中の詩魂を観る者にイメージさせます。詩画一体の画境です。詩を読むと画がわかり、画を見ると詩情が伝わります。

「煙霞帖」十二図において、玉堂は李楚白の幻影から完全に脱却して、独自の玉堂世界を展開しています。「煙霞帖」には後に春琴と竹田の跋《ばつ》がつけられました。さすがに竹田の跋は、玉堂の画を余剰も不足もなく語っていますので、全文を掲載しておきます。

「曹渓《そうけい》の六祖慧能《えのう》を源として、真実の禅は展開し、そこから臨済に曹洞に、そして更に黄檗にと発展していった。そのことをよくふまえて玉堂の画をみると、たしかに玉堂の画は酔余の一筆ではあるが、そこには臨済や曹洞や黄檗などにおける禅門の戒律による相対的なものにとらわれる考えを一拭したような境地がある。例えば山奥深い庵に春も暮れ、のどかな一日、酒をのみ茶をする玉堂は、人との応対でうまくその場をつくろうことは知っているが、玉堂以外、この画のように生き、山を愛する者がほかにいるだろうか。いま画を前にしてわたしは酒を飲んでいる。そして静かにこの煙霞帖をみている。何かこみあげてくる心を抑えることができない。いつまでも吸いこまれるように見続けている」

2 玉堂画の独自性

玉堂の画は文人画、南画の範疇に容れて語られるのが一般的ですが、南画という枠構えはとても曖昧です。南画は南宋画のことで、北宋画に対する言葉です。南宋画、北宋画という言葉を使いだしたのは、明代の董其昌《とうきしょう》ですが、しかし、画そのものを観ただけでは区別がつきません。南北と言いながら、地域的意味合いは薄く、強いて相違を挙げれば、北宋画は職業的画家によって描かれ、南宋画は非専門家の文人たちが描くものも含まれるということです。また、北宋画は筆遣いが硬く、南宋画は柔らかいといえます。南北二宗の画を絵画的見地から厳密に区別することは不可能に近いので、禅の世界観から見た方が由縁に近付きやすいかもしれません。「南頓北漸《なんとんほくぜん》」という語が、画の南北二宗を判断するのに便利です。北宋禅は経文を考究し、修行を積み重ねて大悟に至るに対し、南宋禅はある日突然にでも大悟徹底すれば、菩薩行位に達することができるとしています。画をこれに重ねると、北宋画が筆法の厳重を重んじるのに対して、南宋画は、筆法描法は本人の自由でよいというものだと思われます。

この点からしても、玉堂は南画的方向を指向していると言えますが、玉堂の場合は、もっと先を行っていて、南画にある約束事も無視して描いています。すなわち玉堂画は、中国の風を踏襲したものでもなく、日本の先人たちに追随するものでもない、まさに独歩しているのです。流派に属する画は説明的構図から脱却できませんが、玉堂は画紙上に自然を説明的に描くのではなく、風景が観る者に与える量感、感動そのものを描こうとしたのです。当時盛んに行われた土佐派、円山四条派など様式に頼る画と隔絶したと同時に、当時の南画諸家とも相違した姿勢であり、現代の画家が指向する意識と変わりません。玉堂には既成の伝襲的画題を扱う姿勢は最初からなく、己の感動をそのまま描こうとしたのです。

3　春琴と玉堂

文化八年（一八一一）、柳馬場二条北に住処を定め、玉堂と春琴は同居します。京の町に住処を定めたところで春琴は妻を娶りました。春琴三十三歳、妻・瀧女二十四歳。春琴は当時すでに山水花鳥を善くする画家として、京坂にその名を謳われ、家にはその画を請う者が引きも切らずに出入りしました。玉堂は春琴の画を行灯画《あんどんが》とか針箱画と言って批判していました。今でこそ玉堂ばかりが持て囃されて、春琴はその陰に隠れて見えませんが、当時の評価は全く今の逆で、春琴は花形の流行画家で、玉堂は一握りの心ある人々の間でしか取り上げられませんでした。玉堂の春琴批判の中には、彼に対する嫉妬・羨望もあったのです。

4　「凍雲篩雪図」と玉堂の画業

文化九年（一八一二）、六十八歳の玉堂は後に国宝に指定される「凍雲篩雪図」を描き上げました。

「凍」は「東」に通じ、「凍雲」はどんよりとへばりついて動かない雲のことと言えます。「篩雪」は、満天を覆う雲から雪が篩《ふる》われる様《さま》のようです。暗澹たる空に垂れ籠めて動かない雲から、篩われたような雪が降り積もっています。全山深々と雪に埋もれ、行路は雪に覆われて漸くそれと窺えるばかりです。埋もれんばかりの雪に囲まれた庵には、隠士《いんし》とおぼしき人物が一人端座しています。

玉堂は、会津で堪え難い寂寥《せきりょう》を経験してから十七年の歳月を経た後に、ようやくこの画を描いたのです。

世間の玉堂の画に対する評価は厳しいもので、画人と認められたことはありませんでした。春琴のもとを訪れるような、画絹を持参して画を請う者などは皆無でした。玉堂には剥き出しにするには憚られるものが多くあって、それが迷いとなって苦衷が先に立ち、筆先をためらわせて、鈍らせてきたのです。それが初めて全ての由縁を断ち切って、真に独歩した玉堂世界を描けたのが「凍雲篩雪図」なのです。頭を去らない会津での苦い記憶に正面から対して、己を客観視するには十七年の歳月が必要だったのです。筆を握るには勇気が必要であり、また胸奥での発酵を促す歳月の経過があって初めて画紙に向かう気力が湧いたのです。このほとんど壮絶な雪景からは、誰に何を訴えるすべもないまま、鬱塞《うっそく》に堪えて一処に足掻いていなくてはならない人間の、悲痛な叫びが伝わってきます。「凍雲篩雪図」は、玉堂が初めて明らかにした己の心象の自画像なのです。

玉堂の画業について整理するなら、年代的には岡山出奔以前の五十歳まで、五十歳から六十代の二十年間、七十歳以降と、三期に分かつのが通例です。

五十歳以前の作としては、年記のある最も早い時期のものとして挙げられる三十六歳の安永九年

（一七八〇）に模写した「富嶽図」、四十三歳の天明七年（一七八七）に河本一阿のために描いた「南山寿巻」、四十八歳の寛政四年（一七九二）の「山中結盧《さんちゅうけつろ》」図、「山水」図等があります。

五十代は、五十四歳の寛政十年（一七九八）に大田南畝《おおたなんぽ》に贈った「江山覓句《こうざんべっく》」図しか確かめられず、六十代も六十三歳の文化四年（一八〇七）に描いた「青松丹壑」図が見られるだけです。

玉堂が最も生彩を放つ旺盛な制作を展開するのは、「煙霞帖」を描いた六十七歳以降に限られます。「凍雲篩雪図」はこの時期に屹立する大作です。

七十代には、龍爪筆を試した「野橋曳杖《やきょうえいじょう》」図、一種奇抜な「風高雁斜《ふうこうがんしゃ》」図、名作と評価の高い「煙雨模糊《えんうもこ》」図等々、新機軸を駆使した力作が多くあって、老いて益々盛んになっています。

5 春琴と頼山陽

文化九年（一八一二）八月に、瀧女が春琴の長女・恒女を産みました。後に恒女は秋琴の次男・宗尚《むねたか》を入婿に迎えました。宗尚は、後年鴨方藩で祖父・兵右衛門の名跡を立てることを許され、藩籍に復するという不可解な幸運に恵まれました。

頼山陽は祇園の花街で放蕩三昧の生活に溺れ、世の顰蹙《ひんしゅく》をかいました。しかし春琴は彼を見捨てませんでした。山陽は徹底した玉堂の生き方を尊崇していた節が見られます。玉堂父子は山陽の才能を認め、決して排斥しませんでした。

文化十年（一八一三）には、玉堂父子にとって特筆すべき慶事がありました。その年の『平安人物志』に玉堂父子の名前が揃って掲載されたのです。

この年春琴は、玉堂の肖像を描きました。有名な、鶴氅衣を着た白髪の玉堂が弾琴する図です。「玉堂琴」の弦を抑えて体は左前に少し傾き、頭も傾《かし》いでいます。頭髪は前のほうは白髪が短くまばらですが、後頭部にはまだ髪の豊かなふくらみがあり、真っ白な顎鬚《あごひげ》は耳の下まであります。老人とはいえ、艶のよい顔色をした、老いて益々盛んな印象があります。

6 玉堂の理解者・田能村竹田

玉堂をよく理解した人物としては、早くよりその才能を認めた皆川淇園と田能村竹田がいます。特に竹田は玉堂画の精髄がわかっていた最もよき理解者で、玉堂の画にとっての鍾子期《しょうしき》だと言えます。鍾子期は、中国、春秋時代の楚の人で、その死後、琴の名手伯牙は、自分の琴の音を知ってくれた唯一の人である彼の死を嘆き、弦を断って再び琴を弾じなかったといいます。

竹田はその著作『竹田荘詩話』、またその画論を開陳した『山中人饒舌』、交友録であり諸家についての評論でもある『竹田荘師友画録』等々で、再三にわたって玉堂に触れ、玉堂の画についての深い理解を語っています。これらは、玉堂画についての真に神髄を伝えたもので、いまに至るもこれらを凌駕する評論はないと言われています。

7「風高雁斜図」

文化十四年（一八一七）、玉堂七十三歳、好々爺然《こうこうやぜん》と穏やかな晩年を知友との風雅の交歓だけを楽しんでいたかに見えた玉堂が、最後の残り火をかきたてて大噴火を遂げ、斬新奇抜な画を描きました。「風高雁斜図《ふうこうがんしゃず》」です。

前景の島では繁った草が風に薙《なぎ》伏せられ、数本の樹木が大きく撓《たわ》んでいます。島の端には小さく庵もあります。後方中央の異様な形をした山が、グイッと傾いで前景の島に覆いかぶさってきています。瘤《こぶ》か伐株《きりかぶ》を寄せて重ねたような山が、遠近を逆手にとって描かれ、主峰の怒張はたちまち画面に風を捲き起こし、山の中腹あたりの位置、右手中空に点を掃いたように浮かぶ雁の列が、烈風に乱されています。戯画的筆致で描かれた山容の生々しい気配は、一種グロテスクなまでの異様な雰囲気を醸し出しています。

我が国の南画には類のない異色作ですが、玉堂が、胸奥に払拭されないままある鬱塞を赤裸々に表出したものと考えれば、画の意図するところは読み取れます。泰然としてある「静」の象徴の山が、突然示す不穏の意志への惧れであり、定まりのないこの世の全てに向かっての不信です。断固として動かぬものと信じ切っていたものから、思いがけない裏切りを見せつけられた苦い過去、武家社会の規範に則って厳然とあった筈の鴨方藩が、唖然とするよりない動きを示して玉堂を押し拉《くだ》き、弾《はじ》き出してしまった苦い記憶につながるものと受け取れば、この画が伝えているものがよくわかります。「凍雲篩雪図」のように、己が噛み締める鬱塞の只中に吾から身を埋めているのではなく、己の内奥を客観視して捉えた世界だと思います。「東雲篩雪」図のように、己が噛み締める鬱塞の只中に吾から身を埋めているのではなく、己の内奥を客観視して捉えた世界だと思います。

「風高雁斜図」を含む一聯の玉堂画は、大正十年（一九二一）に富岡鉄斎によって画冊にまとめられ、『鼓琹餘《こきんよ》事帖』と題されました。ここには、「山中無事《さんちゅうぶじ》」「水亭取涼《すいていしゅりょう》」「天寒遠山浄《てんかんえんざんじょう》」「遁跡入隠《とんせきにゅういん》」「卜世三十《ぼくせいさんじゅう》」「雨後絶涼《うごぜつりょう》」「満江風煙《まんこうふうえん》」「山松横翠《さんしょうおうすい》」「松江泛舟《しょうこうはんしゅう》」「風高雁斜」の十図がまとめられています。

8 玉堂死去

文政三年（一八二〇）、春にはまだ健やかであったと伝えられた玉堂が、秋になると病の床につきました。そして、ほんの数日病床にあっただけで、呆気なく生を終えました。享年七十六。葬儀の盛大さが想像されますが、一切伝えられていません。

玉堂は、柳馬場からほんの僅かな距離にある本能寺に葬られました。後に春琴もここに葬られ、玉堂とともに眠ることになりました。本能寺は、織田信長が非業の最期を遂げた寺ですが、秀吉の時代に区画整理によって移転させられ、当時はもう現在の位置にありました。

しばらくして、頼山陽の撰になる「玉堂琴士之碑」が嵯峨野の法輪寺に建てられました。法輪寺は虚空蔵菩薩を本尊とする寺で、十三詣りの寺として有名です。

第三章

浦上玉堂の評価

1 ブルーノ・タウトの玉堂観

ブルーノ・タウト（一八八〇―一九三八）はドイツの建築家で、一九三三年、ナチス政権から逃れて来日し、三年半を過ごしました。その間、建築、書画、工芸、芸能等、日本文化を見渡し、桂離宮、伊勢神宮を賞賛したことで知られています。『日本美の再発見』など、多くの著作を残しています。

そのタウトが、浦上玉堂は近代日本が生んだ最大の天才だと讃えているのです。玉堂が「自分のために描いた」ことに注目し、彼が日本美術の空に光芒を曳く彗星のごとく独自の軌道を歩んだことは、ヴィンセント・ヴァン・ゴッホに比することができるとしています。ブルーノ・タウトが玉堂について言っていることを更にまとめますと、次のようになります。

「玉堂の芸術は、ヨーロッパの印象派の先駆の観があります。気分をかもし出す暗示が同時に詩情を伴っています。また自然をそのまま再現するのではなく、自然を解釈し、自然の形態をもって作曲し、画紙に人間の感情を描いたのです。だから玉堂の略画的表現は抽象ではなく、画意の豊富を意味しています。精密な線描は、例えば樹葉を写す場合に、吹く風をも描かねばならぬとすれば、かえって不正確になるのです。芸術においては、一切は芸術家の『胸臆の像』に帰着するのだから、このような意味において玉堂は、画家のうちで最も精厳な芸術家であったと言えます」

2 川端康成と浦上玉堂

川端康成は「月下の門」の中で浦上玉堂の「凍雲篩雪図」に触れています。川端は、「凍雲篩雪図」を図録で見た時から好きでした。古美術・骨董のいいものに出会うと、自分の命を拾った思いになるそうです。旅行の道すがら途中下車して、所蔵者の家を訪ねましたが見せてもらえませんでした。ところが広島、長崎へ原子爆弾の視察に行った帰りに京都へ寄ると、この絵が買えそうな話を耳にし、幸運にも手に入れることができました。いいものとの出会いは、金のあるなしではなく、縁であり、巡り合いであると川端は常々思っていましたが、その思いが叶ったのです。川端の京都の定宿は柊家で、玉堂の墓のある本能寺に近く、来ればいつも玉堂の墓に参り、玉堂と語ります。法輪寺の玉堂碑を見に行くこともあります。「凍雲篩雪図」を見て、北国の人は北国の山の降雪の暗い気分にそっくりだと言いますが、玉堂の郷里の岡山の人は、子供の頃に岡山県の山で見た粉雪の濃く温かい降りにそっくりだと言います。おそらく温かい粉雪が本当なのだろうと、川端は考えています。『浦上玉堂伝』を描かれた久保三千雄氏とは考えが違いますが、どうなのでしょうか。

川端康成は、浦上玉堂を題材にした「琴を抱いて」という短編小説を書いています。五十三歳になる作家の杉村が、友人の久山に浦上玉堂の絵を売り渡す話です。虫干しのつもりで床にかけておいたのを、遊びに来た久山が見て、譲れと言ったので売り渡したのです。杉村は絵を骨董として所有する欲はそう強くなく、だいたいものを所有する力には欠けていました。自分の命を所有する力さえ怪しいものでした。「譲ってもいいよ、君なら」と言ってから、二人で玉堂を巡る話になっていきます。

二人は、私たちが『浦上玉堂伝』で知ったような、玉堂についての蘊蓄《うんちく》を語っていきます。竹田やタウトの玉堂評も知っています。

久山はこの絵が気に入ったこともありますが、杉村が最近貧乏しているのを察して買おうと言い出したようでした。この友人の気持ちは、杉村にもわかっていました。

杉村は、二十六歳になる娘の修子と二人暮らしで、二十五年も前から二人きりです。杉村は身辺のことしか書かない作家で、娘の修子のことも、幼い時から細大漏らさず世間の読者に報告してきました。修子は十二、三で父の小説を読み始めて、父と母のこともそこで知りました。父と母とは結婚しておらず、母の話をすることなく二人は暮らしています。

玉堂は精神の自然と自由とのために、ほとんど実生活を捨てて、呪縛を逃れようと生きました。そのような玉堂が、七十になってもなお手に抱いていた琴は彼にとって何だったのだろうかと、杉村は考えます。そして、玉堂の琴にあたるものは自分には何なのか、そんなもの、自分にもあるのだろうかと考えます。そんな時、修子が帯を箪笥にしまっているのを見て、玉堂にとっての琴は、自分の場合は修子の母への愛だったのだろうかと、不意に思い浮かびました。杉村は、修子を産んだ景子のために結婚しないできました。玉堂の琴のように、生涯抱いて歩いたというのだろうかと思いました。

3 浦上玉堂の子孫

玉堂の長男・春琴には男子がいなかったため、一人娘の恒女に弟・秋琴の息子宗尚を婿養子として迎え、宗尚は鴨方藩士となって浦上家を岡山に再興したことは前に触れました。

宗尚は後に藩の大目付に任じられ、明治維新後は権大参事（現在の副知事）になりました。宗尚を継いだ宗喬の息子・宗次は、日立製作所勤務を経て福岡市に合名会社日之出商会を設立。宗次の長男・定司は同社を日之出水道機器株式会社と改め、現在は定司の長男・紀之が同社を率いています。マンホール蓋をはじめとする鋳鉄製品の製造販売からスタートし、全国に事業を展開。現在ソリューション・カンパニーへ姿を変えようとしている同社は、二〇一九年創業百周年を迎えました。

○注

① 『週刊朝日百科　世界の美術』128、朝日新聞社、一九八〇年
② 久保三千雄『浦上玉堂伝』新潮社、一九九六年

第三部

芭蕉物語

第一章　野ざらしの旅
第二章　貞享の芭蕉庵
第三章　『笈の小文』
第四章　『奥の細道』
第五章　近畿遍歴

俳句に取り憑かれた人は多くいると思いますが、その最高峰はやはり松尾芭蕉（一六四四―一六九四）だと思います。芭蕉は、滑稽や諧謔（おどけて、おかしみのある言葉）を主としていた俳諧を、蕉風と呼ばれる芸術性の極めて高い句風として確立し、後世では俳聖として世界的にも知られるようになった日本史上最高の俳諧師の一人です。

東大や学習院大学で芭蕉の講義をされた麻生磯次《あそういそじ》氏は、昭和五十年に『芭蕉物語』上・中・下（注①）を出版されました。芭蕉が真に芭蕉らしくなり、蕉風が確立されるのは『野ざらし紀行』以後のことなので、野ざらしの旅から没するまでの約十年間の行動や作品を取り上げて、麻生氏は語っていかれます。芭蕉の伝記研究は多くあり、中でも阿部正美氏の『芭蕉伝記考説』（注②）は最も優れたものと言われていて、麻生氏はこれに拠りながら芭蕉の肖像を描いてみようと思い立たれました。日本の作家の中で、芭蕉ほど生活と芸術が密着した人は稀で、その作品はその行動を無視しては理解できないくらいに日常の生活の中にしっかりと根をおろしています。麻生氏のこの作品が一般の伝記と異なる点は、個々の事実をただ平面的に羅列したのではなく、人格が発展して作品を大きく育ててゆく経路を見ようとした点にあります。この本を辿りながら、芭蕉の神髄に触れたいと思います。なお、芭蕉についての研究はとても沢山ありますので、その中で私が知ったこと、例えば、テレビ番組の『漂泊の俳人たち』（注③）、１００分de名著『松尾芭蕉　おくのほそ道』（注④）、松尾芭蕉を取り上げた「偉人たちの健康診断」（注⑤）、「英雄たちの選択」（注⑥）等からも随時引用させていただきながら、芭蕉を知っていきたいと思います。

第一章　野ざらしの旅

門人たちの厚意で再建された庵はありましたが、芭蕉はそこに安住する気持ちはありませんでした。西行や宗祇のように、一人になって自然の懐に飛び込んで行きたい、寂しい境涯に徹して、自分の心を見つめてみたい、そんな気持ちに満ちていたのです。天和二年（一六八二）の大火以来、人生無常、一所不住の観念が強まっていました。

しかし一方で、一所不住の生活を求めながら、いろいろなものへの愛着が断ち切れません。郷里への未練もそうですし、俳諧に愛着することも煩悩のなせるわざでした。

俳諧一筋に生き、遊技的俳諧から文学的俳諧へ引き上げたい！　本当の俳諧を生み出すには禅僧の心境になる必要がありました。これも煩悩ですが、その時の芭蕉にはこれしかありませんでした。

野ざらしを心に風のしむ身かな　芭蕉

千里《ちり》を伴い、悲壮な思いを抱いて旅に出た芭蕉でした。箱根を越える時は生憎の雨で、千里は残念そうにしていましたが、芭蕉は別に失望しませんでした。

霧しぐれ富士を見ぬ日ぞおもしろき　芭蕉

芭蕉は、富士が見えないのがかえって面白い、それが俳諧の表現だと思いました。富士を見ようと待ち構えていて、思い通りになったのでは、私心を満足させるだけです。芭蕉は私心を捨てて、大きな自然に随順しようとしました。与えられたものはそのまま素直に受ける、それでこそ自然の心と合体することができると考えました。

箱根を越え、沼津を過ぎ、富士川の渡し場にさしかかった時でした。河原の砂利の上で、三歳くらいの捨子がさめざめと泣いていました。この時代は、堕胎、間引、捨子が多くありました。この子の泣き声には力がなく、悲しげで、命の期限は今宵か明日に迫っていました。この時に詠んだ句。

猿を聞く人捨子に秋の風いかに　芭蕉

猿の声は哀調を帯びていて、その声を聞いて涙を流し、断腸の思いを詩や歌に託する詩人は少なくないといいます。「猿の声を聞いて断腸の思いをする人よ、冷たい秋風の中で泣いている捨子の声を聞いていかに感じるか」と芭蕉はこの世の詩人たちに呼びかけましたが、この中には自分も入っているのです。

人間の道と風雅の道との間に乖離があってはならない、人の道を正しく踏むところに正しい俳諧は生まれると、芭蕉はかねがね考えていました。ところが世の文人たちは、ややもすると風雅に名をかりて現実から逃避しようとします。芭蕉自身も、自ら顧みてそういう傾向がないとは言えませんでした。

乞食僧のような俳諧師の行動には、おのずから限度があって、惻隠の心があっても、どうすることもできない自分の無力を反省する以外に方法はありませんでした。

天の命じるところに身を任せ、受けた性に従うという荘子の考えからすれば、気の毒な子ではあるが、それももって生まれた宿命なのかもしれません。人間はめいめいどうにもならない宿命をもっています。この子の親とても、子供が憎くて捨てたのではなく、可愛い子を離さねばならない運命に置かれているのだ。運命という大きな力に抗することはできない。痛々しいまでに弱い感情の持ち主であった芭蕉は、こういう風に自分に言い聞かせなければ、いたたまれなかったのです。

こうして芭蕉は、身を切られる思いでその場を去りました。

道のべの木槿《むくげ》は馬にくはれけり　芭蕉

芭蕉が馬に乗って進んでいると、馬が生垣の木槿をぱくりと食べてしまいました。ありのままを詠んだだけで、造作もなくできたので、不安になりましたが、よく考えてみると、今まで自分たちが作ってきた句は、巧みに見せようとして頭で作り上げた句が多かったことに思いを馳せ、見たままを、巧まずに表現するような句があってもよいはずだと考え、今までにない安らかな境地をさぐりあてた喜びを感じました。

山路来て何やらゆかし菫《すみれ》草　芭蕉

三月中頃、芭蕉は京から大津へ入りました。

途中山路を歩いているうちに、ふと道端で菫の花を見つけて、言い知れぬ懐かしさを覚えました。山の菫は珍しく、山路は樹木に覆われていて、昼でも薄暗いほど静まり返っています。その淋しい山の道端に、菫が小さな紫の花をつけています。何という可憐な花だろうと芭蕉は思いました。最初詠んだ時は、「何とはなしに何やら床し菫草」でしたが、「何とはなしに」は稚拙な表現であるため、後で「山路来て」に改め、『野ざらし紀行』に採用したということです。

また初案では野の菫だったのを山の菫に変えています。山の菫は野の菫に比べて、一層可憐で、奥床しい感じを与えますし、小さな命をいとおしむという情も起こってきます。改作によってこの句は、完璧なものになったと言えます。

山部赤人が、「春の野に菫摘みにと来し我ぞ野をなつかしみ一夜寝にける」と歌っているように、菫は本来野のものであって、山のものではありません。

そこで北村湖春が、菫は山には詠まない、芭蕉は俳諧には巧みだが、歌道の心得がないので、この過ちを犯したと批評しました。しかしこれは湖春が俳諧を知らぬために犯した見当違いの批評であって、野の菫ではなく、わざわざ山路の菫を詠んだところが俳諧なのです。
菫は山に詠まずという歌学の伝統に対して、俳諧の新しい詩境を見出したのです。

第二章

貞享の芭蕉庵

野ざらしの旅は、九か月、二年にわたる大旅行でした。その長旅を終えて帰庵した芭蕉は疲れがなかなか抜け切れず、何もかも物憂い感じでした。しかし帰りを待ち侘びていた江戸の知友門人たちは、頻繁に芭蕉庵を訪ねて、旅のことなどを何かと話してもらいました。

「新しい俳風を起こそうという風潮は地方でもなかなか盛んで、ことに湘南や尾張の俳人たちは張り切っている」などと芭蕉が話したので、江戸の俳人たちもぐずぐずしてはいられないという気持ちになりました。

湘南の千那の「夏萩の此萩いやかほととぎす」という句に対して、「此萩」にすべきか「此秋」にすべきかという論争がありましたが、芭蕉は手紙の中で、「俳諧の修行のためには、是非を争うのも必要だと思うが、口論することは私の好みではないので、適当にやってくれ」と言ってやりました。芭蕉は何事によらず、人と争うことを好みませんでした。

そんな中、名古屋の杜国が空米売買の咎で尾州領から追放になったのは八月十九日のことでした。死罪に決まりましたが、国を祝う発句「蓬莱や御国のかざりひのき山」を詠んでいたので、それが尾張侯の心を動かし、伊良古への追放で済みました。

秋をへて蝶もなめるや菊の露　芭蕉

九月九日の重陽の節句には、菊の酒を飲む習わしがあります。これは菊慈童が菊の露を吸って七百寿を保ち、費長房が菊花の酒を飲んで禍を転じたという伝説によるものですが、菊に延命寿福の効能があることは古くから言われているので、芭蕉は、秋まで生き残って菊の露を吸っている蝶を見て、この句を作ったのです。

芭蕉は野ざらしの旅を紀行文に纏《まと》めたいと思い、帰庵して間もなくその仕事に取り掛かりました。ひたすら推敲を加え、苦心を重ねた結果、秋の末頃までには大体『野ざらし紀行』の本文が出来上がりました。そして、自身の手でその全文を清書してみました。しかし文章だけでは何か物足りない感じがし、旅の間に強く印象を受けた場面を絵巻物風に描いてみたらと思うようになり、風景二十一図を描きました。

絵画は当時の教養人の嗜みになっていましたので、芭蕉も若いころから絵筆に親しんでいました。絵について特別の師はいませんでしたが、狩野安信とは面識がありました。

安信は探幽の弟で、人柄も画風も温雅でした。芭蕉は描き上げた画巻を中川濁子《じょくし》に浄書してもらいました。濁子は芭蕉の弟子で、絵の腕は相当なものでした。濁子の画巻が出来上がったところで、山口素堂が跋文《ばつぶん》（あとがき）を添え、芭蕉が自筆で奥書《おくがき》を書きました。

芭蕉が野ざらし紀行の旅に出てから、地方の蕉風はとみに盛んになりました。そして地方の作品が江戸を圧倒するような勢いを示し、江戸の蕉門の人たちも、うかうかしていられないような気持ちになりました。

時折、曽良や宗波が来て掃除してくれますが、雑草はあとからあとから伸びていきました。芭蕉は、名のある草花よりも、名もない雑草にかえって好感を持ちました。

庭を歩き廻っているうちに、垣根のもとに薺《なずな》が小さな花をつけているのを発見しました。

よく見れば薺花咲く垣根かな　芭蕉

薺は春の七草に数えられ、葉は蒲公英《たんぽぽ》に似て羽状に分裂し、花は総状《ふさ》に白く小さな四弁の十字花です。三味線草、ぺんぺん草などと言われていますが、もともと雑草であって、大抵の人はむしり取ったり、踏みにじったりしてしまいます。芭蕉はその雑草がありとも見えないささやかな花をつけているのを発見して、軽い驚きと喜びを感じました。そういう平凡な発見に新鮮な感動を覚え、そのまま俳句として表現しました。芭蕉の驚きは造化の恵みに対する驚きであり、その喜びは造化の力に触れた喜びでした。大自然の恩恵がこういうささやかな花にまで及んでいるのをはっきりと感じ取ったのです。芭蕉は、人目に立たないつまらないものに美を発見するのが俳諧であると思っていました。深く凝視することによって、そこに造化の力を発見し、ささやかな薺の花の中に宇宙の生命の神秘を洞察したのです。

戦後教育の立役者である安倍能成《よししげ》氏は、自叙伝の中で、芭蕉のこの句に触れています。安倍氏はこの句に出会って、牡丹には牡丹の、薺には薺の存在価値があると感じ、だから自分は誰にでも存在価値があると思って人を見てきた、と書いています。芭蕉の句が、多くの人の心に届いていることがわかります。

古池や蛙飛びこむ水の音　芭蕉

長閑《のどか》な春の日の昼過ぎ、芭蕉は縁側に近い机に寄り添って、のんびり座っていました。日の光が障子を一面に照らし、ついうとうとと睡気《ねむけ》を催すような暖かい日でした。

芭蕉庵は大川に臨み、小名木《おなぎ》川や六間堀もほど近く、すぐそばには杉風が魚を囲っておいた生簀《いけす》もあって、水に恵まれた場所に建っていました。あたりは森閑として物音一つしません。

突然蛙の水に飛びこむ音が、ひっそりした空気を震わせて、パチャンと聞こえてきました。「蛙飛びこむ水の音」と、芭蕉は思わず口ずさみました。

芭蕉は蛙を見たわけでもなく、飛びこむ動作を見たわけでもありませんでしたが、それが蛙であることはわかっていました。「蛙飛びこむ水の音」は写実ではありませんでしたが、土中から出たばかりのひ弱い一匹の蛙だということが、芭蕉にはわかっていました。今まで土中に冬眠していた蛙が、陽気の動くにつれて、枯草をわけて這い出し、水をめがけて飛び込んだのです。

水音によって、静寂な草庵に一瞬動きが与えられ、次の瞬間にはもとの静けさを取り戻していました。

聞こえた水音は、自然の声です。芭蕉はその音を聞いて直接造化の声に触れたような気がしました。そして山色に清浄心を見、渓声に広長舌を聞くという禅門の常套語を思い出していました。

音を聞いたとたんに悟りを開いたという話は、仏頂禅師に参禅した頃によく聞かされました。香厳《きょうげん》和尚は人の投じた石が竹に当たって、かちんと音を立てたのを聞いて、悟りを開いたというし、また永明の寿禅師は、積み上げた薪ががらがら崩れ落ちる音を聞いて大悟し、「撲落他物《ぼくらくたもつ》に非ず」という偈《げ》を呈したという話も伝えられています。

芭蕉は長い間俳諧に携わってきましたが、なかなか心が定まらず、或いは漢詩に走り、或いは老荘を学び、禅を求めたりしましたが、自分の本当の姿をつかみ、正風を打ち樹てることは容易なことではありませんでした。それというのもただ徒《いたず》らに道草をくっていたからであって、自分の求めているものは案外近くにあるのかもしれないと思い始めます。

芭蕉は蛙飛びこむ水の音を聞いて、自然の声を自分の脈搏のうちに感じました。「古松に般若の談ずるを聞き、渓声に法悦の囁《ささや》きを看取する」という言葉もあるように、言語文字の浮華《ふか》（外面だけ華やかで実質のないこと）を避けて、自然の姿をありのままに詠ずるのが本当の俳諧かもしれないと芭蕉は思います。刹那刹那に消えてゆく自然の現象に真実性を見出すところに、新しい俳諧の立場があるかも知れないと芭蕉は思いました。

技巧を凝らしたり、趣向を加えたりするのは結局末技であって、自然の姿をありのままに受け入れるところに俳諧の道があると芭蕉は悟りました。

しかし、「蛙飛びこむ水の音」だけでは、俳句として形が整いませんので、門人たちが草庵に訪ねて来た時、相談してみました。「山吹や」ではどうでしょうかと其角が言いました。「山吹」と「蛙」は取り合わせがいいからです。山吹の花の下で鳴くのが和歌における蛙の扱い方の決まりでした。

例えば、『万葉集』には厚見王《あつみのおほきみ》の「蛙《かはず》鳴く甘奈備《かむなび》川に影見えて今か咲くらむ山吹の花」（カジカの鳴く甘奈備川に影を映して今頃は咲いているだろうか山吹の花は）という歌がありますし、『古今和歌集』には読人知らずの「かはづなく井出の山吹散りにけり花のさかりにあはましものを」（蛙が鳴いていています。井出川のほとりの山吹は散ってしまっていました。花盛りの時に合わせて来たかったです）という歌が、そして『新古今和歌集』には藤原興風が「あしひきの山吹の花散りにけり井出のかはづは今やなくらむ」（山吹の花は散ってしまいました。井出の蛙は今頃鳴いているでしょうか）と歌っています。しかし、「蛙」と「山吹」の取り合わせは陳腐で、両者の間に内面的な結びつきがあるとは考えられません。頭に五文字を据《す》えるなら、下の七五の句から煮つめ出されたものでなければなりません。こういう思考の果てに「古池や」を置くことにしたのです。

この句は門人たちの間に次々と広がり、芭蕉の代表作として珍重され、蕉風開眼の句として有難がられました。それというのも、この句は従来の貞門や談林の俳諧とは全く異質のもののように思えたからでした。多くの俳人たちは長い間滑稽を弄《もてあそ》び、むだな饒舌を費やしてきました。例えば貞門を例にとると、徳元の「春立《はるたつ》やにほんめでたき門の松」という句では、二本と日本の掛け言葉でだじゃれを言っていますし、親重の「むかひ見る餅は白みのかがみ哉」では、餅を鏡に見立てているます。俳諧は、だじゃれとか見立てという「しかけ」を入れて楽しむ言葉遊びだったのです。その点では芭蕉も変わりなく、「たんだすめ住めば都ぞ今日の月」のように掛詞や諺を利用した句を作ったり、「見るに我《が》も折れるばかりぞ女郎花」というような内容に可笑味を求める句を得意にした時もありましたが、人々はそれに飽きてきていました。そこへ芭蕉の古池の句が現れたのです。これは何気ない風景を詠み、「古典」も「しかけ」も使わない常識外れの句で、この句の発想が俳諧を言葉遊びから文学へと飛躍させたのです。俳諧を、和歌と肩を並べる文学にしたのです。

「蛙飛びこむ音淋し」とすれば説明になりますが、「水の音」と言っただけでした。その音を通して閑寂の余響を悟るかどうかは、受け取る人の心の働きに任せることにしたのです。それは無言の啓示ともいうべきもので、禅門の拈華微笑《ねんげみしょう》にも通ずるものがあります。

金子兜太《とうた》氏は、一九九九年のNHK人間講座『漂泊の俳人たち』の中で、麻生氏とは違った解説をされています。

芭蕉は庵の座敷か縁側にいて、目の前の古池を見ていました。隅田川の方から蛙たちが水に飛び込む音が聞こえてきます。交尾期の蛙たちは元気がよく、その活気が伝わるような春の日なのです。生きものの活力とともに春気を心身に感じながら、目の前の古池を見ている芭蕉。その人に訪れる閑寂の境。これは一匹の蛙が古池に飛び込んで立てる水音から受け取る、閉じ深まっていく境地とは違います。もっと肌身に生《なま》に感じている、春の日の閑寂なのです。

金子氏は、いろいろな資料に触れながら、自説を展開されています。

まず蛙の複数説ですが、高浜虚子の『虚子俳話』（昭和三十八年・一九六三）に、沈潜していた水も温みそめ、そこに蛙が飛び込む、そんな天地躍動の様なのだと書いています。季題・季語は、その生きもののいちばん盛んな時を捉えて季節を決めるのが通例ですから、蛙は、その交尾期の活気を捉えて春の季のものとされています。従って、虚子の言うように、蛙は生命の躍動の態《てい》であって、一匹だけがポチャンと飛び込む、というような状態ではないのです。この虚子の鑑賞を多として、蛙複数説が語られるのですが、外国人で最初にこの句を訳した小泉八雲も、蛙を複数に訳しています。英文学者で海外の俳句にも精しい佐藤和夫氏は「この蛙が複数に訳されている例はないようだ」と書いていますから、八雲の例は珍しいと言えます。この日本語への感覚鋭敏な文学者は、直感的に春の元気のよい蛙を読みとっていたのではないかと思われます。虚子ともども、春の蛙を春のものとして直《じか》に受け取っている読みといえるのではないかと金子氏はおっしゃっています。

金子氏はまた、飛び込む音がしたのは古池ではないと考えておられます。その根拠は切字《きれじ》の「や」にあるといいます。この助詞の働きは、そこで一度はっきり切ることにあり、以下の文章につなげていきます。「切って、つなぐ」働きがあって、五七調最短型の内容を豊富にし、韻律の屈折と完結度を高めていきます。「や」の働きを以上のように重くとれば、「古池」と「蛙飛びこむ水の音」は、一度はっきりと切り離されます。金子氏はこのことを「二物配合」と呼んでおられ、古池と以下の事実は別物ということです。これを裏付けるのが麻生氏も指摘されている、其角とのやりとりです。

金子氏は最後に、以上のような私見は、「野ざらし」の旅の中で得た、芭蕉の自然との初《うぶ》な生きた交感を求める意向に添っているものと自負していると結んでおられます。

名月や池をめぐりて夜もすがら　芭蕉

月の趣は四季それぞれ特色がありますが、秋の月はことに美しく清らかで、月といえば秋の月をさすことになりました。中でも八月十五夜の月は昔から名月として賞《め》でられています。この夜人々は縁側に机を置き、三方に栗や芋や団子などを盛って、まどかな月の出るのを待ちますが、芭蕉も草庵から乗り出すようにして空を眺めていました。幸いに空はよく晴れて一点の曇りもなく、やがて月は皎々と照りわたってきました。高くのぼるにつれて、いよいよ光を増し、水面に映る影も美しいものでした。空と池に月のかがやく良夜の静けさを、芭蕉はゆっくり味わっていました。そうしている間にその心は池の廻りを何回も何回も歩きまわり、未知の世界へでも誘い込まれるような気持ちになり、うっとりと時のたつのを忘れていました。

一緒に月を眺めるために其角や仙化たちが連れだって訪ねて来ましたので、芭蕉はさきほど作ったこの句を披露しました。名吟ですが、「池をめぐりて夜もすがら」というのは、ちと風狂が過ぎはしませんかと其角が尋ねました。それに対して芭蕉は、一晩中歩き廻りたいというのは私の気持ちであって、名月を賞する心を詠み出したのだと答えました。

蓑《みの》虫《むし》の音《ね》を聞きに来よ艸《くさ》の庵《いお》　芭蕉

庵を取り巻いてさまざまな虫が鳴いていますが、中でも木の葉に身を包み、「ちちよちちよ」と鳴くという蓑虫のあわれなさまに芭蕉は心ひかれます。この虫は蛾の幼虫で、樹の皮や病葉《わくらば》などで筒状の巣を作って住んでいますが、その形が蓑を着た老人の姿に似ているので、蓑虫という名前がついています。昔から秋風の吹く頃になると、悲しげな声で鳴くと言い伝えられてきました。本当に鳴くものならば、友人と聞いてみたいので、この句を作り、友人たちを誘いました。素堂も招請に応じて芭蕉庵を訪れ、「蓑虫ノ説」を綴って芭蕉に送りました。素堂は、蓑虫の無能なさまを述べ、無能なるが故にかえって幸福であることを力説しました。

素堂の蘊蓄に耳を傾けてみましょう。松虫は声が美しいので籠の中に捕らえられ、蚕は糸を吐くので賤しい者の手にかかって死んでしまいますが、蓑虫は無能なるが故に、りっぱに生命を保っています。自分は蓑虫が何の取得もないのをいとしく思うというのです。蝶や蜂は蜜を得ようとして忙しく飛び廻り、心の休まる暇もありませんが、蓑虫にはそういう野心はなく、静かに自分を守っているのがいじらしいと言い、また蓑虫は形が小さいので、僅か一滴を得ればその身をうるおすことができ、一葉を得ればその住家とすることができるといい、竜蛇のような勢い旺《さか》んなものでも人間の手にかかると亡びてしまうのだが、蓑虫にはその憂いはないと言っています。蓑虫が自分の無能に満足して、自得の境地にいることを賢明であると素堂は賞揚していて、芭蕉もそういう考えに共鳴しました。特に共鳴したのは、蓑虫が無能無才のまま安らかに己が分を守っていることを述べている点でした。なぜなら、素堂の言っていることは、荘子の無為自然を思い出させたからです。また宋の詩人程明道の「秋日偶成」の詩に、「万物静観スレバ皆自得ス」とありますが、それは静かに落ち着いてみれば、万物みな各自の本然の性に従って安んじているという意味であって、素堂が言ったことは、こうしたことも思い出させてくれました。

「蓑虫の音を聞きに来よ艸の庵」という句がさまざまな収穫を齎《もたら》したことにしみじみと感謝し、蓑虫も思いがけなく面目を施したことを興味深く思う芭蕉でした。

ところで、蓑虫は本当に鳴くのでしょうか？

言い伝えでは、蓑虫は鬼の子と言われていました。

『枕草子』によると、鬼の子が、秋風が吹く頃に戻るから待っていろと父に言われ、置き去りにされました。それで鬼の子は、「父よ父よ」とはかなげに鳴いて待っているというのです。昔の人が、粗いみのに身をくるんだ蓑虫を鬼の子に見立てたということですね。

蓑虫は、ミノガ科に属する蛾の幼虫で、庭木や街路樹の葉を食べて成長します。日本では二十種わかっていますが、代表的なものはオオミノガとチャミノガです。季語では「蓑虫鳴く」とありますが、蓑虫には発声器官はなく、鳴きません。蓑虫の鳴き声は、秋の深い頃まで枝先で鳴くカネタタキの鳴き声だと言われています。

素堂は蓑虫の役に立たなさを強調していましたが、現代科学から見れば、とても役に立つ生き物なのです。

蓑虫を包んでいる蓑の内側はふわふわで、広げてつなぎあわせれば丈夫な「蓑虫布」になるそうです。蓑を作る蛋白質の糸が、今まで自然繊維最強とされた蜘蛛の糸の一・八倍の強度があることがわかったのです。

製薬会社の興和などが蓑虫から長い糸を取り出す技術を開発し、新たな工業素材として利用する道が開けたといいます。用途の一つに防弾着もあって、鬼の子というのもまんざら嘘でもありませんね。耐熱性にも優れ、衣類、自動車や航空機の部品への活用も期待されていて、大量生産もできるといいます。

隠しておいた能力を発見され、蓑虫も困っているかもしれませんね。

第三章 『笈の小文』

世間の人は、名誉や利害のために勇敢に闘う活力を持っているが、自分にはないと芭蕉は思います。自分の心の中には、何とも名状すべからざるものが潜んでいて、それは詩魂とか風雅とかいうべきものかも知れないが、そういうものに引きずられている自分は、全く得体の知れないものだと芭蕉は考えます。そういう自分を何と呼んだらいいのかわからないが、かりに風羅坊《ふうらぼう》とでも呼んでみようと芭蕉は思いました。

風羅は風に翻《ひるがえ》る羅《うすもの》です。自分は風に破れやすい羅のようなはかない存在であって、生き方には風羅のような危うさがあると思いました。しかし芭蕉はその危うさを恐れず、慈しみました。彼は自分の庵に繁茂した芭蕉を愛しましたが、それはその葉が風に破れやすいからでした。芭蕉の幹は太くなりますが、用材にはならないという点で、荘子の思想につながるものがありました。風羅と芭蕉は、もろくはかない点で共通しています。このようにして、芭蕉は風羅坊の名を選んだのです。

俳諧を生涯のはかりごととするまでには、さまざまな苦悩を経験しました。ある時は、俳諧がいやになってやめようと思ったり、優れた句を作って人に誇ろうと思ったり、人並みの職業について立身出世を夢見たり、学問に励んで自分の愚を悟ろうとしたりしましたが、俳諧への執着・妄執が強く、今に至ったのでした。

世間的には自分は無芸無能だけれど、それこそ老荘の無用の用につながる生き方かも知れない。その自覚は長い間俳諧に携わり、精神的な苦悩を重ねた結果到達したものであって、無用の用に遊ぶことは、造化のままに生きること、という考えに至ったのです。

造化とは、天地万物を生成化育する創造者のことであり、創造された森羅万象、天地自然そのもののことです。芭蕉は人間的な小知を離れ、私意を捨てて、造化に随い、自然のあるがままに生きなければならないと思いました。創造は無限で、季節は春夏秋冬と移り変わり、万物は常に変化し、森羅万象が次々に創り出されます。その変化に伴い、四時《しいじ》を友として楽しむのが風雅の道なのだと芭蕉は考えます。

我々は造化の作用によって作り出されたものであるが、造化に帰順することによって、創造の力が与えられます。造化に没入し、融合帰一することによって、自然の真情を看取し、これを作品に仕立て上げることができます。造化に随い、その中に融合帰一することによって、正しい風雅の道は開け、本当の俳諧が生まれると芭蕉は思いました。生成変転してやまない自然の真情をそのまま是認し、これを作品として具象化しようとしました。

こういう風雅観を徹底させるためには、さらに旅を重ね、心ゆくままに自然に接触し、自然の胸臆に参入しなければならないと思いました。こうして再び関西の旅に出ることになったのです。

鷹ひとつ見つけてうれし伊良古崎　芭蕉

杜国《とこく》が罪を得て配流されたことは、江戸にいる時にほのかに聞いていましたが、詳しいことは知りませんでした。桐葉や越人に会ってその真相を尋ねてみると、追放されたのは貞享二年（一六八五）八月十九日で、罪状は空米売買ということでした。

杜国は坪井庄兵衛といい、名古屋の町代をつとめた富裕な米商人でした。そのころ三十歳くらいの若い杜国は風雅な生活を好み、貞享元年（一六八四）冬、名古屋の連衆が芭蕉を迎えて「冬の日」五歌仙を興行した時には、その一人としてすぐれた句を詠みました。

あれほどすぐれた天分をもっている青年をこのまま朽ちさせるのは、俳諧のためにも全く惜しい気がしました。それで、芭蕉は名古屋へ行く前に、追放先の渥美半島へ杜国を訪ねる決心をしました。鳴海の人たちは、渥美半島には道らしい道もなく、お咎めを受けている人を訪ねたら、その身に迷惑がかかるかも知れないという懸念もあり、思いとどまらせようとしました。しかし、芭蕉の決心は固いものでした。

越人が道案内をしてくれて、十一月十日、鳴海を発ち、豊橋で一泊しました。次の日、杜国の住む保美《ほび》まで十里を行くのですが、凛冽な寒気のために感覚は麻痺してしまいました。寒気をふりきるように道を急ぎ、その日の夕方に、杜国が侘び住まいする保美に着きました。二年前に会った時に比べて、見違えるほど痩せて青白くなっていました。住まいは荒れ放題に荒れはてていました。恥ずかしいやら嬉しいやらで、杜国は涙をぼろぼろ流して泣きました。

保美から一里あまり離れたところに伊良古崎《いらござき》があります。海岸には白い石が散らばっていました。いらご石は碁石として珍重されています。折角なので、その岬まで案内すると言って、杜国は連れていってくれました。『万葉集』にも、「潮騒《しおさい》に伊良虞《いらご》の島辺漕ぐ船に妹《いも》乗るらむか荒き島廻《しまみ》を」のような伊良古崎を詠んだ歌がいくつか見え、その後の歌集にも折々詠み込まれています。

芭蕉は、越人と並んで広々と果てしのない海を眺めていました。ふと見ると、はるか沖の空からだんだん近づいて来る黒い一点があり、よく見ると、大空を我が物顔に悠々と飛翔して戻ってくる鷹の姿でした。鷹の名所といわれる伊良古崎で、待ち望んでいたその姿を見た芭蕉は、言い知れぬ嬉しさで胸が一杯になりました。その鷹はこの半島に隠れ住む俊敏な杜国にも比せられるべきものでした。こうして詠んだのが、「鷹ひとつ見つけてうれし伊良古崎」なのです。ゆるやかな線を描いて、鷹は岬から遠く離れて行きました。芭蕉はその行方を見守りながら、杜国の身の上を考えていました。このまま朽ちさせるのは何としても惜しい。なんとかして希望を与えなければならないと思いました。それで、春になったら吉野へ行くので、一緒に行こうと堅い約束をして帰りました。

保美から帰ると、鳴海、熱田、名古屋を転々とし、句会を開きましたが、この間、持病の積聚《せきしゅう》（胃痙攣）に悩まされ、体調はよくありませんでした。

熱田や名古屋で長逗留をしてしまいましたが、年の瀬もだんだん迫って来たので、師走の十日過ぎに名古屋を発って、故郷の伊賀上野へ向かいました。

故郷《ふるさと》や臍《へそ》の緒に泣く年の暮　芭蕉

生家に帰った芭蕉は、仏壇の前にぬかずきました。うす暗い隅の方に抽斗《ひきだし》があって、その中に、自分の臍の緒もありました。それを見るにつけて、父母の慈しみを受けた昔のことが思い出されます。かぼそく生まれついた自分を手塩にかけて育ててくれた母のことや、手を取るようにして学びの道に導いてくれた父のことを思うと、せめて今日の日まで生きていてくれたらと悲しくなります。父は自分が十三の年に不帰の客となり、母は四年ほど前にこの世を去りました。その葬儀に参列することもできませんでしたが、息を引き取るまで自分のことを心配してくれたと言います。

考えてみると、自分ほど不孝なものはなく、家のために何一つ手助けになったことはありません。亡き父母や兄の慈愛に報いることもなく、今年も暮れてしまうのかと思うと、悔恨の念に責められて、父母の位牌の前にうずくまって、涙がとめどもなく流れました。

子を産むことは、それだけで大きな善行であるという考え方があります。生きている間に、どんな悪いことをした女性でも、自分が産んだ子の臍の緒を閻魔大王に見せると、それだけで極楽へ行かせてもらえると言われています。それほど子を産むということは評価されることであり、生きている間に、一つだけはいいことをしたことになるのです。

子にとっては、自分を産んで育てて下さったお母さんには、感謝してもしきれません。

自分がこの世に誕生することは、奇跡中の奇跡なのです。世界の人口七十七億人以上の中で、父と母が出会わなければ、自分は生まれてきません。父と母が子作りに励んでも、三億の精子の中の自分になる精子が卵子に一番に辿り着かなければ、自分は生まれてこなかったのです。奇跡というほかありません。

そのことをよく知っているのが、お笑いタレントの明石家さんまさんでしょう。さんまさんの座右の銘である「生《い》きてるだけで丸儲《まる》け」は、この生まれることの奇跡からきた言葉です。さんまさんの御令嬢いまるさんは、この座右の銘に因《ちな》んで名付けられたと聞いています。

奇跡的に生まれてきても、この世は「一寸先は闇」です。だから、自分の誕生は奇跡だということをいつも心に刻んで、気をつけて生きていってほしいという親の想いが込められた名前だと思います。親は、名が霊となって、この子を守ってくれますようにという願いを込めてつけるのですね。

阿《あ》古《こ》久《く》曽《そ》の心は知らず梅の花　芭蕉

阿古久曽は紀貫之の幼名で、初瀬に詣でて、「人はいさ心も知らずふるさとは花ぞ昔の香ににほひける」と詠みました。人の心はどう変わったかわからないが、故郷の花は昔と同じように匂っているという意味です。「人はいさ心も知らず」と歌った貫之の心はどんなであったかわからないが、自分の郷里の人たちは、梅の花が昔に変わらないように、自分に対する気持ちは変わっていないと芭蕉は思いました。そして親戚や故旧に取り囲まれて、のびのびとした気分になり、一か月あまり郷里に滞在したのです。

さまざまの事思ひ出す桜かな　芭蕉

芭蕉は、二月初めに伊勢参宮をしました。伊勢では、杜国も加わり、句会を催しました。そして二月十八日の父の三十三回忌追善法要に間に合うように、郷里に帰りました。郷里に滞在中、藤堂家の別邸に招待されました。当主良長は良忠（蝉吟）の嫡子で、この時二十三歳でした。芭蕉が蝉吟と死別した時も二十三歳で、それから二十年あまりたって、その後嗣《あとつぎ》から賓客として迎えられたのです。良長も探丸子と号して俳諧を嗜んでいました。自分の父に仕え、ともどもに俳諧の道にいそしんだ芭蕉が、今では押しも押されもせぬ俳諧の宗匠になっているのを、ひどくなつかしく思い、昔の思い出話や俳諧の新しい動きなどを聞こうとして、招待したのです。

芭蕉にしてみれば、全く予想もしないことでした。自分は主命に背いて国を離れた男です。しかし主家の方では、それを咎めようとしないばかりか、一介の乞食僧の如き自分を、遠来の客ででもあるように、招待しようとするのです。芭蕉の胸には感慨無量なものがありました。

蝉吟公遺愛の桜の老木が、すでに莟《つぼみ》をほころばせていました。この桜の木には、仕えていた頃のさまざまな思い出が刻まれています。亡くなられた時は、殉死まで考えましたが、こうして生き永らえて、もう半白の老人になってしまいました。あれを思い、これを思うと、芭蕉の胸はいつになく乱れました。何か書くように言われましたが、追憶の情が胸に溢れて、うまく言葉を整理することができませんでした。そしてやっと、「さまざまの事思ひ出す桜かな」と詠んだのです。

父《ちち》母《はは》のしきりにこひし雉《きじ》の声　芭蕉

三月十九日、芭蕉と杜国は伊賀上野を発ち、吉野へ向かいました。吉野へ着くと、吉野山中に三日間滞在し、心ゆくまで桜を賞し、史跡を訪ね歩きました。

吉野山三日間の探勝を済ませた芭蕉たちは、吉野川に沿って西に下り、五条の盆地に出て、間もなく紀の国に入りました。目指すは高野山です。金剛峯寺《こんごうぶじ》は弘仁七年（八一六）空海が創建した寺で、真言宗の総本山であり、国家鎮護の道場となっていました。奥の院の周囲や参道は無数の杉の巨木で取り囲まれ、その間には大小さまざまの墓石が立ち並ぶ幽寂の地です。奥の院の前にある納骨堂のあたりに佇んで耳を澄ますと、どこからともなく悲しげな雉の声が聞こえて来ました。その声を聞くにつけても、今は亡き父母のことがしきりに思い出されます。

この句は、行基の作と伝えられる「山鳥のほろほろと鳴く声聞けば父かとぞ思ふ母かとぞ思ふ」という歌を踏まえたものです。

四月八日の灌仏会《かんぶつえ》には奈良にいました。四月八日は釈尊誕生の日にあたるので、寺院では花を飾り、降誕の仏像を安置して甘茶を灌《そそ》ぐ行事が行われます。大仏様のおられるところでは、鹿の子が生まれるのを見て、この子の生い先は幸福であるに違いないと思い、温かい気持ちになりました。

奈良の寺々を巡拝した中で、ことに感銘の深かったのは唐招提寺でした。この寺の開山堂には、目を閉じてゆったり坐った鑑真和上の尊像が安置されています。鑑真は唐の揚州江陽県の人で、五十五歳の時に渡日を決意し、さまざまな苦難に遭い、そのため盲目になりましたが、志を捨てず、天平勝宝六年（七五四）に奈良の都に入り、天平宝字三年（七五九）に唐招提寺を創建し、律宗の開祖となりました。芭蕉は仏法のために身命を惜しまなかった和上の像を前にして、敬虔な思いを新たにしました。

開山堂のあたりは初夏の陽光に包まれて、瑞々《みずみず》しい若葉がまばゆいばかりに照り映えていました。微笑を含んで静かに端座している尊像の御目元《おんめもと》のあたりに、初夏の微妙な陰翳のためであろうか、一雫《ひとしずく》の涙が浮かんでいるように思われました。このしたたるような緑の若葉で雫をぬぐってさしあげたいと思い、作った句。

若葉して御《おん》目《め》の雫《しずく》ぬぐはばや　芭蕉

当時のことなので、芭蕉も鑑真の業績と来日の詳しい事情は知らなかったと思いますが、二〇二〇年にテレビの「歴史鑑定」という番組で鑑真を取り上げ、彼の業績と来日の詳しい事情を伝えてくれました。私も感動しましたので、要点を簡潔にまとめておきたいと思います。

この番組は、奈良大学名誉教授の東野治之《とうのはるゆき》氏のご著書『鑑真』（注⑦）に基づくものです。鑑真（六八八―七六三）は十四歳の時に見た仏像に感激し、自ら沙弥《しゃみ》と呼ばれる出家者になりました。沙弥になると十戒が課せられます。

①殺生をしない。②盗みをしない。③夫婦以外の性行為をしない。④嘘をつかない。⑤酒の売買をしない。⑥他人の過ちを非難したり、責めたりしない。⑦自分を褒め、他を見下すことをしない。

⑧物惜しみしない。⑨怒らず、恨まない。⑩仏・法・僧の三宝をバカにしてはいけない。
これらを守れば、悟りの世界に近づけるとされていました。その他に沙弥には守るべき行儀作法が七十二もありました。このうちの二、三を紹介しますと、師匠の外出時には距離を置き、足跡を踏んではいけない、師匠の部屋へ入る時は、指パッチンで音を立て、入室を知らせてから入ること、大便の時、力んではいけない、終わったら手を洗い、洗っていない手でものを持たない、等々です。

こうした厳しい修行ののちに、鑑真は四十歳の時には授戒の大師となり、唐を代表する僧になっていました。

その頃、日本の仏教界は乱れていました。僧侶になると、厳しい税から逃れることができるので、名ばかりの僧が増え、質が低下していました。更に、戒律を正しく伝え、教える人がいませんでした。これらのことを憂えた聖武天皇は、戒律に通じた高僧を唐から招聘するように興福寺に命じ、興福寺の栄叡《ようえい》と普照《ふしょう》が選ばれて行くことになりました。井上靖は『天平の甍』（注⑧）で、二人のこの難事業のことを描いています。

ところで、聖武天皇には、正式に戒を授けてくれる高僧を求めるという宗教的な動機の他に、政治的な動機もあったことが最新の研究で明らかになりました。突き止めたのは、奈良女子大学文学部准教授の河上麻由子氏です。このことを、二〇二〇年のＮＨＫのテレビ番組「英雄たちの選択」で取り上げていましたので、簡潔に紹介しておきたいと思います。

七三三年に栄叡と普照は洛陽に入り、ここで出会った高僧たちに日本行きを頼み、承諾を得ています。実際、帰りの遣唐使船に乗って彼らは日本に渡り、七五二年の東大寺大仏開眼供養で導師を勤めているのです。にもかかわらず栄叡と普照はその後も高僧を探し続け、九年かけて鑑真に辿り着いたのです。なぜ鑑真でなければならなかったのか、それが聖武天皇の政治的動機と関わってきます。

聖武天皇は、血筋に問題を抱えていました。それまでの天皇は両親ともに皇族が一般的でしたが、聖武天皇の母も光明皇后も藤原氏出身です。聖武天皇は自分の子に天皇を継承させるために、自分の権威を、両親が皇族の天皇と同格にしたかったのです。そこで参考にしたのが、則天武后のやりかたでした。則天武后は、菩薩戒を受けることで、自分を権威づけたのです。菩薩戒を受けたものは、菩薩となり、人々のために尽くす存在となるため、皇帝に相応しいとされました。そこで聖武天皇は、菩薩戒を受けることを願ったのです。普照と栄叡は、則天武后に菩薩戒を授けた高僧を捜しましたが、その高僧はすでに亡くなっていましたので、その高僧の直弟子だった鑑真を探し出し、来ていただくことにしたのです。

鑑真来日には密告や難破で十一年を要し、その間に聖武天皇は譲位して孝謙天皇になっていましたが、来日後、聖武太上天皇、光明皇太后、孝謙天皇の三人は、遅まきながら鑑真より菩薩戒を授かりました。

話を栄叡と普照が鑑真を訪れたときに戻しますと、鑑真は二人の話を聞き、共感してくれました。それで弟子たちに、行ってくれるものはいないかと訊きましたが、誰もいませんでした。それならば私が行こうと鑑真が言うと、それならば私もと手を挙げたのは弟子の思託《したく》でした。こうして次々に手を挙げ、二十一人の弟子とともに日本へ渡ることになりました。

鑑真が日本行きを決心したのは、栄叡と普照の話を聞いて、正しい戒律を日本に伝えることが仏の道であるという強い思いを抱いたことが一番の理由であることは間違いないのですが、研究者は幾つかの他の理由や動機を挙げています。その中から、説得力のある説を二、三紹介したいと思います。

聖徳太子伝承説

「日本には昔、聖徳太子という王子がおられて、二百年後に仏教が盛んになるだろうと言われたことが伝えられています。今こそまさにその時なのです」と栄叡が鑑真和上に言うと、鑑真は、昔慧思《えし》（六世紀の魏晋南北朝時代の高僧で、天台宗の祖師）が日本の王子に生まれ変わり、仏教を盛んにして人々を救ったと聞いたことがある、聖徳太子が慧思の生まれ変わりだと思うと言いました。鑑真は慧思を尊敬していて、仏教を広める使命を感じたと言います。

唐の情勢説

当時唐では、道教が仏教よりも盛んになってきていて、仏教に対する唐の朝廷の姿勢も変わってきていたため、唐での仏教の将来も不安になってきていました。それを意識した鑑真の足が日本に向かったという説。

袈裟の句説

聖武天皇の血縁で仏教に深く帰依していた長屋王は霊亀三年（七一七）に千領の袈裟を唐に贈りました。その一枚を鑑真も手にしていて、栄叡と普照に会った時、その袈裟に書いてあったことを思い出しました。

山川異域　風月同天　寄諸仏子　共結来縁（山や川は異なっているけれど、仰ぎ見る風月は同じです。同じお釈迦様の弟子、仏子として、縁を結んでください）

そこで鑑真は、今こそ唐と日本が縁を結ぶべき時と感じ、日本行きを決めたということ。

どの説も頷けますが、こうした幾つかの要因が重なって、日本行きを決めたものと思われます。日本行きを決めたからといって、事はそう簡単ではありませんでした。朝廷は鑑真の日本行きを認めませんでしたので、密出国で行くことになります。鑑真五十六歳の七四三年から七四九年まで、五回試みますが、全て密告や嵐で戻され、行くことができませんでした。

五回目の失敗のあと、栄叡は病死、鑑真はこれまでの疲労で視力を失い、失明します。淡海三船《おおみのみふね》が書いた『唐大和上東征伝』（七七九年）にそのことが記してありますが、この著作には文学的な要素が多く、本当は渡来後も目は見えていたという説もあります。

七五三年に二十年ぶりに遣唐使船が来て、普照は遣唐大使にこれまでの事情を話し、連れて行ってもらえることになりました。玄宗皇帝の許可が下りず、下船させられてしまいましたが、遣唐副使の大伴古麻呂が自分の船にかくまい、鑑真を日本へ連れて来ました。

天平勝宝六年（七五四）、鑑真は、聖武太上天皇他四百人ほどに戒律を授けました。日本行きを決意してから十二年が経っていました。鑑真の厳しさに日本の僧たちは反発しましたが、普照が説き伏せ、やがて不満の声は収まりました。

事態が落ち着くと、鑑真は日本の仏教の水準を確かめるために、日本に伝わっている大乗経の根本経典を借り出し、ちゃんとしたものかチェックしました。全ての経典を暗記していた鑑真は、日本の経典を修正したり、補足したりして、校正作業を行いました。このお陰で、日本に正しい仏教の教えが広まっていったのです。

その後、日本で戒律を教えるために、唐招提寺を建立しました。

七六三年三月に、弟子の一人が、講堂の梁が折れる夢を見ました。これは高僧が亡くなる予兆とされていましたので、弟子たちは鑑真の肖像作りを始めました。それから二か月後の五月六日に、鑑真は座禅を組んだまま、息を引き取りました。七十六歳でした。

唐招提寺御影堂の国宝鑑真像は、日本最古の肖像彫刻で、弟子の忍基が中心となって作られたと考えられています。これは脱活乾漆造《だつかつかんしつ》といわれるものです。土で原型を作り、その上に麻布を数枚漆で塗り重ね、乾燥させたのち原型を刳《く》り抜くという作り方で、天平時代の仏像に多く見られます。奈良興福寺の阿修羅像や十大弟子像が代表例です。

四月十九日、芭蕉と杜国は尼ヶ崎から舟に乗り、兵庫に上陸して平家の遺跡を見て廻りました。

港のすぐそばに経《きょう》の島があります。清盛が兵庫を良港にしようとして、埋め立てて作りました。

その際、人柱の代わりに一切経を石面にしるして投げ入れました。清盛は情けのある人だったのです。

清盛は治承四年（一一八〇）六月、天皇上皇をいただいて兵庫の福原に遷都しました。遷都の期間は短いものでしたが、芭蕉はその内裏跡を訪ねて往時を追懐し、その晩は兵庫に一泊しました。次の日からは、忠度塚、関屋の跡、須磨寺、一の谷の古戦場や安徳天皇がおられた内裏屋敷の跡等を訪ね、須磨で泊まりました。

初夏の頃は、蛸《たこ》の味のよい時分です。芭蕉は須磨明石の海岸を歩いているうちに、至る所に蛸壺がころがっているのを見ました。素焼きの壺を海中に釣り下げ、蛸の入るのを待って引き上げて獲るのです。芭蕉は須磨の宿で、月を眺めながらこんな句を作りました。

蛸壺やはかなき夢を夏の月　芭蕉

目の前の海中には蛸壺が沢山沈められていることだろう。明けやすい夏の月がその上をぼんやり照らしている。夜が明けると、海から引き上げられるとも知らずに、蛸は壺の中ではかない夢を結んでいるに違いない。でも、夏の月の下ではかない夢をむさぼっているのは、蛸だけではなさそうだ。旅から旅へ仮寝の夢を結んでいる自分もそうで、生あるものの無常ということがつくづくと考えられるのです。

明石は、松本清張の「石の骨」でも触れましたように、直良信夫氏が発見した「明石原人」で有名ですが、明石の蛸も昔から有名で、芭蕉もこのような句を作ったのですが、明石の蛸は今でもよく獲れて、名物「明石焼き」の具材に使われています。「明石焼き」はたこ焼きのルーツと言われています。

四月二十一日、芭蕉と杜国は須磨の宿を発ち、濃尾を目指しました。途中、山崎に立ち寄り、俳諧の元祖山崎宗鑑が隠棲した住まいの跡を訪ねたり、嵯峨の草庵に向井去来を訪ねたりしました。

去来は、俳諧に入る前に和歌的教養を身につけていました。俳諧を文学として高めるためには、中世的な伝統を顧みる必要があると芭蕉は考えていました。去来が和歌的教養を身につけて俳諧に入ってきたのは、強味でした。他の俳人に比べると、俳諧性が稀薄であると言えるかも知れませんが、その代わりに、和歌的な優雅なものを持っています。

『笈の小文』の旅で苦楽をともにした杜国とも、いよいよ京都で別れることになりました。どこまでも芭蕉についていくつもりでしたが、芭蕉はこれから美濃を経て尾張に入る予定でしたので、尾張を追放された杜国が、無断でその国へ入ることは気が引けました。

芭蕉は五月上旬に京都から大津へ移りました。六月六日に大津を発って、七日は美濃の国不破郡赤坂に泊まり、八日に岐阜に到着しました。芭蕉は岐阜に滞在中、長良川の鵜飼を見物しました。鵜飼も始めの間は篝火《かがりび》も盛んに燃え、鵜も気負い立って活躍しますが、時間の推移とともに人々も疲れ、酒もさめ、寂寥《せきりょう》につつまれてきます。

面白うてやがて悲しき鵜舟かな　芭蕉

謡曲「鵜飼」に「隙《ひま》なく魚を食ふ時は、罪も報いも後の世も、忘れはてて己白や、（中略）不思議やな篝火の、燃えても影の暗くなるは、思ひ出でたり、月になりぬる悲しさよ」とあるのをふまえて、歓楽の果ての哀愁をとらえた観想の句です。それに鵜飼そのものが、鵜を利用する人間のあさましさをまざまざと感じさせるのを、芭蕉はひどく悲しく思ったのです。

『笈の小文』の旅の帰りは、木曽路を通って芭蕉庵に帰るつもりでしたが、途中あちこちでの滞在が長くなり、いつの間にか八月になっていましたので、名月の頃、更科の月を見て帰りたいと思うようになりました。越人と荷兮《かけい》の奴僕《ぬぼく》が供をしてくれました。寝覚の床を見物し、福島を過ぎて暫く行くと、木曾義仲が青少年時代を過ごした宮の越の宿場がありました。そのあと、木曾谷の最大の難所鳥居峠に着きました。峠には、御岳神社の遙拝所があって、芭蕉たちは、富士、白山とともに信仰の山とされている御岳の荘厳な姿を遠くから望み、古い落ち葉の散り敷く道を、かさこそと音をたてながら下っていきました。そのあとまたいくつもの峠を越えて、ちょうど中秋の名月の夜に更科の里に入ることができました。

姨捨山はそれほど高い山ではなく、平凡な山の姿をしていますが、思いなしかいかにもあわれ深い趣がありました。芭蕉は姨捨山の月を眺めているうちに、『大和物語』に出てくる伝説を思い出していました。

昔更科の里に一人の男が住んでいましたが、両親に早く死に別れ、伯母に養われて成長しました。男はその恩義を感じて孝養を怠りませんでしたが、その妻は大変心の汚い女でした。伯母がだんだん年を取るのを疎ましく思い、何かと悪口を言っていましたが、しまいに夫に向かって、深山に捨てくるように強要しました。男は伯母を背負って山奥に置いて来ましたが、さすがに気にかかり、山上に出た明月を一晩中眺めながら、「わが心慰めかねつ更科の姨捨山に照る月を見て」という歌を詠み、夜が明けるとすぐに伯母を迎えに行きました。それからその山を姨捨山というようになりました。

なぜ年老いた人を捨てようとしたのだろうと思うと、涙がとめどなく流れました。

俤《おもかげ》や姨ひとり泣く月の友　芭蕉

捨てられた姨の悲しい物語を考えていると、目の前にぼんやりと姨の姿が現れて、さめざめと泣いています。自分は俤に現れた姨を月見の友として、この山で月を眺めることにしようというのです。謡曲「姨捨」には、山深く捨てられた老女が白衣をまとって、月下に静かに舞を舞う幻想的な場面がありますが、芭蕉はその謡曲の老女を頭に置いているのです。

年老いた人を山に捨てる話は、各地に残っています。

深沢七郎は昭和三十一年（一九五六）に、その民間伝承の棄老伝説を題材に『楢山節考』を『中央公論』十一月号に発表し、第一回中央公論賞を受賞しました。作品の舞台は信州となっていますが、深沢が聞き取ったのは、山梨県境川村の農家の年寄りからでした。この作品では、七十歳になると「楢山まいり」といって、山へ捨てに行きます。そのことがリアルに描かれていて、三島由紀夫は不快感を示しました。三島は、「理性も情念も二つながら無意味にされ、読後、この世にたよるべきものが何一つなくなったような気持にさせられるものを秘めている不快な傑作であった」と感想を述べています。

群馬県赤城山麓にも老母を捨てに行く話が残っています。この辺りを治めていた殿様の命令で、六十歳になった者は捨てて来ることになっていました。そうしなければ、その家族は皆殺しになることになっていたのです。母と二人で暮らしていた息子は、母が六十になり、捨てに行きましたが、どうしてもできず、連れ帰って家に隠しました。

ある時、殿様は難問を出して、答えることができなければ年貢を増やすと言いました。それは、灰で縄を編んで持ってこいというものでした。息子にはわからず困っていると、母が、固く編んだ縄を塩水につけ、乾いてから焼けばいいと教えてくれました。教えられた通りにすると、灰で編んだ縄になりました。殿様は次の難問を出しました。木の棒を見せて、どっちが根の方で、どっちが枝の方か答えろというものでした。母はそれも、水を張った桶に棒を入れて、沈んだ方が根っこの方だと教えてくれました。殿様が、一人で考えたのかと訊いたので、本当のことを話しました。殿様は自分の非を認め、六十になった者を山に捨てることを止めました。

『楢山節考』で描かれた棄老伝説が真実なのでしょうが、赤城山麓の話も真実だったと思います。

姨捨山の哀れな趣に心を打たれた芭蕉は、十六日の晩も更科の里に留まりました。

芭蕉たちは更科の里から長野へ出て、善光寺にお参りしました。そして、浅間の山麓を廻って帰途につきました。

第四章

『奥の細道』

芭蕉庵で、笠や脚絆や股引の手入れをしている芭蕉のところへ杉風《さんぷう》がやってきました。杉風が、笈の小文の旅から帰ってまだ半年、せめて一年は静養してくださいと案じると、私の病気だと思って勘弁してくれと言う芭蕉でした。

弟子たちは、芭蕉がどうして旅にばかり出たがるのか、芭蕉の心を計りかねていましたが、芭蕉にしてみれば、もっと高みを目指しているので、じっとしてはいられないのです。安易な道を避けて、険難な道に就こうとするのは、芸術に生きる者にとっては宿命なのかもしれません。無所住無所着の願いが芭蕉の心を強く捉えていました。体が大事なのはよくわかっていましたが、このように春めいてくると、まるでそぞろ神に取り憑かれたように、心が落ち着かなくなり、何も手につかなくなります。

今度は奥州へ行くと言うと、驚いて、奥州はとても不便なところですし、お師匠さんのように体の弱い人には無理ですと心配する杉風に、次のように言いました。

「私のようなものには旅はつきものなのです。李白も天地は万物の逆旅《げきりょ》、光陰は百代の過客といっていますが、月日は永遠に旅を続ける旅人のようなものなのです。舟に乗って一生を過ごす人もいるし、馬をひきながら年をとる人もいます。そういう人たちは毎日の生活が旅で、旅を自分の住家としているのです。詩や歌に一生を捧げ、旅の途中で死んだ人も少なくありません。杜甫や李白もそうだし、西行や宗祇も旅先で死んでいます。わたしもいつの間にか旅のとりこになってしまったようです。ちぎれ雲が風に漂うさまを見ると、あの雲のように彷徨い歩きたいと思います。昨年は、須磨、明石の海岸を放浪して、秋にはこの草庵に帰って来ましたが、年が明けて、空に霞がたちこめるのを見ると、今度は白川の関を越えて、遠くみちのくに遊んでみたいと思うようになりました。松島の月はどんなだろうと、もう矢も楯もたまらなく心が引かれるのです。まるで子供がだだをこねるようなものだとお思いでしょうが、まあ笑わないでください」

身体も丈夫で、剣術の心得もある曽良が同行すると聞いて、杉風は安心しました。

芭蕉が杉風に言ったことは表向きの言い訳で、他にも理由はあったのです。門人たちに取り囲まれ、教えたり、句会を開いたりの生活を続けていては、自分の芸術に新たな展開は望めません。新鮮な生気を吸い込む必要がありました。それには江戸を出るのが一番だったのです。

奥州や北陸はまだ蕉風が浸透しておらず、これも好都合でした。周囲の人々に煩わされずに、自分の俳諧の工夫に勤しむことができます。新鮮な環境に身を置き、新しい風物に接して、自分の詩境を深めようと思いました。松島や象潟《きさかた》が眺めたい！　みちのくには、関東や関西では見られない自然の美しさがあるに違いないと芭蕉は思います。それに接するだけでも自分の詩嚢は肥える。自然と人間の対比によって、悠久なもの、不変なものを身を以って体験したい！　芭蕉には盲目的な尚古思想がありました。名所旧跡を訪ね、故事縁起に耳を傾けたい。自然を通して古人の心に触れ、古人の風雅を理解しようとしました。歴史的意味を持つ自然に心を寄せようとしたのです。

奥州地方には古来歌に詠まれた名所が多くあります。西行や能因の足跡がしのばれる歌枕をさぐることは、今度の旅のかなり重要な目的でした。歌枕の順礼はなぐさみ半分の懐旧趣味ではなく、涙を流して感激するというような真剣なものでなければならないと思っていました。歌枕のような古来の文学伝統の中に身をゆだね、伝統的基盤にしっかり腰をおろし、その中に自分を埋没させ、そうしている間に自分の風雅を確立させようとしました。芭蕉は今度の旅で、風雅を志した人々の足跡を慕い、その俤のしのばれる歌枕を訪ね歩いているうちに、故人の心に直接触れることができるような気がしました。

奥州への旅の資金として、芭蕉は芭蕉庵を売ることにしました。三月のうちに白川の関を越えるつもりでいましたが、白川辺からの便りで、奥州は余寒厳しいので、多病の身では心配だからと、出発を延期するように勧められ、そうすることにしました。その間杉風の別邸に留まり、売った芭蕉庵のその後の様子を知りたいと訪ねてみると、新しい居住者には娘も孫もいて、賑やかに雛人形が飾ってありましたので、「草の戸も住み替わる代ぞひなの家」という句を詠みました。

江戸の名残りとして暫く千住に留まり、諸処の俳席に招かれたりして、千住を出発したのは三月二十七日（陽暦の五月十六日）の早朝でした。いよいよこれから前途程遠い旅に出るのだと思うと、さすがに芭蕉の心も動揺しました。どのみちこの世は夢幻のようなもので、今別れを惜しんでいる千住の町筋も、幻の巷にすぎないと思うと、離別もそれほど悲しむべきことではないかも知れません。しかしいざ巷に立って別れようとすると、いまさらのように惜別の涙が零《こぼ》れ落ちるのでした。芭蕉は、次の句を矢立の筆でさらさらとしたためて、見送りの人に渡しました。

行く春や鳥啼き魚の目は涙　芭蕉

折から陰暦三月下旬で、春ももう暮れて逝こうとしています。春が去り行くのを惜しんで、鳥は悲しげに啼き、魚の目は涙でうるおっているように見えるというのです。惜春の情を詠んだ句ですが、それだけではなく、見送る人々に対する惜別の情がこめられています。

見送る人を魚に、自分を鳥になぞらえるというような強い意味をもたせたわけではありませんが、「行く春」という言葉に、旅に行くという気持ちを託し、行く人もそれを見送る人も、一緒になって離別の涙を流して別れを惜しんでいる、そういう情景を句にしてみたのです。

因《ちな》みに、この句で詠まれている魚は、見送りに来ていた杉山杉風のことだという説もあります。杉風は魚問屋をしていて、御用商人でもあり、芭蕉を金銭面で支えた支援者でもあったので、杉風への感謝の気持ちが込められているという考え方です。

芭蕉は涙もろい人で、その心情は折に触れて激しく昂揚することがありましたが、その涙には、いぶし銀のような静けさがありました。それは、沈痛な人生観によって濾過された珠玉のような涙でした。

元禄二年（一六八九）、芭蕉は数え年四十六歳でした。生来蒲柳《ほりゅう》の質（体質が弱いこと）の上に苦労も多かったので、実際よりははるかに老人じみていました。久しぶりに旅に出たせいで、いつとなく足が重く、疲労が感じられました。重い荷物が何よりも苦痛でした。必要最小限の必需品に加え、知人・門弟からの餞別もあって、重くなったのです。

手拭や浴衣の産地草加を過ぎ、越ヶ谷も通り過ぎて、粕壁に泊まりました。この辺は水田地帯で、米の産額が多く、街道の宿駅でもありました。次の日は間々田に泊まり、次の日は室の八嶋へ行くのが目標でした。

室の八嶋というのは、室六所神社《むろのろくしょ》のことで、下野《しもつけ》の惣社です。惣社というのは、参拝の便宜のために数社を一所に祀った神社を言いますが、ここには下野の国内の神社六所が合祀されています。同行の曽良は、もとは長島藩の侍でしたが、江戸に出て、吉川惟足《きっかわこれたる》について神道や和歌を学んだ人です。ここの神社の由来も詳しく知っていて、芭蕉にいろいろ説明してくれました。かいつまんでまとめますと、大体次のようになると思います。

この宮の祭神は大山津見神《おおやまつみのかみ》の娘の木花開耶姫《このはなさくやひめ》で、瓊瓊杵尊《ににぎのみこと》の后になられましたが、一夜で懐妊したため疑惑を持たれました。そこで身の潔白を証明するために、絶対に出られない密室である無戸室《うつむろ》に入って火を放ち、尊の子でなかったら、無事出産はできないと言って、燃えさかる火の中で、無事に彦火々出見尊《ひこほほでみのみこと》をお産みになりました。室の八嶋の室は無戸室の室です。そしてこの地方は、土地が低く、水郷で多数の島があったので、八嶋という地名になりました。八嶋にある無戸室の話で有名な木花開耶姫を祀る神社という意味で、室の八嶋という言葉ができたということです。

またこの地方では、「このしろ」という魚を食べることを禁じています。この魚を焼くと、人体を焼くような臭気がして、木花開耶姫が火中にあってお産をなされた労苦を思い出すので、食べないようにしているということです。そして室の八嶋を歌に詠む時は、煙に因んだ歌を詠むことになっています。この土地には野中に清水があって、昔は水蒸気が煙のように立ち上っていたということで、その水蒸気が煙に見えたことから、そういう歌枕になったようです。

芭蕉も、八嶋の煙を句に詠みました。

糸《いと》遊《ゆふ》にむすびつきたるけぶりかな　芭蕉

糸遊は陽炎のことで、野には一面に陽炎がゆらゆらと立ち上っています。古歌に名高い室の八嶋の煙も、この陽炎に結びついているとしたのです。陽炎のゆらめくさまを見た刹那に、古歌の煙が立ち上るさまを脳裏に描いたのです。

室の八嶋明神への参拝を済ませた二人は、壬生《みぶ》、鹿沼《かぬま》を経て、日光に着きました。日光では、「あらたふと青葉若葉の日の光」という句を作りました。山全体が淺潮とした新鮮な青葉若葉で覆われていて、その上に初夏の太陽の光が燦燦と降り注いでいます。その燃えるような荘厳な自然美に感激して、ああ尊いと、思わず嘆声を漏らしたのです。

日光の三名瀑の一つ裏見の滝を見た時には次の句を詠みました。

暫《しば》時《らく》は滝に籠るや夏《げ》の初《はじめ》　芭蕉

「夏」は夏安居《げあんご》のことで、夏行《げぎょう》・夏籠《げごもり》とも言います。印度の雨季の雨安吾にならい、夏の間外出せずに修行します。この間に夏絶《げたち》・肉食を断ち、夏経《げきょう》・経文を読誦し、夏書《げがき》・経文を書き写したりします。大体四月十六日より始まり（結夏《けつげ》）、七月十六日に終わります（解夏《けげ》）。「夏の初」は、夏行に入る初めの意です。芭蕉がここに来たのは四月二日、夏行の始まる四月十六日も近づいていたので、「夏の初」と言ったのです。裏見の滝の傍らに籠堂があって、滝に打たれる行をする人はそこに籠りました。芭蕉が実際に滝に籠ったのではなく、滝にお籠りしたような感じがするという意味です。岩窟から眺めていると、いかにも滝に籠っている感じがして、心身清浄になった思いがします。季節もちょうど夏行に入ろうとする頃で、いよいよその感が深い、という意味です。

四月十六日、芭蕉たちは長い間滞在した黒羽と余瀬を離れて、那須野に向かいました。那須野では殺生石を見、蘆野《あしの》では西行ゆかりの柳を見ました。

西行は北面の武士の身を捨て、僧侶となって俗世と縁を切りながら、和歌の道だけは捨てかねて、むしろそれを心の支えとして生きた人です。こういう生き方は芭蕉にとってはこの上なく好ましいもので、敬慕する西行の「清水流るる柳」の陰に立ち寄って、すっかり満足しました。

白河では古関を訪ね、西行や頼朝がここを通過した昔のことを思いやって、感慨に耽りました。矢吹に一泊した二人は、翌日須賀川に向かいました。

須賀川では、等躬《とうきゅう》宅に泊まりました。等躬は須賀川俳壇の棟梁格で、俳壇上の知人が多くいて、芭蕉とは十年あまり前から交わりを続けていました。この時、等躬五十二歳で、芭蕉より六歳上でした。等躬の時代、須賀川は商業の町、宿場町として栄え、町人中心の自由な空気が、俳諧を隆盛に導き、等躬中心に多くの俳人を産み出していました。

須賀川で八日間滞在した二人は再び旅を続け、五月二日には忍ぶもじ摺の石のところまで来ました。忍ぶもじ摺は、模様のある石の上に布を当て、忍ぶ草などの葉や茎を摺り込んで染めたものです。『古今集』に、「陸奥の忍ぶもぢずり誰ゆゑに乱れむと思ふ我ならなくに」という源融《みなもとのとおる》（河原左大臣）の歌が残っています。融は貞観八年（八六六）から十一年まで陸奥出羽の按察使《あぜち》でしたので、陸奥の忍ぶもじ摺を恋歌に詠み込んでも不自然ではありません。それに融には地元の長者の娘虎女との悲しい恋物語が伝えられています。

忍ぶもじ摺の見物を済ませた芭蕉たちは、佐藤庄司の旧跡へ向かいました。庄司《しょうじ》というのは、荘園管理の職名で、佐藤基治は藤原秀衡の私有地の管理を任されていましたので、佐藤庄司と呼ばれていました。基治は奥州信夫《しのぶ》郡（現在の福島県福島市飯坂地区）の武将で、佐藤継信・忠信兄弟の父でした。兄の継信は文治元年（一一八五）屋島の合戦で、義経をかばって二十八歳で討死し、弟の忠信は吉野で義経に代わって敵を防ぎ、後に京都で討死しました。文治二年二十六歳でした。芭蕉はその壮烈な最期を思いながら、石塔を拝んでいるうちに、この兄弟の妻たちの健気な振る舞いを頭に浮かべました。兄弟の討死の知らせを受けて、母が深く悲しんだので、二人の嫁は甲冑を着て、兄弟凱旋のさまを演じ、母を喜ばせたといいます。

飯坂を発った芭蕉と曽良は、武隈の松を目指しました。武隈の松は地上二尺ばかりのところから二股に分かれて、枝葉も繁茂していました。古来歌枕として知られていましたが、何回か枯れたり、伐られたりしながらも、今も武隈の松として人々の胸をあつくしていました。芭蕉も感動しましたが、今の見事な姿に感動したのではなく、何回か枯れたり伐られたりしながら、長い伝統を守り続けていることに心打たれたのです。

私はこのことを知り、「テセウスの船」という問いかけを思い出しました。戦に勝利した英雄テセウスの船を後世に残すために、朽ちた木材は次々と交換され、やがて全ての部品が新しいものに取り換えられました。では、この船は最初の船と同じと言えるのだろうか、という問いかけです。この問いかけの答えは、テセウスの船ではないが、テセウスの船である、です。

人の体を例にするとわかりやすいと思います。

Aさんが生まれました。Aさんが成長するとともに細胞は生まれ変わり、最初のAさんを形作っていた細胞は全て置き換わっていき、最初のAさんはどこにもいません。人は生きている間これを繰り返し、何度も生まれ変わっていますが、やはりAさんに変わりありません。これは人だけではなく、全てにいえます。チームもグループも老舗企業も日本国民も、全て入れ替わっていきます。王や長嶋がいなくなっても、巨人なのです。

芭蕉は武隈の松を見たあと、仙台街道を歩きました。実方中将の塚を見たかったのですが、泥濘《ぬかるみ》がひどく、曽良に止められ、見ずじまいに終わりました。

仙台は伊達氏六十二万石の城下町なので、四、五日逗留して見物することにしました。頼まれた手紙を手分けして届けたり、亀が岡八幡に参詣したり、東照宮に参拝したりしました。天満宮の参拝を済ませ、萩の名所宮城野を訪ねました。

仙台を発って石巻街道を進み、歌枕で知られた十符《とふ》の菅《すげ》の里へ寄りました。十符の菅はカサスゲのことで、網目が十か所もとれる丈の長さが名前の由来になっています。これで作った菅薦《すげこも》（むしろ）は珍重され、毎年藩主に献納されました。「みちのくの十符のすがごも七符には君をねさせて三符に我ねん」という歌が人口に膾炙《かいしゃ》していました。十符の里へ行く道は田の畔のような道であったし、東光寺前から岩切辺りにかけても道が山際と川にはさまれて急に狭く細くなっていましたので、土地の人たちはその辺りを奥の細道と呼んでいました。

『奥の細道』というタイトルがここから来ていたとは、知りませんでした。

岩切から道を東にとり、塩竈街道を一里ほど行くと、右手の丘の上に壺《つぼ》の碑《いしぶみ》がありました。この碑には、多賀城から四方の国境までの里数と多賀城建設の由来が記されています。芭蕉が心動かされたのは、一千年の風雪に耐えて毅然と生き残っている姿でした。古いものが自然の冷酷な長い試練に耐えて生き残っている姿は美しいと、芭蕉は思いました。旅の辛苦を忘れて、ただ感激の涙を流したのです。

壺の碑あたりには歌枕が多く、野田の玉川、末の松山、沖の石などを見て廻りました。何の心もなくこれらを見れば、平凡な小川であり、ありふれた松原であり、つまらない石ですが、芭蕉は古人の風懐を通して眺めましたので、感慨はひとしおでした。

塩竈神社の参拝を済ませた芭蕉と曽良は、舟を雇って松島に渡りました。松島は扶桑第一の景勝地です。中国の洞庭湖や西湖にくらべても、決して見劣りしないはずです。島々の数は大小二百六十もあるということで、島の形は千差万別、それぞれ趣をそなえています。今度の旅で芭蕉が最も期待をかけたのは松島でした。芭蕉は聞きしに勝る幽遠な風景に接し、いたく心を動かされました。

松島湾の風光を心ゆくまで眺めた二人は、昼頃松島に上陸し、瑞巌寺に参詣しました。二人は、瑞巌寺を残らず見物してから雄島にわたり、その晩は仙台の加右衛門の紹介で、久之助という宿に泊まりました。二階からは海上千里の眺望を見ることができましたが、芭蕉は風景に圧倒されて句が浮かびませんでした。

松島では、曽良の「松島や鶴に身をかれほとゝぎす」の句が有名です。ほととぎすが鳴いて去っていったのを見た曽良は、松島には鶴こそふさわしいと思ってそのように詠んだのです。

芭蕉は松島で、「松島やああ松島や松島や」と詠んだと言われることがありますが、これは間違いで、江戸後期の田原坊という狂歌師が、「松島やさて松島や松島や」と詠んだのを、いつのまにか、言葉を少し変えて、芭蕉が詠んだものとして掏り替えられたというのが実際らしいのです。

芭蕉は松島で句は詠んでいないことになっていますが、実は詠んではいたのです。「島々や千々にくだきて夏の海」がその時の句なのですが、心の世界を開く句を詠む旅なのに、これは風景を詠んでいるだけだし、松島の美しさは本文で書き尽くしたのに、これを入れると、屋根の上に屋根を重ねているようなものだから、詠まない方が自分の心を表現していることになるし、松島の素晴らしさを讃えていることにもなると考えて、『奥の細道』には入れなかったと、『100分de名著　おくのほそ道』に書いてあります。

次の目的地は平泉なので、石巻まで行ってそこを北上することになりました。

五月十三日（陽暦六月二十九日）、一関の宿を出た芭蕉と曽良は、平泉へ向かいました。平泉へ着くと、二人はまず義経の旧跡高館《たかだち》の丘に登りました。下を見おろすと、北上川が川岸につきささるようにしぶきをあげていました。

芭蕉がこういう奥地にまでやって来たのは、高館に義経の最期をしのび、光堂によって中尊寺文化へ思いを馳せたいためでしたが、この平泉地方が、日頃敬慕する西行ゆかりの地であるということもありました。六十九歳の西行が平泉に着いたのは文治二年（一一八六）十月十二日のことで、翌年の三月頃まで平泉に滞在しました。中尊寺には罪を得てここに流された僧たちがいましたが、西行はそういう人たちと都の物語などして涙を流しました。藤原秀衡《ひでひら》はおおらかな人で、そういう僧たちを庇護していたのです。西行が去ったのは文治三年の春から夏にかけてで、その年の秋には、それと入れ替わるようにして、義経が兄頼朝の追捕《ついぶ》を逃れ、妻子を伴い、平泉にしのび落ちて来ました。秀衡は義経を温かく迎え入れて、高館に住まわせたのです。

ところがその年の十月二十九日に秀衡は病に倒れ、病床に泰衡《やすひら》、忠衡《ただひら》等を集め、兄弟助け合って義経を庇護するように遺言しましたが、泰衡は頼朝の圧迫に堪えかねて、高館に軍勢を差し向けました。戦いの果てに、最後に残った増尾十郎兼房は、義経夫妻の自刃を見届けると、館に火を放ち、勇猛な死を遂げました。頼朝は、義経を亡ぼすのが遅かったことを口実に泰衡も攻め滅ぼし、奥州藤原氏の命脈は絶えたのです。

高館でこうした出来事を振り返った芭蕉は、功名も栄華も結局一場の夢に過ぎず、悠久な自然に比べると、人間のやることはまことにはかないものであるとつくづく思い、有名な句を作りました。

夏草や兵《つわもの》どもが夢の跡　芭蕉

国は破れ滅びたが、山河のみは昔のままに残り、城のあとは春が来ると草が青々と萌えているという、杜甫の詩を思い出してこの句を作ったのです。

金色堂は藤原清衡が自分のなきがらを納める廟所として建立されました。須弥壇の中には、清衡、基衡、秀衡三代の遺骸が黄金の柩の中で眠り続けています。

しかしこういう豪華な建物も年月の圧迫には抗し難く、荒廃していきました。そこで時の権力者たちによって、何度も修復されてきたのです。

金色堂は中尊寺の境内の一隅に建てられた藤原一家の仏間ともいうべきものでした。若いころは波瀾に明け暮れた清衡も、後半生は比較的安穏な生活を送りました。恐らく余生は金色堂の仏前で、静かに暮らしたいと願っていたことでしょう。芭蕉はいま金色堂を前にして、これを建立した時の清衡の心情に思いを馳せ、ひどく頽廃しているけれども、時の流れに抗してなお生き続けているさまを見て、いたく感動し、次の句を作ったのです。

五月雨の降りのこしてや光堂　芭蕉

中尊寺の大部分は、すでに頽廃空虚の叢《くさむら》になってしまったのに、光堂（金色堂）のみがこうして残っているのは、何百回も降った五月雨も、ここだけは遠慮して降らなかったのであろうか、きっとそうであろうと、風雪によく耐えてきた光堂に対して讃嘆の気持ちを吐露したのです。

平泉には、中尊寺の他に毛越寺《もうつうじ》、無量光院などの巨刹がありました。毛越寺は清衡の子基衡《もとひら》が宇治の平等院を模して建立した寺院で、規模は中尊寺を凌ぎました。惜しくも焼失して、大泉池を中心とする林泉の美を残しているだけですが、昔はこの池をめぐって華麗な堂塔がつらなり、竜頭鷁首《げきしゅ》の船も浮かべられていたに違いありません。

無量光院も平等院を範として、秀衡が建立した寺院です。秀衡は父にも祖父にもまさって、奥羽の管領権を強化し、嘉応二年（一一七〇）には鎮守府将軍に任ぜられました。晩年は剃髪して仏事に専念しました。無量光院も泰衡滅亡の時に焼失し、芭蕉たちは寺院の跡を見て往時を偲ぶだけでした。

平泉文化がどうして短時日の間に形成されたかというと、黄金をはじめとして数々の物産が奥州の地に恵まれていたからです。

ブラタモリで平泉を取り上げた時に知ったのですが、北上山地は日本有数の花崗岩の産地で、花崗岩は地下五千メートルでゆっくり固まってでき、花崗岩のへりに金ができるそうです。それが長い間に隆起と浸蝕を繰り返して地表へ現れ、雨風で風化して砂金になったのだそうです。また金山は北上山地に千から二千あったということで、そうした大量の金に恵まれていたことが、繁栄の大きな要因でした。また、平地に多くの湧き水があったことから、平泉という地名になりました。基衡の時に町が拡大し、人口五万から十万いたということですが、この湧き水のおかげで沢山の人々が暮らせたのでしょう。また、北上川を使った交易でも潤いました。

奥州藤原氏が目指したものは、黄金に輝く都をこの世に創り出し、争いのない極楽浄土の世界をこの地にもたらすことだったようです。

五月十七日、二人は尾花沢の鈴木清風宅に到着しました。

五月八日に仙台を出てから、十日ほど毎日歩き通しました。二人は清風の暖かい歓迎を受けて、旅の疲れも忘れたような気がしました。ここは紅花の産地で、乾燥させた紅花は酒田に運ばれ、関西方面へ出て化粧品の紅の材料にされます。

清風はこの地方の有力な紅花問屋で、本名を鈴木道祐といい、代々八右衛門を名のって島田屋という屋号を持っていました。富豪の大地主で、この時三十九歳でした。清風は談林風を多分に残した独立した俳人で、芭蕉と師弟関係にはありませんでしたが、芭蕉には畏敬の念を抱いていて、歓待しました。芭蕉が逗留したのは紅花の収穫を控えて忙しい時期でしたので、彼の家に泊まったのは、到着した日と二十一日と二十三日だけで、あとは近くの養泉寺に泊まりました。といっても、尾花沢の俳人たちが放っておくはずもなく、あちこちから招かれていきました。まさに土地ぐるみの歓待でした。二十七日に尾花沢を発って大石田に向かう予定でしたが、清風や住職は立石寺参詣を勧めました。曽良はこの旅行に際し、見物すべき場所を調べて備忘録に書き留めていましたが、立石寺は予定外でした。遠回りになりますが、あまりにも勧められるので、行くことにしました。

清風の好意で楯岡まで馬で送られ、それから六田、天童を経て、午後三時頃立石寺の麓に到着しました。自然の奇勝を背景にして、至る所に寺院が建っていました。寺院には住職がいるはずですが人影は見えず、物音一つ聞こえてきません。暮れ方に近いせいでしょうか、どの寺院も扉を閉ざして、ひっそりと静まりかえっています。岩の上に巌が重なり、全山みな岩という感じですが、その岩も長い年月を経て、苔に蔽われて滑らかになっており、岩の間には松や杉が千年の寿命を保って、高く聳えています。まことに幽邃《ゆうすい》清浄な別天地ともいうべく、腰をおろして目をとざすと、禅の悟りにも似たような澄明な気持ちになってきます。芭蕉がここで作ったのが、次の句です。

閑《しづか》さや岩にしみ入る蝉の声　芭蕉

しかしこれは推敲して完成させた句で、発句は「山寺や石にしみつく蝉の声」でしたが、さらに「さびしさや岩にしみ込む蝉の声」に改案され、最後に、「閑さや」の定形に落ち着いたのです。

蝉の声が聞こえるといっても、その日は五月二十七日（陽暦七月十三日）で、北国のこともあって、蝉の数はそれほど多くはありません。その蝉も油蝉ではなく、ニイニイ蝉で、声もやわらかなものです。いくつかの蝉が一つになって、ジイッと鳴いているのです。その鳴いている声は、全山に響き渡るような騒々しいものではなく、岩の中にしみ込んでいるようなのです。それによって一層閑寂な雰囲気を作り出しているのです。

この蝉の声については、蝉の種類は何かと大正から昭和にかけて一大論争がありました。斎藤茂吉はアブラゼミを主張しましたが、ドイツ文学者の小宮豊隆はニイニイゼミ説をとりました。それで茂吉が実地調査をした結果、自分の誤りを認め、ニイニイゼミで決着がつきました。

芭蕉たちが山中を歩いている間に時刻は暮れ方に近づき、あたりは一層ひっそりと静まりかえって来ました。閑寂を求めていた芭蕉は山気にうたれ、自分の心が澄み透るような思いになりました。

芭蕉は予定を変更して立石寺に詣でましたが、それは決して無駄な回り道ではありませんでした。「閑さや」の名吟を得、また『奥の細道』の中でもすぐれた名句を残すことになったのです。

立石寺をあとにした芭蕉たちは山形に出てみようと思いましたが、大石田にも自分の訪問を待っている俳人たちがいるので、大石田に向かいました。高野一栄の宅に着いたのは、二十八日の昼過ぎでした。

大石田は、尾花沢の西南一里、最上川の東岸にある舟着場で、最上川の水運の最も重要な拠点になっていました。広くこの地方の物資の集散地として繁栄し、交通の要衝でもありました。酒田へ下る川船はここを起点として、庄内や最上盆地の物産は京坂に運ばれて行きました。川岸には何十艘という川船がつながれており、大勢の人足や船頭や商人が忙しく右往左往していました。道幅も広く、白壁のどっしりした土蔵が並んでいました。

高野一栄は、最上川往来の船宿の主でした。水運の利権を握る有力な旦那衆で、俳諧にも深い嗜みがありました。尾花沢や大石田には、最初、貞門の俳諧が芽生えましたが、やがて談林俳諧が根づき、清風も貞門から談林へ傾いていったのでした。一栄の場合もほぼ同様の経過を辿りましたが、芭蕉風の俳諧も意識されるようになっていました。そんな折、芭蕉が訪ねてきたので、一栄たちは大旱に雲霓《うんげい》（雲と虹、または雨のこと）を得たような思いで歓迎しました。

俳諧が流行してから田舎者の心にもいくらか潤いが出て来たようで、これからも俳諧を盛んにしていきたいが、すぐれた指導者がいないので、どういう方向に進んだらよいか困っておりました、どうか宜しくお導きくださいと、一栄は芭蕉に懇願しました。滞在中の三日間に巻かれた歌仙は、奥の細道の旅行中の作としては、最もすぐれたものの一つとなりました。この時の芭蕉の発句は、「さみだれをあつめてすゞしもがみ川」でした。一栄はこの句に心を動かされて、「こういう句が新風というのでしょうか」と尋ねました。「さあ、新風かどうかわかりませんが、私どもは近頃見たまま感じたままの風情を偽らずに句にするように心掛けております」と応えました。

今度の旅で蕉風を宣伝する考えはなく、あくまでも風雅の根本理念をつかもうと志しての旅でしたが、新古二道に迷っていた一栄たちに、はからずも蕉風の種を蒔くことになりました。芭蕉はそれを自負したり、得意になったりする気持ちにはなれませんでしたが、自分の志している風雅がこういう奥州の地にまで拡がっていくのは嬉しいことでした。

六月一日（陽暦七月十七日）、芭蕉と曽良は大石田を発ち、新庄へ向かいました。新庄では渋谷風流宅に滞在し、歌仙を巻いたあと、羽黒山参詣のため、最上川を舟で下りました。流れが急な上に、五月雨のために水嵩が増し、今にも転覆しそうなので、芭蕉たちはたびたび肝を冷やしました。そこで、一栄宅で詠んだ句を変えました。

五月雨をあつめて早し最上川　芭蕉

一栄宅から眺めた最上川の景色は、いかにもすがすがしく涼しかったので、「涼し」と言って亭主に対する挨拶の句としたのですが、実際に舟に乗って川を下ってみると、「涼し」では本当の実感にはなりません。そこで「早し」という言葉に変えて、調子の高い句にしたのです。このように変えることで、眺められた最上川が体験された最上川に変貌したのです。「あつまって」ではなく、「あつめて」としたことも、この句を力強いものにしています。それにこの句は「早し」で切れています。「早き」では説明の句になってしまいます。「はやし」と切って、詠嘆の気持ちを込めたのです。

羽黒山の麓手向《とうげ》村では、近藤左吉の家を訪ねました。彼は、羽黒山の山伏たちの摺り衣を染める仕事をしていました。俳諧に熱心で、俳号を露丸といい、まだ三十そこそこの若者でした。はじめは談林に親しんでいましたが、芭蕉の新風に心惹かれ、その到着を待ち望んでいました。一栄からの羽黒山別当執行代への紹介状を持っていたので、南谷の別院へ案内してくれました。

羽黒山第五十代別当の天宥《てんゆう》（一五九二―一六七四）は、政治力ならびない傑物で、羽黒山中興の祖とされています。羽黒山は本来真言宗の寺でしたが、天宥は天海僧正に取り入り、寛永寺と結び、天台宗に改宗し、これに従属することになりました。ところが、天宥は庄内藩との抗争に巻き込まれ、酒田家の讒言によって、寛文八年（一六六八）伊豆大島へ流罪となりました。そして、延宝二年（一六七四）、彼の地で果てました。元禄二年六月四日に羽黒山を訪れた芭蕉は、門徒たちに依頼され、天宥法印への追悼句を詠みました。「その玉や羽黒にかへす法の月」、月が遠くに眠る天宥の亡き魂を再び羽黒山に呼びもどしてくれるだろう、という意味の句です。

余談ですが、テレビの「開運！なんでも鑑定団」で、この句に関しての芭蕉直筆の書簡が見つかりました。文面からこの書簡は、芭蕉が奉納した天宥の追悼句について、字が読み取れないので、教えてほしいという問い合わせの手紙に対する返信であることがわかりました。「無玉《なき》や」なのか、「其《その》玉や」なのかを問い合わせたようで、返信には、どちらを使っても構わないと答えてありました。

愛知東邦大学客員教授で、鑑定歴四十八年の増田孝氏は本物と鑑定し、八百万円の値をつけました。

滞在中に露丸が謙虚に俳諧について教えを乞うので、芭蕉は俳諧について話をしました。芭蕉が話したことを簡潔にまとめて言うと、大体次のようなことです。

何によらず、感じたこと、思ったことを一句にまとめるだけのこと、句を作る前のまじり気のない気持ちが大事であること、言葉や気持ちの遊びではなく、誠を根底にしていること、この世の利害や損得ぬきに、心にうつることをありのままに表現すること、等です。

露丸は芭蕉から話を聞き、貞門や談林の俳諧が、いかにも軽佻浮薄のように思えてきました。

芭蕉は更に、美しいものを求める気持ちは誰しも持っていること、そういう気持ちが風雅の誠であること、風雅をつかむためには、不断の工夫と努力が必要なこと、等を話しました。

芭蕉は常に新しみを求めました。新しみは俳諧の花であると考えていたのです。その花を実現するためには、たえず己を責め、工夫を怠らないようにしなければならないと思っていました。

露丸は、こうした芭蕉の言葉に大きな刺激を受けました。更に露丸は、今度の旅で得た芭蕉の感慨も話してほしいと所望したので、芭蕉は快く話しました。

世の中には何一つ固定して動かないものはなく、それが天地自然の本当の姿だということを改めて知ったこと、しかし、変化するものの中にも永遠に滅びないものもあるに違いなく、この旅でそういうものも探し求めたということを、具体的な例を話して聞かせました。壺の碑や光堂、再建された神社仏閣といった建物だけではなく、素朴な人たちの振る舞いや、甲冑を着て兄弟凱旋のさまを真似、老母を慰めた継信、忠信の妻たちなど、人間の行為の中にも不朽に伝わるものがあること、等です。こういう純粋な感情は、俳諧の誠・風雅の誠に通ずる、万古不易のものと芭蕉は信じていました。

六月十日に羽黒山を発った芭蕉たちは、午後四時頃鶴岡の長山五郎右衛門宅に到着しました。あいにく鶴岡滞在の三日間は雨勝ちで、おまけに持病も起こり、ほとんどどこへも見物に出かけませんでした。

鶴岡を発つと、再び最上川を利用して酒田へ行き、十五日は象潟《きさかた》へ向かいました。象潟は今度の旅の大きな目的地の一つでした。

うやむやの関址のある関村あたりを通る頃はひどい豪雨で、あたりはぼおっとうす暗くなり、間近に見えるはずの鳥海山も朦朧として視界から遠ざかりました。この時芭蕉は、蘇東坡が西湖の景色は晴雨いずれの時も素晴らしいと詠じた詩句を思い出しました。

西湖の景色を美人の西施《せいし》にたとえるなら、西施が薄化粧でも厚化粧でも美しいように、西湖の風景も晴雨いずれもよいと、蘇東坡は言っています。

昼頃、ようやく象潟に着きました。象潟は酒田から十一里の所にあります。古くは、蚶貝《きさがい》を多く産するので、蚶潟・蚶方などと書き、また江の形が象に似ているので象潟と書きました。潟の中には無数の島が散在し、松や桜が茂り、松島と並んで天下の絶景とされていました。

象潟の風景は松島に似ていますが、松島は笑っているようで明るく、象潟は何か恨んでいるように見えます。寂しさに悲しみを加えて、人が心に憂いを抱いているような趣があります。芭蕉は、こんな句を作りました。

象 潟 や 雨 に 西 施 が ね ふ の 花　芭蕉

合歓《ねむ》の木は、雨の日や夜は葉を閉じます。芭蕉は葉を閉じた合歓を見て、眼を閉じて想いに沈む西施を想像しました。西施は、越王勾践《こうせん》の寵妃でしたが、戦いに敗れて呉王夫差に贈られました。芭蕉は、寂しさに悲しみを加えた象潟の情景から、敵地にあって愁いに沈む西施を想像したのです。

六月十八日に象潟を発ち、二十五日まで酒田に滞在しました。酒田を出立するにあたり、さまざまな感慨が芭蕉の胸に去来しました。今度の旅では、できることなら蝦夷か千島までもと思ったのですが、曽良が、芭蕉の体を心配して止めたので、残念ながら思い留まることになったのです。そしていよいよ、奥州を離れて越後路に向かうことになりました。金沢まで百三十里あるといいます。

七月四日に出雲崎に着きました。出雲崎は、佐渡へ渡る最も近い船着場として栄えていました。この日は昼間は快晴だったので、出雲崎から佐渡島が海上はるかに見渡されました。風の強い日で、荒波がしぶきをあげて海岸に押し寄せていました。芭蕉と曽良は出雲崎に宿をとって、北国の海を眺めていました。北の海は波も荒く、海の色も濃い。日が暮れるに従って、北の海はいよいよ物凄くなってきました。見渡す限り荒涼たる海です。その荒海の中に、佐渡の島がくろぐろとひそまり、島に向かって銀河が滝のように降りそそいでいます。

荒　海　や　佐　渡　に　よ　こ　た　ふ　天　の　河　　芭蕉

芭蕉は、この雄大で絵画的な句に、哀愁の思いも込めています。佐渡は昔から罪人の流された島です。佐渡には、本国を離れ、妻子と別れて島流しになった孤独な人々が住んでいます。そういう人たちにとって、荒海に冴えかえっている銀河は、寂しさ以外の何ものでもないはずです。

柏崎や直江津等にも俳諧の種はまかれていましたが、多くは貞門や談林系の人たちで、芭蕉の名はまだ十分には知られていませんでした。親知らずの難所を越えて市振へ来た二人は、ここで宿をとりました。夕食を済ましてくつろいでいると、襖を隔てた表の部屋から若い女たちの声が聞こえてきました。女は新潟の遊女のようでした。越後地方はお伊勢参りが盛んで、遊女たちもその途中だということがわかりました。芭蕉はなかなか寝つかれず、窓を開けてみると、庭に萩が咲き乱れ、その上に十二日の月が明るく照っていました。それでこんな句を作りました。

一《ひとつ》　家《や》　に　遊　女　も　ね　た　り　萩　と　月　　芭蕉

あくる朝、芭蕉たちが出発しようとすると、ふたりの若い女たちも旅支度を済ませ、同行を願いましたが、それはできぬと断りました。感傷におぼれることを警戒していた芭蕉は、不憫に思いながらも、断ったのです。

あとからわかったのですが、これは芭蕉の空想から生まれた句なのです。「曽良旅日記」にも記述がありません。『奥の細道』全体を連句的に見ると、そろそろこの辺で、女性を登場させる必要があると考えての芭蕉の創作だということらしいです。元々俳句は自由に想像の世界を切り開いていく連句から生まれたので、空想で作る句も時々顔を出すということなのでしょうね。

七月十三日（陽暦八月二十六日）、市振を発って奈呉の浦を目指しました。富山湾に注ぐ川は黒部川や神通川をはじめ、九十余川に及ぶと言われています。芭蕉たちも川をいくつか渡りましたが、常願寺川を越えたところで、道は富山道と海岸道に分かれます。芭蕉たちは富山には寄らず、海辺の道を進み、神通川を渡って放生津潟《ほうじょうづかた》を左に眺め、歌枕の奈呉の浦に足をとどめました。

ここは白砂青松のすがすがしい海辺で、松の間には漁家が点在し、北に能登半島、南に立山連峰を望む景勝の地として知られていました。『万葉集』で家持は、「港風寒く吹くらし奈呉の江に妻よびかはし鶴《たづ》さはに鳴く」と歌っています。また家持は、「東風《あゆのかぜ》いたく吹くらし奈呉の海人《あま》の釣する小舟漕ぎ隠る見ゆ」という歌も残しています。昔は入江でしたが、この頃はすでに湖になっていたようで、放生津潟がその跡であると言われていました。

高岡の宿を出て倶利伽羅峠へやって来ると、芭蕉は次の句を作りました。

わせの香や分入る右は有磯海《ありそうみ》　芭蕉

「有磯海」は、もとは荒磯の海で、波の荒い海岸をいうのですが、『万葉集』の「かからむとかねて知りせば越の海のありそのなみも見せましものを」という家持の歌などから、いつとなく越中の歌枕となり、伏木の西北にあたる雨晴《あまはらし》付近、男岩、女岩、雨晴岩をはじめ、海中に大小幾多の岩礁の群がる海岸を中心にする一帯の海をいうようになりました。

家持の歌は、故郷にいた最愛の弟の死を悼んだもので、弟の死をかねて知っていたならば、弟をここへ呼んで、この越の国の荒磯の浪のよい景色を見せればよかったのに、残念なことをした、という内容です。

芭蕉は昨日道を左にとって高岡に出る途中、右手の方に有磯海のあざやかな風光を目にしていました。それからずっと続く田圃の道を、稲穂をかきわけるようにして歩いたのです。いま倶利伽羅峠の頂上に立って越中平野を見おろし、富山湾を眺めていると、昨日から今日にかけての印象が鮮やかに蘇ってきたのです。一面に早稲の香の漂う田圃の道をかきわけるようにして行くと、右手の方に有磯海が視界に入って来た、という内容の句です。

しかし、この句はただそういう情景を詠んだだけではなく、いくつかの気持ちも込められています。一つは、豊年を予告するような早稲の香を懐かしむ気持ち、二つには、有磯海などの歌名所を懐かしく思いやる気持ち、三つには、前途に希望をもって、勇躍して進む気持ちです。

芭蕉は、大国に入って句を作る場合にはそれだけの心構えがなければならないと、かねがね思っていました。倶利伽羅峠は越中と加賀の境にある峠です。これからいよいよ加賀百万石の国に入るのだと思うと、改まった気持ちにならざるをえません。酷暑と疲労のため、すっかり体は弱っていましたが、無理にでも心を引き立たせなければなりませんでした。そうしたもろもろの気持ちが、この句には込められているということです。

金沢に着いたのは、七月十五日（陽暦八月二十九日）でした。金沢は当時前田綱紀百万石の城下町で、戸数一万三千、人口五万に及ぶ北国第一の都会でした。富裕な町で、芸能の愛好家が多く、俳諧も貞門、談林は早くから行われていました。芭蕉はかねてから文通のあった竹雀と一笑に連絡をとりましたが、一笑は前年の十二月六日に亡くなっていました。芭蕉は一笑の死を知り、大変驚きました。まだ三十六歳だったからです。一笑は茶葉の商いをしながら、早くから俳諧を志し、貞門、談林を経て、今は金沢における蕉門の先達として、芭蕉の来訪を待ち望んでいました。芭蕉も一笑に会えることを楽しみにしていましたので、さすがにがっかりしました。

十七日は、浅野川の大橋付近にあった北枝亭に招待され、その席で、次の句を披露しました。

あかあかと日は難面《つれなく》もあきの風　芭蕉

夕方の太陽が野や山を一面に赤く染め、旅を行く自分の顔を容赦なくしつこく照りつけ、暑さと疲労のために、そぞろに旅愁が身にしみて感じられます。しかし暑いとはいうものの、さすがに季節はもう秋に入っただけあって、野末を渡る風は、ひえびえとしたうら寂しい感じです。あかあかとした夕日を顔に受けながら、うら寂しい秋風の吹く中を、旅愁を胸に抱いて、とぼとぼと歩いて行く旅人の思いを描き出した句です。

金沢は俳諧の盛んなところで、芭蕉の来訪を待ち焦がれていた人々も多かったので、思わず滞在が長くなり、十日間も滞在して二十四日に金沢を発ちました。

松任まで来た時、生駒万兵衛という武士が裸馬に乗って追いかけてきました。芭蕉の来遊を機に門人になったのですが、お勤めの都合でお見送りできず、大変失礼しましたと言って、馬からおりてていねいに頭をさげました。そして着るものと金子三両を差し出したのですが、芭蕉は固辞しました。

小松では、多田神社に参拝し、神社の厚意で宝物を見せてもらいました。ここには、斎藤実盛の着用した甲《かぶと》や錦の鎧直垂《よろいひたたれ》の切れはしが保管されています。芭蕉は、神社に次の句を奉納しました。

むざんやな甲の下のきりぎりす　芭蕉

きりぎりすは、こおろぎのことです。甲は、多田神社に奉納された実盛の甲です。芭蕉はその甲を実際に見て、謡曲の『実盛』の悲壮な最期を思い浮かべたのです。老武者と侮られぬために白髪を染めて出陣しましたが、篠原の戦いで手塚光盛に討たれてしまいます。義仲が首を洗わせてみると、ことごとく白髪でした。幼い頃実盛に救われて成長した義仲は、昔の恩義を思い起こし、号泣しました。そして義仲は、恩義に報いるために、実盛の甲や錦の直垂を奉納したのです。

芭蕉は、甲の下あたりで、こおろぎが悲しげに鳴いているのを聞き、実盛の魂魄がその虫に宿って、咽《むせ》び泣いているように感じたのです。

七月二十七日（陽暦九月十日）、芭蕉たちは山中温泉に着き、和泉屋という宿に草鞋を脱ぎました。和泉屋は温泉草創以来の旧家で、山中温泉十二家の一つでした。

和泉屋には代々風雅の嗜みがあり、宿の主人は久米之助といって、まだ十四歳でした。四歳の時に父と死別し、家督を継ぎました。久米之助は芭蕉の来宿を機に入門し、芭蕉は桃青の一字を分けて、桃妖の号を与えました。

山中温泉は小松から約六里のところにあって、行基菩薩が発見した温泉で、その後建久年中に加賀の検非違使長谷部信連が、傷ついた鷺が浴するのを見て再発見したと伝えられています。温泉の効能は、六甲山の西北麓にある有馬温泉につぐということです。芭蕉は、この湯の効能をたたえて次の句を作りました。

山中や菊はたをらぬ湯の匂《にほひ》　芭蕉

山中温泉に来てみると、湯の匂いがただよっている。その匂いは菊の香にも勝るように思われるので、菊を折ってくる必要もなさそうだ、という意味です。

しかしそれだけの意味ではなく、この句は菊慈童の故事をふまえていることがわかります。

菊慈童は周の穆王《ぼくおう》の侍童でしたが、罪を得て南陽郡に流され、王より賜った法華経普門本の二句の偈を、菊の下葉に写しておきました。ところがその下葉についた露が流れ、そのために谷川の水が霊水となり、それを飲んだ菊慈童は長寿を保ち、七百年後も風貌が変わらず、魏の文帝の時代に至ったといいます。この伝説は『太平記』にも見え、謡曲にも『菊慈童』があります。一般的に菊には延命の効があると言われてきました。「山中や」の句は、この菊慈童の故事をふまえ、ここの温泉は延命の効験があるので、命を延ばすという菊を手折るには及ばないということをいっています。

七月二十七日から八月五日まで、芭蕉は十日間も山中に滞在しました。和泉屋に大事にされて居心地がよかったこともありましたが、それだけではなく、この温泉で曽良にゆっくり休養させ、その全快を待っていたのです。

曽良は、金沢に滞在中から健康を害していて、山中温泉での湯治では、完全に元へ戻るまでには至りませんでした。苦楽をともにした長い道中も終わりに近づき、今は北枝が随行しているので、曽良は芭蕉と別れて、伊勢の長島で病を養うために、ひとり先行することになりました。

八月五日、芭蕉は曽良と別れ、北枝と二人で那谷《なた》寺へ向かいました。那谷寺は養老元年（七一七）に僧泰澄の創建と伝えられ、自生山岩屋寺と号しました。その後、花山法皇がここに大慈大悲の観世音菩薩の像を安置され、那智と谷汲から二字を分け取って那谷寺と命名されました。

那智は、三十三箇所の第一番の札所である紀州の那智山青岸渡《せいがんと》寺《じ》のことであり、谷汲は、最後の札所濃州の谷汲山華厳寺のことです。

ここはとても閑寂で、多くの奇岩怪石が直接風を受け、老松が生え並び、風景が美しく、霊場にふさわしいと芭蕉は思いました。

石山の石より白し秋の風　芭蕉

石山といえば近江の石山をすぐに思い浮かべるのですが、那谷の石は近江の石山の石より白いと直感したのです。その石の上を秋の風が吹き渡っている、石も白く、風も白く、万物蕭々《しょうしょう》（ものさびしいさま）として秋の気配が感じられる、と詠んだのです。

北枝は談林から蕉風に変わった芭蕉の門人でしたが、まだまだ学ぶことは多く、この機会に師にいろいろ教えてもらいました。

「発句は大将の位、平句は士卒の働き、脇は発句と一体だから、別に趣向を立てず、ただ発句の余情を汲むようにするがよい」、「百韻でも歌仙でも一巻の変化が大切で、渋滞があってはいけない」等々の教えを受けました。北枝は山中温泉滞在中に、不易流行とか、俗談平話というような、俳諧の根本に関する問題や、いろいろな作法などについて、親しく教えを受ける機会を得たのです。

山中温泉を発った芭蕉は、もう一度小松へ寄り、そのあと全昌寺、吉崎、汐越しの松、丸岡、永平寺、今庄、敦賀を経て大垣に到着しました。

大垣は、戸田氏十万石の城下町でした。藩士の中には俳諧を嗜む者が多く、芭蕉の門人も多くいました。芭蕉が大垣に着いてまず草鞋を脱いだのは、近藤如行宅でした。如行も大垣の藩士でしたが、早く武門を辞し、法体となって自適の生活をしていました。大垣の俳人たちは、如行の家に馳せ参じ、曽良も長島からやって来ていました。

三月下旬に江戸を発ってから、日数でいえば百五十日、旅程六百里に及ぶ大旅行でした。今ようやく旅の終わりの地大垣に辿り着き、大勢の知人や門弟に取り囲まれて、芭蕉もさすがにほっとした気持ちになりました。

しかし、いつまでも大垣にいるわけにはいきませんでした。奥州の旅は終わっても、芭蕉の旅が終わったわけではなく、またもや漂泊の旅に出なければなりませんでした。それが芭蕉の運命でした。伊勢遷宮が近づいていました。元禄二年（一六八九）がその年にあたり、芭蕉はぜひそれを拝みたいと思い、曽良と路通を伴って、大垣を発ちました。九月六日（陽暦十月十八日）のことでした。芭蕉は人々と別れるに際して、こういう句を作りました。

蛤のふたみにわかれ行く秋ぞ　芭蕉

「ふたみ」は蛤の蓋と身に、伊勢の名所「二見」をかけ、蛤の蓋と身が離れ離れになる意とし、なお「み」に二見が浦を「見る」意をかけました。「行く」には「別れ行く」と「行く秋」との掛詞になっています。そして芭蕉の念頭には「今ぞ知る二見浦の蛤の貝合せとておほふなりけり」という西行の歌がありました。

蛤の蓋と身がわかれるように、親しい人々と別れて、自分は今伊勢の二見の方へ行こうとしている。おりから季節も秋の終わりで、さびしさが一層身にしみて感ぜられる、という感慨です。

別離の句ではありますが、それほど悲痛な感じは出ていないと思われます。かえって明るい軽い調子さえ見られます。
「日々旅にして旅を栖《すみか》とする」という飄逸な気分は、大旅行をすませた後でも少しも失われませんでした。これから先どこに落ち着くであろうかと、余韻を残して芭蕉は人々と別れて行きました。人生は別れだということはわかっています。しかも人生には悲しみ、悲惨もつきものです。そうした人生をどう生きていくか。そうした人生の辛さをさらりとかわす潔さ、覚悟のようなものを持っていれば、心豊かに生きていける。この句は、悲しみを詠んでいるにもかかわらず、軽やかな微笑を感じさせる句になっているように思われます。

『奥の細道』の鑑賞を終えるにあたって、最後に一つだけ触れておきたいことがあります。それはよくいわれる「芭蕉隠密説」についてです。『奥の細道』の裏の目的は、当時の大名二百四十三人の人物評価を記す『土芥寇讎記《どかいこうしゅうき》』のための調査や、日光東照宮修復工事の調査や、仙台藩と加賀藩の内偵であったということです。

このことに関して河合敦氏は、芭蕉が隠密であったかどうかはわかっていないが、曽良が隠密であった可能性があって、芭蕉も全く知らなかったということはなく、何らかの手伝いはしたのではないかと考えておられます。そうしたことを検証した上で、河合氏は、『奥の細道』の最後の句の蛤を手掛かりに、新鮮な切り口で『奥の細道』の真の目的を説いておられます。

蛤は一心同体の象徴です。片方が芭蕉なら、もう片方は兄の半左衛門だと考えておられます。自分が全てを捨てて俳諧の道を歩めたのは、郷里で松尾家を兄が守っていてくれたからこそできたことです。その兄に旅の気分を味わってもらいたいと思って、推敲に推敲を重ねて出来上がったのが

『奥の細道』でした。元禄七年（一六九四）五月に『奥の細道』が完成するとすぐに、伊賀上野の兄に届けました。それを成し遂げ、五か月後に五十一歳で亡くなったのです。

奥の細道の旅は、隠密の旅でもなく、俳諧師としての旅でもなく、松尾宗房（芭蕉の本名）としての旅だったのかも知れません。（テレビ番組「にっぽん！歴史鑑定」より）

第五章 近畿遍歴

1 伊勢御遷宮

元禄二年の遷宮の日は、内宮は九月十日、外宮は十三日になっていました。途中手間取ったため、内宮の御遷宮は拝観できませんでしたが、外宮には間に合いました。

御遷宮の儀式は複雑で、日が暮れてから行事が始まりました。御神宝は純白の生絹《すずし》の幕で包まれ、道に敷いた白布の上を新殿に向かって静々と進んで行きました。この時境内の灯は全て消され、先頭の松明の光だけで、楯、鉾、弓、太刀などの列の進むさまが照らし出されました。その間神楽歌、和琴、篳篥《ひちりき》、笛などの神秘な合奏が奏でられ、何とも名状すべからざる森厳な光景でした。人々は押し合いへしあいして、その有様を拝観していました。この時のことを次の句にしました。

たふとさに皆押し合ひぬ御遷宮　芭蕉

芭蕉は、遷宮拝観の宿願を果たし、伊賀上野へ向かいました。

伊勢から伊賀へ抜ける途中に長野峠があります。その峠道を歩いていると、突然時雨が降って来ました。この冬になって初めての時雨でした。峠はこんもりと茂った樹木に蔽われていましたが、ふと見ると、樹の枝に猿がしょんぼりとうずくまっていました。芭蕉たちは雨を防ぐ蓑《みの》があればよいがと思いましたが、この猿もどうやら小蓑を欲しがっているように思われましたので、そこで一句作りました。

初しぐれ猿も小蓑をほしげなり　芭蕉

和歌や連歌では、時雨は定めなきもの、はかなきもの、侘しいものとして取り扱われてきました。しかし芭蕉はそうした感傷的な気持ちをふるいおとして、その中からもっと生き生きしたものを汲み取ろうとしました。伝統的な季節感から離れなければ、俳諧的な新しみは得られないと思っていたのです。すでに『笈の小文』の首途《かどで》で、「旅人と我が名呼ばれん初時雨」と詠み、旅への心の弾み、勇み立つ気持ちを述べています。

芭蕉は、自分がこの時雨を辛いとも、うとましいとも思っていないように、猿もそれほど苦痛とは感じていないのかも知れない。かわいそうだ、などと思うのは、人間のあさはかな思い過ごしかも知れないと思いました。

猿もこの気まぐれな雨に興味を感じ、人間並みに小蓑を着て、時雨に濡れてみたいと思っているのかも知れないと、それはいかにも俳諧めいた楽しい想像でした。

2 不易流行

郷里の伊賀には二か月余り滞在して多くの句会に参加し、十二月二十四日には鉢叩きを聞くために嵯峨の落柿舎《らくししゃ》に滞在していました。

鉢叩きは、空也上人の忌日である十一月十三日から四十八夜の間は京の内外を腰に瓢《ひさご》をつけ鉢を叩いて巡り歩き、無常の和讃と念仏を唱えます。洛外の鳥部野、阿弥陀峰、新黒谷、舟岡、西院、狐塚、金光寺など洛外七所の墓地へも足を延ばし、無縁仏をも弔います。

芭蕉が滞在していた落柿舎は向井去来の住まいでした。宅地内に四十本ほどの柿の木があって、実がなったら全てを一貫文で売ることにしていたところ大嵐で全て落ちてしまったので、それから屋号を落柿舎と呼ぶことにしたのです。

去来は、芭蕉が奥羽の旅の間に不易流行のことを折々門人たちに話して来たことを噂に聞いていましたので、この際じっくりその考えを確認してみたいと思いました。芭蕉は、不易の理を失わずに、流行の変にわたることが大切であると話し、去来は芭蕉の説明によって、俳諧に不易流行の大切なことを、おぼろげながら了解しましたが、他門ではこのことが問題にならないのが不思議でした。芭蕉はこの疑問にも答えています。

貞徳以来技巧をこらす風が盛んで、「霞さへまだらに立つや寅の年」、「しをるるは何か杏子《あんず》の花の色」のような、言葉の遊戯を得意にし、人々は、俳諧とはこういうものかと思い込み、芭蕉自身もはじめはそう思っていたということ、宗因が現れて、新風を天下に広めたが、その俳諧は可笑味《おかしみ》を主眼としたもので、真実の上に立ったものではなかったこと、そして彼らは自分たちの流派に拘《こだわ》り、一つの句風に停滞して、時とともに変化流動すべきと知らなかったこと、等を話しました。

芭蕉は正月から三月下旬まで伊賀上野で過ごしましたが、この時も服部土芳が不易流行について聞いたので、芭蕉は思っていることを話しました。万物は流転してやまないのが真理だが、ただ流れているだけでは不安である。何か拠り所がほしいと思う。流行変化してやまないものの間に、不変なもの、本質的なもの、永遠の生命のあるものを求めたいという気持ちがあっても当然よいはずである。そういう不易なものを信じるところに我々の安心がある。俳諧も同じことだと思う。俳諧も流行変化しなければ進展はないが、やはりそこには拠り所が必要ではないか。そんなことを考えているうちに、不易流行という説を組み立ててみたということを話しました。そして拠り所とは、風雅の誠を足場にすることだと語りました。俳諧の根本は人情で、私意私欲を離れた、持って生まれた純粋な混ざり気のない情で、誠というのは純潔で麗しい心の色にほかならないと伝えました。

不易流行をさらに説明するために、今までの和歌を例にして、「万葉、古今、新古今と時代によって歌風は変わったが、新古を越えて、人の心に響き、感動させる歌がある。そういう歌は不易といってよい。俳諧にも同じことが言える。流行していくなかで、人の心に響き、いつまでも生命を失わない不易とも言うべき句がある」といったことを話したのでした。

後に服部土芳は、『三冊子《さんぞうし》』を世に出しました。これは、芭蕉と親しく接して教えを受けた彼が残した随聞録だと伝えられています。土芳は伊賀蕉門の中心的な人物で、藤堂藩に仕えていました。仕官を辞退したあとは、蓑虫庵で師芭蕉の俳論を整備し、世に出したのが『三冊子』でした。その一節に、「東海道の一筋もしらぬ人、俳諧に覚束なし」というのがあります。

芭蕉の俳諧は旅と密接に結びついています。芭蕉は、自然と接し、変化していくものに身を委ね、病身をいとわず苦難に耐え、人々に出会って喜びや希望を見出し、その旅の中から「変化」や「流行」の俳諧の心を会得しました。だから、東海道を歩いたこともない人に、俳諧の心はわからない、ということです。今も人々が「吟行」を行うのも、そうすることによって少しでも芭蕉の心に近づきたいという願いがあるのだと思います。

余談ですが、こうした旅の効用に対して上田秋成は否定的な考えを持っていて、『雨月物語』出版の四年後に成った彼の『去年《こぞ》の枝折《しおり》』という紀行文の中で、芭蕉のことを、真似してはいけない人だと言っています。平和の世に生まれたら、おのおの自らの生業に励んで定住すべきであるという考えを持っていたようです。『雨月物語』の「仏法僧」では、平和な浮世をのんびりと夢見心地で旅に遊び暮らす無然という主人公に、お灸をすえる意味で、怖い思いをさせています。

芭蕉は奥羽の旅を済ませてから、伊勢、伊賀、京、大津の間を転々と歩き廻り、近頃はだいぶ疲労の様子が目立ってきましたので、門人たちはその身の上を案じて、閑静な場所を探し、石山の奥にある幻住庵に落ち着いてもらうことになりました。

六月には、京の凡兆宅に滞在しました。凡兆は医者で、妻の羽紅と二人で暮らしていました。

滞在中に去来が訪ねてきて、三人で歌仙を催すことになりました。凡兆と去来は蕉門に入ってまだ日も浅かったので、すぐれた才能はあっても、蕉風の俳諧にはまだ十分慣れていませんでしたから、この際二人に蕉風の特色を十分理解してもらういい機会だと思って、凡兆に発句を担当させ、芭蕉が脇をつけることにしました。凡兆の発句はみごとなもので、芭蕉の意にかないました。

そして三人で次々に歌仙を巻き、一句ごとに歌仙の極意を細かく解説して聞かせました。

幻住庵へは門人たちがよく訪れ、米や茶や味噌等をかわるがわる持ってきてくれます。来ると、水を汲んできたり、掃除をしたりしてくれます。去来、凡兆、羽紅も来ました。村の人たちも立ち寄り、猪が稲を荒らして困るとか、兎が豆畑へやってくるとか、いろいろ話していきます。人が途絶えると、手紙を読んだり、書いたり、「幻住庵ノ記」の草稿を書いたりしています。

芭蕉は、痔と疝気《せんき》という冷気に弱い痼疾《こしつ》（持病）を持っていましたので、秋風の吹き始める七月二十三日に大津に移り、八月初めに義仲寺に移りました。ここには義仲を葬った木曾塚があります。

寿永三年（一一八四）正月、義仲は源範頼、義経に宇治川で敗れ、近江の粟津原まで落ちのびましたが、そこで敵の手にかかり、亡くなりました。寺伝によりますと、天文二十二年（一五五三）に近江源氏の一族で近江の国司佐々木義実が、木曾塚に詣で、祖先を同じゅうするよしみにより、ここに一寺を建立して義仲寺としました。

この頃芭蕉は、「幻住庵ノ記」について意見の調整をはかるために、去来あてに手紙をしたためました。定稿までにはかなり苦心をし、去来やその兄の元端や凡兆などに意見を聞きました。芭蕉はその進言を坦懐に受け入れ、その都度容赦なく斧鑿《ふさく》（おのとのみ）を加えていきました。この手紙には推敲の過程が細かに述べられています。

草案には、幻住庵に辿り着くまでの長い序文がついていましたが、去来は、それは全く不要で、直ちに幻住庵の記述に移るべきだと進言しています。芭蕉の手紙はそれに対する返事でした。芭蕉はその進言を認めながらも、序文で書いたことには未練があったので、弁解がましいことを述べています。さんざん流浪した挙句にこの一庵を得たのだから、これまでの行脚のことを述べることもこの草庵と全然無関係ではないこと、『方丈記』にも前文にいろいろ書いてあるので、そういう構成もありではないかと思うが、考えてみると、ご指摘のように、ここで行脚のことを述べるのは、文章が混乱してくだくだしくなり、すっきりしないように思うので、仰せのように前文を総て削除することにした、と書いてあります（人に相談するとこうなる可能性が大いにあるので、私は自分の文章を人に相談することはありません）。

芭蕉はのちに『猿蓑』が編纂された時、堅田で詠んだ二句のうち、どちらかを選んで集中に加えてもらいたいと去来と凡兆に頼み、二人を困らせたこともありました。

病《やむ》雁《かり》の夜さむに落ちて旅ね哉　芭蕉
海士《あま》の屋は小海老にまじるいとゞ哉　芭蕉

「病雁」の句は、連れ立って渡る雁の群れの中で、恐らく病む雁が友と離れて舞い降りたのでしょう。堅田に逗留している間にひいた風邪をこじらせて病床にあった芭蕉が耳にした雁の鳴き声は、弱っていました。その雁と同じように、自分も旅に病んで秋の夜のわびしさを痛切に感じています。「海士」の句は、元気な時に海士の屋の軒先に海からとれたばかりの小海老や雑魚などが笊《ざる》や筵《むしろ》に並べられている様子を見て、作ったものです。庶民的で、日常的で、生活的な匂いのする句です。

二人は、この難問に当惑してしまいました。やっかいなことを仰せつかったと思ったことでしょうが、よく考えて、選ばなければなりません。

凡兆は言いました。

「病雁の句は深遠で凡手の及ばぬところがありますが、私は小海老の句を採りたいと思います。小海老の句は、句の働きに新し味があって、まことに結構な句だとおもいます」

去来に比べて冷静で芸術家肌の凡兆は、小海老の句に特異な心の働きを見ました。病雁の句は和歌や連歌の伝統につきすぎていて、観念的であり、素材にも新味がないと思い、一方小海老の句は、目の付け所が新鮮で情景が生き生きと写されていて、凡兆はその点を高く評価しました。

去来は、凡兆の言うことはもっともだと思いました。しかし、「海士」の句は、愚鈍な私でも詠めるかもしれないが、「病雁」の句は、格調が高く、旅をして夜寒に雁の声を聞くようなことがあっても、とても私などには詠めそうもなく、私はこれを入れたいと思う、と言いました。

小海老の句は凡兆の言うように、素材に新味があり、俳諧らしい句の働きがあることは確かですが、病雁の句は単純な写生の句ではなく、はるかに格調の高い心境の句だと去来は考えました。こういう句は、作者の心中に言わなければならない何かがなければできないと去来は考えたのです。

夜寒に降りて旅寝をするのは、病雁であるとともに芭蕉自身であり、芭蕉の心が病雁の中に浸透し、感合しているのであって、こういう心境句は描写の限界を超えており、素材の新味とか技巧の巧拙ということはそれほど問題にならない。芭蕉のこういう心の働きを理解しなければ、その俳諧の醍醐味をさぐることはできないと去来は考えていたのです。

二人が互いに自説を主張して譲らなかったので、結局二句とも入れることになりました。

その後芭蕉は、二人が論争したことを聞き、去来に向かって、あの二句はもともと別な立場から詠んだもので、それを同列に論じようとするのは無理な話だと言って笑ったといいます。

つまり「海士」の句は客観的な句であり、「病雁」の句は主観的な句なので、次元を異にするものを比較して優劣を論じるのは無理な話だということです。とは言っても、芭蕉は去来の判断を重く見ました。凡兆にはそのことを手紙で伝えました。俳諧の究極は句位の高さにあり、句位の高さは作る人の心情の深さに比例すると伝えたのです。

私見ですが、芭蕉は二人がこうした論争をすることがわかっていて、あえて論争させ、二人を高めさせたかったのではないかと思います。

湖南の風光に魅せられて思わず長逗留した芭蕉は、九月末に伊賀の上野に帰り、それから二か月ほど郷里に滞在しました。

冬になると京に上り、十二月末まで滞在しました。その間に、去来、凡兆、史邦《ふみくに》とともに四吟歌仙を興行しました。

元禄四年（一六九一）は乙州《おとくに》の新居で正月を迎えました。そして正月早々乙州が商用で江戸に下るというので、餞別の俳諧が興行されました。

四月には、去来の別邸落柿舎に移りました。机の上には、硯、文庫、『白氏文集』、『本朝一人一首』、『世継物語』、『源氏物語』、『土佐日記』、『松葉名所和歌集』などが置かれてありました。唐風の蒔絵を施した五重の重箱には、さまざまな菓子や酒の肴を盛り、銘酒一壺の杯が添えてありました。大変なもてなしに、急に金持ちになったような気がすると芭蕉は笑って言いました。

四月十九日には、去来の案内で嵯峨を廻りました。臨川寺に参詣したあと、法輪寺へ。京阪地方の習俗として、十三歳になった児女が盛装してこの寺にお詣りします。俗に智恵貰いといいました。その年頃になると、幼体を脱して容姿音声などが変わり、その間に厄難が起こりやすいので、厄払いをしてもらうのです。この日も虚空蔵詣りの人がひっきりなしに続きました。

渡月橋の手前の西側に三軒茶屋があって、その隣の藪の中に小督《こごう》の墓がありました。小督は高倉天皇の官女で、天皇から寵愛を受けましたが、そのために清盛の娘の建礼門院徳子から睨まれ、宮中を退いて嵯峨に隠れ住みました。天皇は思い切ることができず、北面の武士源仲国に行方を尋ねさせ、再び宮中に召し出され、坊門院を産みましたが、清盛の怒りを買い、結局宮中を追われ、尼になったと伝えられています。芭蕉は小督を偲んで次の句を詠みました。

うきふしや竹の子となる人の果　芭蕉

「うきふし」は辛いことをいい、「ふし」は竹の縁語です。天皇の寵愛を一身に集めた小督の墓は竹藪の中にあって、今来てみると、竹の子が生えている。一代の佳人も結局はこうなるものであったか、まことに人間の身の果ては悲しいものであると感慨をもらしたのです。

落柿舎滞在中に、乙州が訪ねてきました。江戸で燭五分俳諧《しょくごぶのはいかい》を試みたことなど、いろいろな土産話を聞かせました。この俳諧は、蝋燭五分《ぶ》燃える間に一巻を詠む、速吟連句のことです。

二十八日には、前年の三月に病没した杜国のことを夢に見ました。涙を流して泣いているうちに目を覚ましました。

中国には邯鄲の夢とか荘周の夢とか、夢を扱った作品が少なくありませんが、それらはいずれも道理を説いた夢で、自分の見た夢は、そういう聖人君子の夢ではなく、念夢ともいうべきものだと芭蕉は言っています。念夢とは、いつも杜国のことを思っていたので、夢に出てきたのだという意味だと思います。

『奥の細道』の旅が終わって、翌元禄三年（一六九〇）正月には、芭蕉は杜国に手紙を書いて、その安否を尋ね、伊賀まで出てくるように勧めましたが、その頃はすでに病床についていたとみえて、何の返事もありませんでした。それから間もなく、元禄三年（一六九〇）三月二十日（陽暦四月二十八日）に保美でこの世を去ったのでした。死因はわかっていませんが、愛知県渥美郡田原市福江の潮音寺に、杜国の墓があります。墓碑は延享元年（一七四四）に建立されました。

師弟三吟の句碑は、杜国を慕う地元の有志により、明治二十八年（一八九五）に作られました。師弟三吟の句というのは、芭蕉が保美の杜国を訪ねた時、芭蕉、越人、杜国の三人で詠んだ句のことです。三人で、次の句を詠みました。

麦生《はえ》て能《よき》隠れ家や畑《はたけ》村《むら》　芭蕉
冬をさかりに椿咲く也　越人
昼の空蚤《のみ》かむ犬の寝かへりて　野仁《のひじん》（杜国）

芭蕉と杜国との関係は、師弟の情誼というだけのことではなく、もっと微妙な人間の関係につながっていました。『笈の小文』の旅で、京都で別れたまま、再会の機に恵まれなかったのは、芭蕉にとって、どんなに残念なことだったでしょう。夢は偶然に見るものではありません。自分も平生杜国のことを心に思っているから、まざまざと夢に見、自分の泣く声で目を覚ましたのです。それは煩悩の夢であって、『列子』に見える正夢とか霊夢とか喜夢とかいうものではないと芭蕉は言っています。

芭蕉と杜国との深い関係はどのようなものだったのでしょうか。芭蕉は具体的には書いていませんので、さまざまな想像がなされてきました。孔子と子路のような、純粋な師弟愛だったのでしょうか。それとも男色関係にあったのでしょうか。

芭蕉が二十九歳の時に書いた最初の著作『貝おほひ』の中に、われも昔は、衆道《しゅどう》（男色の道）ずきのひが耳にや、という一節がでてきます。書いてある通りだとしたら、芭蕉は若い頃は男色を経験していたことになります。芥川龍之介は、この一節を、書いてある通り、二十九歳以前にはそういう時もあったが、今は違う、と解釈しています。

杜国が保美に流されたのは、「空米」取引という違法行為のためでした。「空米」取引というのは、今でいう「先物取引」のことです。江戸時代は、実物の米を取引することを「正米」といい、先物取引のことは「空米」とか「帳合米」といっていました。空米取引は違法で、悪いことのように思えますが、実状は、これによって米相場は安定したといいます。宮本又郎著『近世日本の市場経済』(注⑨)によりますと、江戸時代中盤から後半にかけて、米相場が安定するのは「帳合米」のおかげであったと書いてあります。杜国の空米は先進的だったことがわかります。それを示すように、享保十五年(一七三〇)、幕府は帳合米を公認します。米相場の乱高下が、幕府や諸藩の経済的基盤を崩し始めたからです。空米は市場を安定させ、多くの商人に富をもたらし、米を作る農民も大いに益しました。杜国は名古屋御園町の町代まで務めていて、多くの商人の利益を考える責任があったのです。

空米の理想を芭蕉にも話していたはずですし、芭蕉は杜国の先進性を高く評価していたはずです。そこには、俳諧の新しみを常に求めていた芭蕉と共通するものがありました。鷹の姿に杜国を重ねたり、杜国の夢を見て涕泣《ていきゅう》(涙を流して泣くこと)したのも、そういう杜国への敬意からだったのではないでしょうか。

しかし、性的指向は人それぞれですので、二人は愛し合っていたのかも知れませんが、そういうことは他の者がとやかく言うことではないと思います。

五月二日、曽良が訪ねて来ました。吉野の花を見、熊野権現にお詣りしてきたということでした。江戸の俳人たちが、お師匠さんのお帰りを待ちかねていることも伝えました。

五月五日、芭蕉は落柿舎を出て凡兆宅へ移りました。このあとここで一年近くをかけて句集『猿蓑』の編纂の話し合いがもたれました。蕉風俳諧として後世に残るものを出すために、よい句を選び出す作業として一年かかったのです。去来と凡兆が主に編纂にあたり、議論が分かれた時は芭蕉が判定を下しました。熱のこもった話し合いのいくつかを見てみたいと思います。

其角の「此木戸や錠のさゝれて冬の月」について、其角は江戸からこの句を寄せてきたのですが、「此木戸」の書き振りがつまっていたので、去来も凡兆も軽率に「柴ノ戸」と読んでしまったのです。草書で書いていたこの時代には、こうしたことがよくあったのではないかと思われます。前に触れました、「無玉」か「其玉」かとは異なり、問い合わせることもなく進めましたので、柴の戸で板木が作られましたが、あとになって芭蕉が此木戸であることに気づき、板木を埋めて直してもらい、此木戸やの句として出版されたのです。

この訂正に関して凡兆は、どちらでも似たりよったりだから訂正には及ばないと反対しました。しかし去来は師の考えがわかりました。冬の月を柴の戸という小さな景の上で仰いだのでは、平凡だが、此木戸として、これを城門の場面とすれば、森閑として静まり返った物凄い冬の月の情景がいきいきと目の前に浮かんできて、すばらしいと思ったのです。

そんな去来もうっかりしていて、大変な過ちをしてしまったものがあります。史邦の「泥亀や苗代水《なはしろみづ》の畦《あぜ》うつり」の「畦うつり」を「畦づたひ」と書き誤ってしまったのです。それで「畦づたひ」のまま『猿蓑』に収められてしまい、あとでそのことを知った芭蕉からはひどく叱られました。

この句の意味は、苗代の頃、畦が隠れるほど増水し、泥亀（すっぽん）が畦を越えて行くということですが、ただのろのろ歩いて越えていくというだけでは、写生の句ではあっても、曲《きょく》がない。「畦うつり」とすると増水の様が想像され、句が生動してくるというのです。

また、こういうこともありました。『猿蓑』の稿がほぼ出来上がった頃、宗次《そうじ》という俳諧好きの男が、自分の句をいくつか持ってきて、どれか一つでいいので、句集に入れてもらえないかと言うのです。殊勝なことなので、願いを叶えてやりたいと、句を見てみましたが、入集できるようなできばえではありませんでした。

芭蕉は宗次に言いました。さあ、膝をくずしなさい。私も横になりましょう。宗次は素直に、「では、ごめんください。じだらくに居れば涼しゅうございます」と言って、形を崩しました。芭蕉はその言葉を受けて、「じだらくに居れば涼しい、なるほどそれで発句になる。じだらくに寐《ね》れば涼しき夕かな、これでよいではないか」としてこの句を宗次の句として『猿蓑』に入れました。

「じだらくに」は俗語ですが、「俳諧の益は俗語を正すなり」と芭蕉は言っています。芥川龍之介は「芭蕉雑記」（注⑩）の中で、芭蕉の「俗語」に触れています。その中で芥川は、俗語を正すとは俗語に魂を与えることであると解説しています。芭蕉は、句に魂を与える言葉だと思ったら、俗語でも漢語でも雅語でも用いたと芥川は言っています。

入集の作家は百十八人で、大部分は蕉門の人たちでしたが、蝉吟等、それ以外の人の句も入っています。多い順にいうと、凡兆四十一句、芭蕉四十句、去来及び其角二十五句、等です。過半数は一句入集です。

主観的に傾く去来と、客観的にものを見ようとする凡兆が、芭蕉の統制のもとに十分議論を戦わせながら句の撰定にあたったので、この句集を多彩なものにする上に有効な働きをしました。

七月には、芭蕉は義仲寺内の無名庵にいました。無名庵は正秀を中心に湖南の俳人たちが建てたもので、芭蕉が愛着を持つ湖畔に、心おきなく膝を入れることのできる憩いの場として建てられたものです。

八月十五日の名月には、芭蕉が主人役となって、無名庵に大津、膳所《ぜぜ》の俳人たちを招待しました。乙州は酒を携え、正秀は茶を持参するというように、参会者はめいめい何かを持ち寄りました。そこで芭蕉はこう詠みました。

米くるる友を今宵の月の客　芭蕉

今宵の客は、日頃何かと自分に貢いでくれる人たちである。兼好法師は、「よき友三あり、一には物くるる友、二にはくすし、三には智慧ある人」と言ったが、ふだん自分に米を貢いでくれる友を今宵の月見の客として迎えて、こんなに楽しいことはない、と芭蕉はしみじみと思ったのです。

明月の夜は思うままに月を賞しましたが、元気のよい連中は、十六夜《いざよい》の月も湖上で眺めてみたいと思い、芭蕉を誘って舟に乗せ、昼のうちから漕ぎ出して、芭蕉を敬慕する俳人成秀《なりひで》の家の後ろに着けました。成秀は驚きながらも歓待し、夜になると浮御堂まで行って月が出るのを待ちました。

月は高くのぼりましたが、あいにく黒雲の中に隠れてしまいました。すると成秀は『山家集』の西行の歌「なかなかに時々雲のかかるこそ月をもてなすかざりなりけり」を引いて、客を落胆させまいと気を配るのでした。やがて月は現れ、浮御堂の内部にある千体仏が月光に照らし出されて燦然と光り輝いて見えました。

芭蕉は十六夜の月に、人生の無常も同時に感じていました。そして恵心僧都の逸話を思い出しました。恵心僧都は、和歌は狂言綺語であるといって詠もうとはしませんでしたが、沙弥満誓《しゃみまんぜい》が叡山から琵琶湖を眺めて、「世の中を何にたとへん朝ぼらけ漕ぎ行く舟の跡の白波」と詠んだ歌に感激して、歌は観念の助縁であると悟りました。そのように、十六夜の月も、これから欠けていくことを思うと、浮世の儚さがしみじみと感じられるのでした。

因みに、俳諧を綺語狂詞として否定した高僧に、その考え方を覆《くつがえ》させた逸話としては、素丸の『説叢大全』（明和九年、一七七二）の中の仏頂和尚と芭蕉の伝説があります。芭蕉参禅の師仏頂和尚は、常々芭蕉が俳諧に勤めていることを制していました。「俳諧は綺語狂詞、何の益ありや」と問いました。俳諧というものは、全く真実に遠い、飾り立てた、あやしげな虚言の業ではないか、いったい人生に何の益、効用があるのか？　これに対して芭蕉は、「俳諧はただ今日の事、目前の事にて候」と答えて、「道のべの木槿は馬にくはれけり」の句を示したところ、仏頂は、俳諧にはそんな深い意味があったのかと感じ入り、それ以降は俳諧を制することはなかったといいます。俳諧の益は、いま・ここに、ありのままに、自然のままに、赤裸々に在るものの真実の姿を見ることで、そしてそれはまた、こうして生きてある己自身の命を体得することに他ならないというのです。芭蕉俳諧の神髄に触れた逸話だと思います。

長い間、京、湖南、伊賀あたりを遍歴していた芭蕉が、東海道を経て、江戸に到着したのは、元禄四年（一六九一）十月二十九日でした。杉風は心から芭蕉の無事を喜び、とりあえず深川の採茶庵に落ち着いて、心身の疲れを癒すように勧めました。この庵は、奥州に旅立つ前に一時仮寓したところでした。人々は懐かしがって毎日のように訪ねて来ては、自分を気遣ってくれるので、詠んだ句。

ともかくもならでや雪の枯尾花　芭蕉

奥州の旅に出た時には、もう二度と江戸に帰ることはあるまいと思っていましたが、どうやら野ざらしにもならず、御覧のように無事に江戸へ戻って来ました。まあ譬えてみれば雪中の枯尾花のようなものかも知れません、と言って芭蕉は微笑みました。

「尾花」は穂芒《ほすすき》で、穂が獣の尾に似ているので、その名がついたと言われています。芭蕉は旅の道中で、穂も葉も枯れた芒が、雪中にたよりなげに風にそよいでいる哀れなさまを見ました。自分も長い苦しい漂泊の旅を続け、この通り痩せ細り、髪も白くなって、雪の枯尾花のような姿になりましたが、とにかく野ざらしにもならず、ここまで辿り着きましたよ、と門人たちに挨拶したのです。

年が明け、二月には曲水あてに手紙を書き、幻住庵の葺替えの礼を述べ、そのあと、世上の俳諧者の態度を三等級にわけて説明しています。最下等のものとして、点取俳諧をあげています。流行している点取俳諧とは、点者に採点を乞い、高点を競って賞品をむさぼる俳諧で、悪事をするよりはましなだけで、風雅の上からいえば最下等であると言っています。

次は、金持ちの道楽から風雅をもてあそぶ人たちをあげています。線香五分燃《ぶ》える間に、連句一巻を仕上げてしまう、推敲などはせずに口から出まかせに作っていく俳諧で、子供の遊ぶよみがるたのようなものだが、こういう俳諧でも、酒食を調えて貧乏人を喜ばせ、点者をこやすことにもなるので、俳諧の道を建立する一助にはなるだろうと書いています。

最後に、本当の風雅人について書いています。しっかりと風雅の誠に立ち、是非善悪に心をまどわされず、俳諧こそ実《まこと》の道に入るべき道であると信じて、はるかに定家の骨髄をさぐり、西行の風格をたどり、白楽天の心底を見極め、杜甫の胸臆に入ろうとする人こそ本当の風雅人と言うべきであって、そういう人は都鄙《とひ》を数えて十指に足りないが、君はその中に入る人であるから、これからも修行を怠らないようにするがよろしいと結んでいます。

なお手紙の末尾には、路通のことに触れています。路通は同門の人々に嫌われているが、平凡な人が平凡なことをしても何の不思議もないので、破門はしないと、路通に対して温かい気持ちを披瀝しています。

元禄五年（一六九二）、彦根藩士森川許六が芭蕉の弟子になりました。芭蕉は、許六の「十団子《とをだご》も小粒になりぬ秋の風」に感服し、この句を「しほりあり」と評しています。「しほり」とは、作者の繊細で情趣を持った心が、句の余情として醸し出されることです。十団子は東海道の宇津谷峠の麓で売っていた名物の団子ですが、それが以前に比べると小粒になったというものです。歳月の推移と世知辛い世情をあらわし、秋の風の蕭殺《しょうさつ》（ものさびしいさま）たる趣と対応させたのです。

蕉風がよく出ているので、芭蕉がいろいろ尋ねると、門弟の誰かに教わったことはなく、『猿蓑』をはじめとした蕉風の撰集を繰り返し読んだといいます。撰集で私の魂を会得できるものは稀で、あなたはよく会得したと評価しました。俳諧は心を正しくして、俗を離れる以外にはないのですが、あなたの句にはそれができていると励ましました。

そして芭蕉は、「細み」を説明するために路通の句をあげています。

鳥共も寝入ってゐるか余吾の海　路通

句を詠む時は、細やかな感情をもって対象の中に入り込むようにしなければならない。どんな卑小なものでも、それをおろそかにせず、その中に心を移して、その中から美しいものを捉える。きめのこまかな心遣いをもって相手に入り込んでいく。蕉門で「細み」というのは、そういう心の動きのことだと、芭蕉は言います。

路通のこの句には、「細み」があると評しました。この湖に住む水鳥たちももう寝入ってしまっただろうかと、作者の心の孤独感が鳥の上に及んでいるのです。その心はただ一筋に水鳥の心に通って行き、両者は目に見えない細い糸で結ばれたのです。作者の心が対象に入り込んで、それと一体になっています。そこで芭蕉は「細み」があると言ったのです。

こういう句は、風雅の誠の上に立って、こまやかな愛情を通わせているのであって、俊成や西行

にしたいものだと許六に呼びかけたのです。の「実ありて悲しびをそふる歌」の態度と共通している、我々はこの細い一筋を見失わないように

元禄五年十二月三日に出した伊賀上野の意専宛の手紙の中で、芭蕉は次の句を報じました。

塩鯛の歯ぐきも寒し魚の棚　芭蕉

冬のしけのために魚屋の店頭には生魚の影もなく、塩鯛がわずかに並べられていますが、白い歯ぐきをむき出しにしているさまは、いかにも寒々と冷《すさま》じい感じだ、という句です。塩鯛の歯ぐきというように、ありふれた題材の中に詩境を見出そうとするのが私の行き方である、と芭蕉は書いています。

伝統的な和歌では、たべものや体の一部は卑しいものとされ、使ってはいけないものとされていましたが、そのタブーを破り、伝統に囚われず、自らが感じた美や感動を詠んだのです。芭蕉のお陰で、日本人の感性が豊かになったと言えます。

新しい芭蕉庵の生活は、芭蕉にとっては何よりも心身の疲労をいやす休息の場でなければなりませんでしたが、意外にも来訪者が多かったり、たびたび外出を余儀なくされたりして、かなり多忙な毎日が続きました。それにも増して芭蕉の心を苦しめたのは、芭蕉庵を取り巻く複雑な事情でした。清閑を楽しむどころではなく、俗事のために心労は重なるばかりでした。

一つは猶子《ゆうし》（養子）桃印の病気のことであり、一つは寿貞尼とその子次郎兵衛、まさ、おふうの

ことでした。寿貞尼は芭蕉がまだ郷里にいた頃ねんごろにしていた女性で、その後縁あって他にかたづき、今は二人の娘を抱えて、芭蕉庵の近くに住んでいました。胸をいためて重症の桃印にかかる出費は、門人からの謝礼では足りず、曲水に借金しています。しかし芭蕉の手厚い看護の甲斐もなく、三月下旬に桃印は芭蕉庵で死没しました。

桃印を失った悲嘆はなかなか消えない上に、隠棲を楽しむはずの草庵の中にまで浮世の風は容赦なく吹き込んでくるので、心身ともに疲労し、人を迎える興味も薄れ、人を訪ねる気力もなくなり、盆過ぎからは門戸を閉ざして人々との対面を謝絶しました。

芭蕉にとって当時最も心の負担となったのは、老衰と貪欲でした。人生五十年と言いますが、芭蕉はすでにその年齢に達し、実年齢よりも体は衰えていました。衰弱の原因は、病身でありながら生活が多忙だったことと、桃印の死や他の縁者たちのことで心を労することが多かったことによるものでしたが、それにも増して心を苦しめたのは、俳諧に対する執着でした。老いるに従って欲望が増すのは人間の常ですが、芭蕉は物質的なものへの執着はさほどなく、捨て切れないのは俳諧を貪る心でした。

『徒然草』には、「才能は煩悩の増長せるものなり」と記されています。つまり才能は煩悩の発達したものということです。また『徒然草』には、名誉欲や利欲に追い立てられて一生を過ごすのは愚劣なことだとも書いてあります。これは荘子の理想と共通しています。荘子は、利害を超越することが心を安楽にするために絶対に必要であると説いています。究極の理想は無為自然の境涯に悠々自適することであり、無心無我の境地に心を遊ばせることです。芭蕉は、こういう荘子の理想を追い求めようとしたのです。

しかし、芭蕉の面会謝絶は一か月くらいしか続きませんでした。八月中頃に弟子たちが訪ねてくると、芭蕉は快く請じ入れました。そして歌仙が巻かれ、巻き終えると、門を閉じていた間の感想を聞かれ、それに応えるのでした。荘子のような生き方は、荘子のような達人だからできることで、自分のような凡人には及びもつかないような気がし、煩悩を捨て切れない自分のようなものには荘子のまねはできないことを悟ったことを話しました。ありふれた世俗の生活の中から詩美を求めるのが本当の生き方かも知れないと、改めて思ったことなどを話しました。

芭蕉の心を悩ますものの多い中でも、最も気がかりなのは、最近の江戸俳壇がすっかり堕落していることでした。点取俳諧や手帳俳諧が流行していることに失望しました。手帳俳諧というのは、こしらえものの俳諧のことで、人目を引くように趣向を凝らした俳諧をいいます。また、其角や嵐雪などの古い門弟たちは依然として旧風になじみ、巧緻な俳諧に満足していて蕉風俳諧が行き詰っていることに頭を痛めました。そうした停滞を打破するために、俳諧の新風として芭蕉は軽みの俳諧を考え、そうした句作りを実行していました。一切の芸術的ポーズを捨て、素直な態度で日常生活の中に詩を探り､それを平生の言葉で表現することでした。そうした工夫を施した実作として｢鶯や餅に糞する縁の先」があります。和歌では、鶯は梅の枝にとまって鳴くのがルールでしたが、芭蕉はこの句によって、感動があるとか、美があるとか思えなかったものにでも、詩が生まれることを示しているのです。

しかし蕉風離反の動きも多くあり､中でも荷兮の離反は大きなものでした。元禄六年（一六九三）

十一月に荷兮は『荷兮集』を刊行しました。『荷兮集』というのは『曠野後集《あらの》』のことで、『曠野』の姉妹篇で、『荷兮集』の序、幽斎以下、守武、宗鑑、貞徳、宗因らの古風を賞揚し、現在その風を理解する者のいないことを嘆いています。

元禄六年という時点でこういうことを言うのは、蕉風の俳諧を否定することであり、新味を求めて努力し続けている芭蕉の態度を無視するものです。『曠野後集』の刊行は、芭蕉に忠実な門人たちを大いに刺激し、中でも去来はひどく憤慨して、たびたびこの集のことを芭蕉に訴えて来ました。

これに対して芭蕉は、荷兮のやり方は「賤敷凡情《いやしき》」を顕したもので、お前さんが憤慨するのは尤《もっと》もであるが、世間並みの人間にはありがちなことであるから、つまらぬ人間を相手に、あまり頓着なさらないがよろしいと慰め、自分としては万世に俳風の一道を建立しようと考えているのであって、小節に拘泥するつもりはないと言っています。

芭蕉はかなり以前から、俳諧の新しい生き方として、軽みの風潮を考えていましたが、そのことが荷兮たちの反感を引き起こしていたのです。

芭蕉の新風開発の動きにつれて、貞享の初め頃からその周囲にあった門人たちはついて行けず、脱落する者が出てきていました。蕉風俳諧は『冬の日』以来一日もとどまることなく展開を続けて来ましたが、そのたびごとに連衆として一座に連なる人々は更新されていきました。俳風の変化発展に伴い、古参の門人は次々に脱落し、新人が採用されました。こうして、尚白、千那、荷兮、野水、凡兆、越人などが脱落していったのです。

元禄六年の秋には、芭蕉庵で四吟歌仙が興行されました。ここでは主に素人同然の商人を相手に

「振売《ふりうり》」を素材にして連句を巻きました。軽みの俳諧を打ち立てるためには、なまじ古風のしみついた古参の俳人より、色のついていない新人の方が都合がよかったからです。芭蕉は、素人相手に新風の妙趣を体得させようと、懇切丁寧に指導しました。発句は芭蕉の句。

振売の雁《ガン》あはれ也えびす講　芭蕉

「振売」は振り振り売り歩く意で、雁や雁やとその名を呼びたてて売り歩くのを言います。「えびす講」は十月二十日に催され、恵比寿像を祭り、その前で賑やかに酒宴を張り、商売繁盛を祝うのです。それを目当てに近在の百姓が雁を食用として振売にやってきます。棒の先や腰にぶらさげて振売される雁の姿は、侘しく哀れです。軽妙な表現に侘びた風趣が盛られているのであって、深い意味は込められていません。眼前の風物をさらりと詠んだだけで、重くれたところがないのが特徴です。こうした芭蕉の意を受けて、振売の巻は、小市民の生活を写実的にさらりと描写しているところに軽みの試みがみてとれます。

芭蕉がいよいよ西国行脚の旅に出るというので、深川の子珊亭《しさんてい》の別座敷で餞別の句会が催されました。芭蕉はこの席上で、今自分が考えている俳諧は「軽み」であることを、はっきり門人たちに言いました。軽みこそ俳諧の最高理念であるという固い信念を、明確に披瀝したのです。そこに集まった人たちが、軽みの俳諧について詳しく話していただきたいというので、芭蕉は浅い砂川を譬えにして話していきます。

「日本の芸道では、上達して浅々《あさあさ》とした芸風になるのを至上の芸位とされている。心敬僧都は『さゝめ言』の中で、初心の時は浅きより深きに入り、至りては深きより浅きにいでぬる、と申しているが、私が今求めているのは、深きより浅きにでることである。十分に俳諧を鍛錬し、心の修練を経た上で、軽々とした俳諧を作りたいと思っている」

日本の芸道は、茶道でも花道でも書道でも、芸の極致として浅々とした軽みを求めていますが、軽みの俳諧も結局在来の芸道が窮極として求めたものを、理念として取り入れようとしたのです。

篤実な杉風は、何とかして軽みの真意を探りたいと思って熱心に重い軽いをわかりやすく説明するように懇願しました。

「重い俳諧というのは、譬えてみれば、梨子地の器に高蒔絵《まきえ》をしたようなものである。善美をつくしてはいるが、長く見ていると飽きがくる。軽い俳諧は渋を刷いた桐の器のようなもので、ざんぐりと大まかに仕立てられている。また譬えてみれば、重い俳諧は鴻雁《こうがん》の羹《あつもの》であり、軽い俳諧は芳草の胡麻和《ごまあえ》のようなものだ」

梨子地の高蒔絵は美しく立派であるし、鴻雁の羹は野草より美味です。芭蕉がそれを捨てよというのは、それがすでに旧染の重みとなって、新鮮味を失っているからです。金蒔絵の美や鴻雁の味は往時の旧染であり、渋を刷いた桐の器や芳草は当時の軽みです。芭蕉は古きを捨てて、新しい俳風を開こうとしたのです。

梨子地に高蒔絵はいわば和歌的連歌的な美と言えるかも知れません。寂《さび》といい栞《しおり》というも、和歌の幽玄、連歌のさび・ひえと根本において相通ずるものがあります。芭蕉になって俳諧が文芸として大成されたのは、そういう伝統的な理念を俳諧に顕現したからでした。

しかし、俳諧には俳諧独自の特殊性がなければなりません。それは、俳諧の発生以来、和歌連歌と区別される根本的特質となった通俗性です。芭蕉はその通俗性に根ざした軽みの俳風を作り上げようとしたのです。

蕉風俳諧は『猿蓑』に至って和歌や連歌で開拓された文芸美を摂取し、消化して、俳諧の領域に取り込みました。俳諧は卑俗なものから、品位の高い文芸にまで成長したのです。『猿蓑』に至って「寂・しをり」は完成され、俳諧は文芸として一応の完成を見たのです。

『猿蓑』が蕉風俳諧の一つの頂点であることは確かですが、その求めたものは、どちらかといえば、高雅なものを志向し、高踏的な反俗の姿勢を取りました。古典や故事にもたれかかり、用語も和歌や物語にたよるという傾向がありました。それは俳諧固有の平俗な庶民性に根ざしたものではありませんでした。俳諧の特性を発揮するためには、非俗なものから俗への回帰が必要とされたのです。

芭蕉はなおも言葉を続けました。

どんなに景色のよいところでも、長く眺めていると飽きてしまう。私自身たえず行雲流水の旅を求めているが、それというのも常に新鮮な風物に接したいからだ。私は何よりも停滞を懼れる。停滞すれば腐敗し堕落する。俳諧は暫くも住《とど》まるべきではない。『猿蓑』はりっぱな選集ではあるが、そこにいつまでも腰をすえているのは俳諧の進歩発展を求めることにはならない」

芭蕉は奥羽の旅を終わった頃から、俳諧の通俗性に即して新しい俳風を開こうと思っていました。

そして奥羽の旅から三年後の書簡の中で、『奥の細道』の句はすでに古びていると言っています。

新しみが俳諧の花で、芭蕉は常に新しみを求めて痩せる思いをしていたのです。『奥の細道』にはすぐれた句が多くあります。「夏草や兵どもが夢の跡」「荒海や佐渡によこたふ天の河」などの句は、自然と人事とが渾然一体となった境地を詠んでいて、自然の描写の中に観想がしっくりと織り込まれています。しかし同時にその中には重苦しい情感が籠められています。新しい俳風を切り開くためには、そういう重苦しさから自分を解放する必要を感じました。

他の書簡では、『猿蓑』も「沈みたる俳諧」として、もう古びて来たと記しています。「沈みたる俳諧」というのは、老人の落魄《らくはく》した姿や、孤独な猿曳《さるひき》のなりわいや、物乞いの老女などが現れて、全体に沈んだ調子の見られることや、物語や古歌の俤《おもかげ》を取り入れて、古びた情趣を出している点のことを言っているように思われます。

これらに対して軽みの俳諧では、庶民生活がさらりと取り込まれて小市民の生態が鮮やかに描き出され、重苦しく古びた感じが見られません。

杉風はさらに、「古い俳諧から抜け出すには、どういう心構えが必要でしょうか？」と質問します。「まず甘《あま》みを抜くことだ。鴻雁の羹のような濃艶な味を捨てることだ。古い俳諧は古典や故事にすがる傾向があるが、そうするとどうしても甘くなる。甘いものの代表は恋句だが、恋句の濃艶な味は軽みの淡泊とは相いれない。恋句に限らず、甘みは句を俗化させる。しかし一度甘みを覚えた者は、それから離れようとしない。軽みの俳諧が古い門弟たちに歓迎されないのはそのためだ。鴻雁の味に馴れたものは、野菜の淡泊な味に移ろうとはしない。甘みというのは濃厚とか、織巧とか、典雅というような、手のこんだ、こってりした味を言うのであって、それを重んじる人たちは、味のないところにかえって風流があるということを知らない。味のあるものから甘みを抜いたのが軽みの俳諧である」

「ところで軽みの俳諧にはどういう特長があるのでしょうか?」と、今度は子珊が質問しました。

「いうまでもなく軽みは重みの反対である。重い句というのは、趣向の句、つまり脚色好みの句のことで、趣向を中心にこしらえた句のことである。其角が『切られたる夢はまことか蚤の跡』という句を作ったことがあるが、これはたいへん巧妙な句である。定家も上手な歌を作ったが、其角は俳諧の定家であるというくらいに、巧妙な点ではまず彼に及ぶものはいない。しかしこの句は、何でもないことをまことしやかに言っているに過ぎない。こしらえものであるから、心情のゆかしさが少しも現れていない。こういう心頭に落とした脚色好みの句は、重い句と言ってよかろう。それから主観的な感情を投入すると句が重くなる。また理屈を盛り込んだ句も重い。観念を趣向の中心に置き、花鳥風月に託して人生や世相に対する感想を述べるというような観念臭のある句も重い。かように趣向や感情や観念を中心とする句は、内容も表現もすっきりせず、軽みとはおよそ縁遠いものである」

芭蕉は早くから、分別智から解放されたいと思っていました。理屈や趣向の句を捨て、素直な自然鑑賞による平明な句境を求めていたのです。

「いつかお師匠さんは、俳諧は三尺の童子にさせよ、初心の句こそたのもしいと、おっしゃいましたが、その意味をお教えいただきたい」と杉風が口をはさみました。

「子供のすることには邪気がなく純粋である。思うことを率直に言うし、その行動はためらいもなく、飾りもない。子供には甘みとか重みとかの執着がない。その言動がそのままでよいとは言えないが、少なくとも大人よりも混じり気がない。軽みの俳諧を会得するには、まず手初めとして、子供のすること言うことを、よく気をつけて見ることだ」

「感情や観念や趣向を避けるということになりますと、その句は無味乾燥なものになりはしませんか？」と子珊が訊ねました。

「感情や観念を捨てるといっても、全然無表情のものにするのではない。感情や観念を奥深く秘めておいて、それがさりげなく、ごく自然に出てくるようにする。よく味わってみると、情感のぬくもりが感ぜられ、平凡陳腐なようで深長な意味が隠されている。そういうのが軽みの俳諧である」

芭蕉はここで酒堂の「日の影やごもくの上の親雀」という句を例にして説明しました。

ある人がこの句を見て、これはごくありふれた情景を詠んでいるだけで発句とは言えないと批評したことがありました。これに対して芭蕉は、「これを一笑に付するのは、こういう句境が理解できないからである。この句の中には、子雀のために餌をあさる親雀の愛情が余情として感ぜられる。その愛情を表にあらわさず、さらりと景気（景色や情景をありのままに詠んだもの）の句に仕立てているのである」と説明しました。景気の句は自然の景趣に美を発見し、それをすんなりと表現したもので、平淡率直に叙しながら、心情のぬくもりが奥にこもるような句を、軽みの俳諧の理想としたのです。実際元禄六、七年頃の芭蕉の句を見ると、淡々とした表現の中に、深い愛情をこめた句が少なくありません。

さらに芭蕉は、俗語を取り入れることも軽みの要諦であると語っていきます。俳諧の益は俗語を正すことにあり、それは、俗語にふくらみを持たせ、詩語として引き上げることだといいます。俳諧が和歌や連歌にまさっているのは、卑語として顧みられなかった俗語に対する偏見を正し、俗語を雅語と同じ価値に引き上げたことです。

芭蕉は元禄七年（一六九四）の梅が香の巻で、「のつと」という俗語を用いて、朝日のさし昇る情景を見事に描き出しました。「むめが香にのつと日の出る山路かな」、早春の山路を歩いていると、梅の香の漂う中に、朝日がのっとばかりにその姿を現したというのです。これは伝統的な歌語でも物語語でもなく、俗語が新しい情感をたたえて使用されたということなのです。俗語を用いるだけではなく、卑俗な日常の情景を描写することも軽みの俳諧の特徴です。山で暮らす人々や漁人農夫など、日常卑近なものの中に、かえって心情の豊かなものがあり、そこに着目したのが軽みの俳諧です。日常卑近な事物や風景の本情を探りあてることは、一般の和歌や連歌ではできなかったことで、それをするのがこれからの俳人の使命だと芭蕉は語ります。作者自身が目で見、耳で聞いたものをそのまま句にすることが大事で、しかもその中に、懐かしさ、温かさが感じられる、卑俗を描きながら卑俗にならないというのが軽みの俳諧の特徴であることを芭蕉は語ります。

最後に杉風が、芭蕉の「高く心を悟りて俗に帰るべし」という言葉の意味を尋ねます。

「高く心を悟る、の心は風雅の誠をいい、風雅の誠を求めてそれを自分のものとして体得することをいう。そのためにはすぐれた和漢の古典に接して、その高い精神を味得しなければならない。そして風雅の誠を十分に悟り、その上で俗に帰る。俗に帰るというのは、漢詩、和歌、連歌などの雅なるものから通俗卑近な世界に帰り、卑俗の中から詩美を発見することである。それが軽みの俳諧である」と芭蕉は語りました。

芭蕉の言葉に「松のことは松に習え」がありますが、それは松に対する私意、先入観を払いのけて、松と一体になることをいいます。対象そのものに没入して、そのものの本質を学び取ることで、物心一如の境涯から物を見れば、どういう卑俗のものの中にも生命を見出し、美を発見することができます。「松のことは松に習え」は、軽みの俳諧のことを別の表現で言い表したものなのです。

俳談めいたものはあまり好まなかった芭蕉でしたが、集まった人々の懇願から、珍しく饒舌に軽みの俳諧について語りました。

芭蕉は旅に出るに当たって、ここにいる門弟たちと再び会う機会があるかわからないという予感があったようです。

3　関西の旅へ

芭蕉はいよいよ関西に旅立つことになり、門弟たちが見送りに集まって来ました。五月十一日の朝のことでした。お供は次郎兵衛という少年が務めることになりました。箱根までは曽良もついていくといいます。今度は久しぶりに故郷の土を踏み、年とった兄を慰めたいというのが旅の目的でしたが、できることなら西国にも渡り、長崎に足を留めて唐土船《もろこしぶね》の往来を見たり、耳馴れぬ異国の言葉も聞いてみたいと思っていました。しかし芭蕉はすでに五十一歳になり、近頃とみに衰えを見せていました。生きて再び江戸の地を踏むことはできないかも知れないという思いが、送る人にも送られる人にもありました。

箱根、三島、駿府に滞在したあと、五月二十二日には名古屋の荷兮を訪ねました。芭蕉の突然の訪問に荷兮は驚いてしまいました。蕉風離反の旗印となった自分を芭蕉が快く思っているはずはありませんが、それにもかかわらず訪ねてきたのですから、荷兮としては全く意外でした。

しかし芭蕉は、荷兮が考えるほど反感を持っていたわけではありませんでした。荷兮がやったことは、世間並みの人間にはありがちなことことして気にしていませんでした。現在芭蕉が考えている新しい俳風に追随できないだけのことなのです。荷兮は芭蕉のわだかまりのない顔色を見て安心し、ゆっくり逗留するように勧めたので、数日逗留し、二十四日には十吟歌仙が興行されました。

二十八日に伊賀上野に到着すると、兄半左衛門一家は大喜びで迎えてくれました。そして土芳、意専、半残などがたびたび訪れ、歓談しました。

その後芭蕉は膳所から京へ入り、嵯峨の落柿舎に去来を訪ね、しばらく逗留することになりました。その後膳所に移り、義仲寺無名庵にいて、招かれるままあちこちの句会に出席しました。七月五日に無名庵を出て暫く京に留まり、それから伊賀上野へ帰りました。

京から大津にかけて二か月ほど滞在していた間に、軽みを実証した名吟をいくつか残し、知人や門弟あてに手紙を多く書きました。その中で芭蕉は、高点句に莫大な商品をかけるようになり、博奕同然になった句会が横行していることを嘆いています。

元禄七年六月三日、甥の猪兵衛宛の手紙では寿貞やその子おふうのことを案じていますが、病身であった寿貞はその前日芭蕉庵で死去したことを知らされます。享年四十二でした。芭蕉はその知らせを受け、六月八日に猪兵衛宛に手紙を書き、寿貞の死後の処置、おふうなど肉親の後見を猪兵衛に依頼しています。

お盆の魂祭りに間に合うように、芭蕉は京を発って上野に帰りました。伊賀地方でも、七月十三日から十五日まで祖先の魂祭りが行われ、十三日の夕方に迎え火を焚いて精霊を招き、十五日の夕は送り火を焚いてこれを送ります。生家の仏壇の前には精霊棚が設けられ、真菰の筵《むしろ》を敷いた上に茄子、胡瓜などが並べられてありました。芭蕉はその前に坐って父母の霊を慰め、ことに葬儀に参列しなかった母の前では不孝を詫びながら黙禱しました。

父母や先祖の魂を祭る以外に、芭蕉には心ひそかに慰める霊がありました。それは不幸の間に一生を終えた寿貞の霊でした。

数ならぬ身となな思ひそ玉祭　芭蕉

という句を口の中で念じながら、長い間精霊棚の前にじっと坐っていました。生前何もしてやれなかったが、数にも入らないつまらない身などと卑下しないで、私の回向を受けてほしい。私はお前の冥福を心から祈念している、と心ひそかに呼びかけました。

芭蕉と女性との関係が取り沙汰されるようになったのは、明治四十五年に国文学者で俳人の沼波《ぬなみ》瓊音《けいおん》が、内縁の妻寿貞の存在を紹介（『俳味』三巻一号）してからということになっています。

この発表は、俳聖芭蕉も人の子ということで、納得する人が多かったといいます。寿貞に関する記述や資料は極めて少なく、芭蕉とは少なからず深い関係にあった女性であるという以外には、現在でもなおその詳細は謎のままです。

別所真紀子著『数ならぬ身とな思ひそ—寿貞と芭蕉』(注⑪)では、伊賀上野で幼馴染の芭蕉と寿貞が生活をともにしている様子が描かれています。藤堂藩の思惑を背景に、芭蕉と寿貞の出会いと別れ、江戸での寿貞の結婚と三人の子供の出産、夫との死別と出家、芭蕉との再会と束の間の生活と死別、などが描かれていて、興味深い作品となっています。

八月七日、望翠亭夜会で、芭蕉はこういう句を作りました。

里ふりて柿の木持たぬ家もなし　芭蕉

望翠は上野の商人で、屋号を井筒屋といいました。このあたりには柿の木が多く、どの家にも、二、三本は必ず植えてありました。望翠の家にも古びた柿の木があり、芭蕉はそれを仰ぎながら、この里の古さをしみじみと感じたのでした。柿の朱色も、古びた里とよく調和していました。

芭蕉の期待した軽みの俳諧は、伊賀の俳人たちにはなかなか理解されませんでしたが、俳諧を志す人は多くいました。八月十五日、芭蕉は新庵での月見の宴にこれらの人々を招待しました。新庵というのは、芭蕉に上野に落ち着いてもらうために弟子たちが作ってくれたもので、名前も義仲寺にある庵と同じ無名庵としました。この月見の宴は、新築披露も兼ねたものでした。芭蕉はこの催しにたいへん熱心で、献立表も自分で作りました。

九月八日、芭蕉は支考、惟然、次郎兵衛を伴い、又右衛門に荷物を持たせて、朝早く無名庵を出立しました。日の暮れ時に奈良に着き、猿沢の池のほとりに宿をとりました。一休みして夜池のほとりを歩いていると、鹿の鳴き声が聞こえてきました。

ぴいと啼く尻声悲し夜の鹿　芭蕉

月光の冴えた神苑のあたりに、牡鹿が妻を呼びながらしきりに鳴いています。その声は糸を伸べたように、ぴいと細く長く尻声を引いています。妻呼ぶ声があわれなばかりではなく、すでに衰えを見せていた芭蕉自身の心に、一入《ひとしお》悲しくその声が響いたのです。

この句は京や湖南の俳人たちの間に反響を呼び、深い感動を与えました。妻を呼ぶ鹿の声は和歌の題材としてしばしば取り上げられましたが、「ぴいと」とか「尻声」とかいう平俗な言葉によって、歌では詠まれなかった新しい情趣が展開されていて、この軽みの手法が門人たちに共感を与えたのです。

翌九月九日は重陽の節句で、折しも菊の盛りの頃でした。

菊の香や奈良には古き仏達　芭蕉

昔をしのばせる菊の花の高貴な香をかぎ、荘厳で物さびた古い仏達を目の前に拝するにつけ、芭蕉の心中には香りの高い古《いにしえ》の世界が醸し出されたのです。

芭蕉一行はこの日のうちに大坂に出ようとして、暗峠《くらがりとうげ》の街道を進み、酒堂亭に辿り着いた時には、もうとっぷりと暮れていました。大坂は談林の根城で、蕉門の人々は少なかったのですが、酒堂がここに移り住んでからは、新しい蕉風に興味を感じる人々がだんだん増えてきました。その中で中心をなしたのは酒堂と之道でした。はじめこの二人は仲がよくて、折々一座したこともありましたが、次第に勢力の対立を生じていました。それを芭蕉が大坂に下って二人の間を融和させ、両門合流の俳席を設けるまでに漕ぎ着けたのです。

自分の大坂での功績といえば、せいぜいこれくらいのものであると芭蕉は言っています。

九月二十六日には、大坂新清水の料亭浮瀬《うかむせ》で、泥足《でいそく》主催の十吟半歌仙が催されました。芭蕉はこの時、次の句を披露しています。

此道や行く人なしに秋の暮　芭蕉

この句には、自然の寂しさだけでなく、心中の寂しさがしみじみと打ち出されています。行く人もなく、一筋の道が果てしなく続いている秋の夕べの景に、孤独な芭蕉の心象風景が重ねられています。

自分が今まで歩いてきた俳諧の道を振り返っているのです。「行く人なし」には、俳諧の真実を辿る人がいないことを言っています。江戸蕉門の其角や嵐雪は芭蕉の新風に追随できず、都会風の俳道に傾倒し、尾張の荷兮や野水も『猿蓑』以前の重みに拘泥し、京、湖南、伊賀の俳人たちも、軽みを十分に理解できないようだ。此道を真実に行く人は、芭蕉の意中にはありませんでした。芭蕉の孤愁はこの頃から加速度的に深まっていきました。

芭蕉は、九月二十八日の夜は畦止亭の句会に招待されました。翌日の夜は芝柏亭の句会が予定されていましたが、体調が悪く、出席できないかもしれないと思った芭蕉は、次の句を作って送り届けました。

秋深き隣は何をする人ぞ　芭蕉

深まる秋の寂しさの中に、ひっそりと静まりかえっている隣の人は一体どういう生活をしているだろうかと、ふっと思った句です。芭蕉は病をいたわって身を横たえ、晩秋の寂しさの中に、じっと心耳《しんじ》を澄ましていました。秋が深まるにつれて、自分や周囲のことがしみじみと顧みられます。芭蕉は大坂に来て、はじめは酒堂の家にいましたが、暫くして道修町の之道のもとに移りました。そこは隣の気配も感じられるような狭く貧しい家でした。自分も寂しいが隣の人も寂しいだろう。人間はめいめい孤独な思いを抱いて生きている。隣人ではあるが、名も知らず、顔も見ず、別々の生活をしている。そういう孤独な思いを蕭条《しょうじょう》とした晩秋の哀感の中に捉えた句です。その寂寥《せきりょう》は一人の人間のものだけではなく、人間そのものの寂寥でもあるかもしれません。

この句の場面は市井の巷であり、用語も平常の言葉です。しかもその中に無限の孤愁がたたえられています。芭蕉の提唱し続けた俳諧の新風は、この句によって見事に実を結んだと言えます。平俗な題材用語の中から深い詩趣を汲みとるのが、軽みの俳諧の理想なのです。

4 臨終

九月二十九日はやはり朝から気分がすぐれず、句会は欠席しました。夜になって激しい腹痛に襲われ、下痢は朝まで続きました。十月に入るとさらに下痢はひどくなり、足は氷のように冷えてしまいました。弟子たちは土地の名医を呼ぼうとしましたが、芭蕉は大津の木節と去来を呼ぶように言いました。之道の家は狭いので、御堂前の閑静な貸屋敷に移ることになりました。

木節、去来たちが到着し、みんなで心を込めて看病しましたが、之道と対立している酒堂は来ませんでした。

度重なる下痢のため、疲労が重なり、朦朧とした状態になり、現《うつつ》とも夢ともなく、ただ一面に黄褐色に枯れた野原を、ただ駆け回っている自分の姿を見ました。芭蕉は今の幻覚を句に写しとろうとして、かたわらの呑舟に書き留めさせました。

旅に病んで夢は枯野をかけ廻《めぐ》る　芭蕉

去来を呼んで、この句をみんなに披露するように芭蕉は命じました。

そこにいたものたちは、この句の素晴らしさに圧倒されました。

その後ぐっすり眠れるひとときがあり、その眠りから覚めると去来を呼びました。以前作った句に気に入らないところがあるので、改めたいと言うのです。去来は、僅か一句を作るにも苦心を重ねる師翁の良心に、ほとほと敬服しました。

木節は他の名医にかかることを勧めましたが、芭蕉は最後まで木節に診てもらうことを主張しました。芭蕉は臨終も間近いと感じ、支考を呼び、遺状を三通したためさせました。それから小机を布団の上に置かせ、兄への手紙を次郎兵衛に支えてもらいながら自分で書きました。そして路通のことが頭をよぎったので、路通を見捨てないように、去来に言い残しました。

去来は恐る恐る辞世の句をお示しいただければと願い出ましたが、近頃詠んだ句はどれも辞世だと答えました。「今後の風雅はどうなるでしょう」と訊かれた芭蕉の返事は、次のようなものでした。

「常に新味を求めて行くことだ。自分の開いた俳諧の領域はまだ俵の口を解いた程度で、ほんの序の口にすぎない。今後究める余地は十分にある」

十一日の昼頃、芭蕉は「粥を食べてみたい」と言いました。人々は喜びましたが、木節だけは深刻な顔をしていました。大病で絶食しているうちに、急に食のすすむことがあるのは悪い兆候で、死期が近づいていることを知っていたからです。

この日の夕方に突然江戸の其角が現れました。伊勢参宮をしていたところ、師の御病気の噂を耳にして、駈けつけたのです。其角と再び会えて、芭蕉もたいへん喜びました。

しかし木節が危惧していた通り、十月十二日になると芭蕉の容態は絶望に陥りました。眠りに入った芭蕉は、これという苦痛もなく、埋火《うずみび》のぬくもりがさめるように、申《さる》の刻（午後四時頃）、息を引き取りました。

芭蕉を死に至らしめた病名は何だったのでしょうか？　芭蕉は自分の健康状態を細かく記録していてくれましたので、現代医学の視点から、その病名を解明することができました。そのことを取り上げたのが、二〇一九年五月十六日のＮＨＫのテレビ番組『偉人たちの健康診断』です。

この番組によりますと、芭蕉を死にいたらしめた病名は、腸結核でした。もともと芭蕉には潰瘍性大腸炎という持病がありました。そして死の一年ほど前に腸結核になり、それが主な原因で亡くなったのでした。この番組ではそのことについて詳しく取り上げられていましたので、順を追って紹介しますが、芭蕉の健康を支えた食べ物のことも取り上げられていましたので、それを先に見てみたいと思います。

芭蕉が好んで食べたものは、奈良茶飯というものでした。炊き込みご飯の一種で、奈良県の各地の郷土料理です。少量の米に炒った大豆や小豆、焼いた栗、粟など保存の利く穀物や季節の野菜を加え、塩や醤油で味付けして煎茶やほうじ茶で炊き込んだもので、しじみの味噌汁が付くこともあります。

元来は、奈良の興福寺や東大寺などの僧坊において寺領から納められる、当時としては貴重な茶を用いて食べていたのが始まりとされます。主に、二度目に入れた茶で炊いたご飯に濃く入れた最初の茶をかけていただくご飯のことでした。

日本の外食文化は、江戸時代前期（一六五七年の明暦の大火以降）に江戸市中に現れた浅草金竜山の奈良茶飯の店から始まったと言われています。これは現在の定食の原形と言えるもので、奈良茶飯に汁と菜をつけて供されました。これにより、奈良茶飯は、畿内よりむしろ江戸の食として広まっていきました。

江戸に出て来た芭蕉もこれが好きになり、食べに行ったり、自宅でも似たようにして食べていたのでしょうね。私たちもよく知っているように、茶には抗菌、抗ウイルス、抗酸化作用があり、コレステロール値を下げ、血糖値の上昇を抑えてくれます。奈良茶飯が芭蕉の健康を支えてくれていたのですね。

しかし芭蕉には、潰瘍性大腸炎という持病があり、最後には、腸結核で亡くなったのです。そのことについて、『偉人たちの健康診断』で、医学博士で日本消化器病学会専門医の江田証氏が「松尾芭蕉はなぜ命を取られたのか？」というタイトルで解説してくださいましたので、順を追って紹介したいと思います。

潰瘍性大腸炎とはどんな病気か？

腹痛、血便や下痢、血や膿の混じったネバネバした粘液が出てくる、発熱、体のだるさなどの症状が長期間続く病気です。肛門に近い直腸から奥に向かって大腸の粘膜のただれが広がります。一八七五年に潰瘍性大腸炎という病名が初めて報告されましたので、芭蕉が病に没してから約百八十年経って判明した病名です。病状には波があり、おさまったり、悪化したりを長期にわたって繰り返すのが特徴です。日本の潰瘍性大腸炎の患者数は増加傾向にあり、米国に次いで世界第二位で、現在（二〇二〇年）日本人の患者数は十七万人と言われ、年間一〇％ずつ増え続けています。

患者数の上昇は、食事や環境の変化が大きいようです。発症年齢は二十五〜三十歳にピークがあり、有病者数は三十代で最多となりますが、四十〜五十代までの幅広い年代層に見られます。

原因はいまだ不明であり、国が定めた「指定難病」に含まれています。しかし、いわゆる「不治の病」のイメージはなく、大抵の患者さんは治療をしながらごく普通の生活をしていますし、ほとんどの潰瘍性大腸炎患者は、軽症であることが統計でわかっています。

様々な原因の重なりが影響し、遺伝子や食事や衛生などの環境因子がからみあい、腸内細菌叢（腸内フローラ）の構成の変化（ディスバイオーシス）が発生、結果として免疫のしくみに異常が起こって有害・無害の判断を誤ったり、自分の腸に対して免疫が攻撃をし続けたりすることで発症します。腸内細菌の異常により免疫系の暴走が起こるのが、潰瘍性大腸炎という病気の本態です。「身を守る」という免疫の本来の目的を越えて過剰に働き出すと、無用な炎症が続くことになります。

因みに、安倍晋三前総理の持病も潰瘍性大腸炎ですね。二十一歳でこの病気を発症した人の話では、一日四十回くらいトイレへ行ったそうです。治療の甲斐あって今はおさまっているそうです。

芭蕉が潰瘍性大腸炎であった可能性はどのあたりから推測されるのか？

病気がちだった芭蕉は、自分の健康状態を細かく記録していました。芭蕉が一番悩んでいたのが、繰り返す腹痛、下血、下痢、痔、慢性気管支炎の症状でした。実年齢よりもかなり老けて見えた、という記述も残っています。五か月で二千四百キロもの陸奥《みちのく》への厳しい旅も、病状を悪くさせた可能性があります。悲壮な思いや覚悟というストレスも、潰瘍性大腸炎を悪化させます。

また芭蕉は、何度か皮膚に腫れ物ができたと記載しています。潰瘍性大腸炎の患者さんには、「結節性紅斑」といって足のすねやくるぶしに赤い腫れ物ができることが特徴なのです。

また芭蕉がよく訴えていた背部痛や心窩部痛は、潰瘍性大腸炎の患者には胆石や膵炎を合併することが知られていますので、これらは潰瘍性大腸炎の腸管外合併症であった可能性があります。

潰瘍性大腸炎が死因なのか？

あまり死亡に結びつく病気ではないので、これが直接の死因ではなく、芭蕉の死因は潰瘍性大腸炎に腸結核が合併したためと思われます。

芭蕉が死ぬ一年前に、芭蕉が献身的に看病した甥の桃印が肺結核で亡くなっています。当時、肺結核は致死的な病気でした。しかも結核は結核患者と接して一年以内の発症が多く、この点でも矛盾していません。同じ部屋で結核患者の看病をしていた芭蕉に結核菌が感染していた可能性は、十分あります。感染した結核菌は痰として飲み込まれ、腸の中で繁殖し、腸結核になりますから、芭蕉は潰瘍性大腸炎に腸結核が合併し、亡くなったものと思われます。

芭蕉は、野ざらしを覚悟で俳諧を極める旅を続けました。

風雅の道と人間の道との間に乖離があってはならないと芭蕉は常々思っていましたので、富士川で捨子を見て、何もしてあげることができずにその場を立ち去らねばならなかった時は本当に辛かったと思います。道を極めるためには、そうした辛い思いがいくつもあったことでしょう。

芭蕉のようにものがよく見える人は、情も深いと思います。杜国を夢に見て涙を流して泣いたり、死の間際でも路通のことを気にかけたり、そして最後は桃印の看病が原因で死に至ったのですから、最後まで情の深い人だったと思います。

芭蕉の句を味わう時は、こうした、さまざまなことを思い出しながら読んでいきたいと思います。

〇注

① 麻生磯次『芭蕉物語』上・中・下、新潮社、一九七五年
② 阿部正美『芭蕉伝記考説』明治書院、一九六一年
③ 金子兜太『漂泊の俳人たち』ＮＨＫ出版、一九九九年
④ 長谷川櫂『松尾芭蕉　おくのほそ道』１００分de名著、ＮＨＫ出版、二〇一三年
⑤ ＮＨＫの「偉人たちの健康診断」より、二〇一九年
⑥ ＮＨＫの「英雄たちの選択」より、二〇二〇年
⑦ 東野治之『鑑真』岩波書店、二〇〇九年
⑧ 井上靖『天平の甍』筑摩現代文学大系70、筑摩書房、一九七五年
⑨ 宮本又郎『近世日本の市場経済』有斐閣、一九八八年
⑩ 芥川龍之介「芭蕉雑記」(『芥川龍之介全集』第十一巻)、岩波書店、二〇〇七年
⑪ 別所真紀子『数ならぬ身とな思ひそ—寿貞と芭蕉』新人物往来社、二〇〇七年

第四部

正岡子規の世界

第一章　俳号・子規誕生まで
第二章　俳句・短歌革新へ
第三章　病床日記

正岡子規（一八六七―一九〇二）といえば、「柿くへば鐘が鳴るなり法隆寺」とすぐ出てきますが、初めてこの句を知った時、ありのままを言葉にすればいいだけなのだから、「こんなの自分にも作れる」と思ったものでした。

それから時を経て、文学に興味が湧き、いろいろ勉強していると、正岡子規という人は凄い人だということがわかってきました。大江健三郎氏も彼のことを「天才」と言っています。

むさし書房の『日本と世界の人名大事典』（注①）では、正岡子規は次のように紹介されています。

明治時代の俳人・歌人。本名は常規《つねのり》、俳号は子規、歌号を竹の里人。伊予（愛媛県）松山に生まれ、東京大学国文科に進んだが、中退して日本新聞社に入り、俳句・短歌の革新運動をおこした。一八九一年から『俳句分類全集』の編纂に着手し、蕪村を再評価した。卑俗化した旧派俳諧を月並みとして攻撃し、また連句を非文学と排撃して発句を俳句と改め、近代俳句の確立に尽力した。俳論に「獺祭《だっさい》書屋俳話」「俳諧大要」「俳人蕪村」などがある。『ホトトギス』を創刊し、門下の高浜虚子らが以後俳壇の主流を形成した。九五年日清戦争に従軍して喀血し、以後闘病生活を続けた。九八年「歌よみに与ふる書」を書き、新しい写生的な実感を持つ歌風を興隆させ、「根岸派」の一派を立て、門下に伊藤左千夫らを出し、のちの「アララギ」の原流となった。九九年、文章革新の基本として、叙事文を書いて実感を平明に叙述する写生文を唱え、文壇に大きな影響を与えた。そののち病床に呻吟しながらも、「墨汁一滴」「仰臥漫録」「病牀《しょう》六尺」などの佳品を出した。学生時代に夏目漱石と知り合い、没年まで親交した。

その後、正岡子規の研究書は多く出版され、彼の凄さの全体像が明らかにされてきました。私も『正岡子規の世界』『正岡子規』『正岡子規・革新の日々』といった研究書を読みました。

これらの書物を通して、正岡子規について様々なことを知ることができ、彼は「書くことに取り憑かれた人」だったことを痛感しました。その軌跡を、これらの書物をまとめながら、また、テレビ番組「偉人たちの健康診断」や「開運！なんでも鑑定団」などで知った知識も交えて、紹介していきたいと思います。

第一章

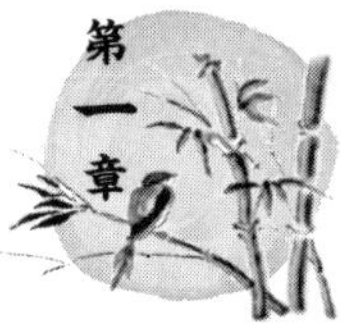

俳号・子規誕生まで

1 東京に出るまで

伊予に生まれた子規は、六歳（明治六年）の時から祖父大原観山（母八重の父）に漢学を学び、八歳の時に観山が亡くなってからは、漢学者土屋久明に漢文の素読を学びました。十一歳から漢詩を作り始め、毎日五言絶句を作り、土屋久明の添削を受けました。十二歳からは回覧雑誌を作り、十四歳の時には政治家としての将来を夢見ました。またこの年、週刊「愛《え》比《ひ》売《め》新報」に漢詩を投稿し、掲載されました。十五歳の時には、東京にいる叔父加藤恒忠に書を送り、東都遊学の希望を述べました。十六歳の時には、自由民権思想に共鳴し、演説を行っています。

この年、叔父加藤恒忠から、上京を促す手紙をもらいました。近々西洋へ行くので、今東京にいる間に来れば、何か世話してやれるからという内容でした。喜んだ子規は上京を決意し、東京での生活が始まることになったのです。

2 明治二十五年（二十五歳）に「獺祭書屋俳話」を書くまで

明治十七年（十七歳）で大学予備門の入試に合格し、本郷の進文学舎で英語を学び、坪内逍遥の講義を聞きました。明治十八年（十八歳）には叔父の友人陸羯南《くがかつなん》を初めて訪ねました。この頃の俳句七句が『寒山落木』に収められています。『寒山落木』は子規の句集で、五巻から成っています。大正十三年から十五年にかけて刊行されたもので、子規の明治十八年から明治二十九年までの俳句一万二千七百を分類して稿本としたものです。明治二十年（二十歳）には俳人大原其戎の主宰誌「真砂《まさご》の志良辺《しらべ》」に投句を始めました。明治二十一年にはベースボールに耽り、ベースボールを詠んだ短歌を多く作りました。またこの年には哲学者を志しましたが、鎌倉を旅行した際、そこで吐血しています。

明治二十二年には夏目漱石との交友が始まりました。

この年、陸羯南が新聞「日本」を創刊しています。

五月九日に喀血し、翌日、時鳥《ほととぎす》の句を五十句作っています。その中の一つが「卯の花の散るまで鳴くか子規《ホトトギス》」です。ほととぎすを表す漢字はいくつかありますが、その中で子規を選んだのは、本名の常規《つねのり》との関連からだと思われます。そしてこの時から子規は、結核のために血を吐いた自分を、一生懸命鳴いて、赤い喉を見せるほととぎすの姿に重ね、俳号に、ほととぎすとも読める子規を使うようになったのです。

そして興味深いことにこの年、数学の錯列《さくれつ》法から俳句の限界を考え、早晩俳句は亡びると予測しています。本気でそう思っていたのでしょうか？　錯列法というのは英語の permutation《パーミュテーション》 を訳した言葉で、現在の英語の辞書には、文章に使う時は、順序の変更とか並べ換えの意味で使い、数学で使う時は順列の意味だと書いてありますので、想像すると子規は、十七文字という限られた言葉で作られる俳句の組み合わせには限度があり、やがて限界がくると、あまり深く考えずに思ったのかも知れませんね。

明治二十三年（二十三歳）には帝国大学文科大学哲学科に入学しました。明治二十四年には小説「月の都」執筆に着手し、冬には「俳句分類」を始めました。この頃、哲学への関心を失います。明治二十五年には、陸羯南の家の西隣に引っ越してきます。この年「月の都」の原稿を幸田露伴に見てもらいましたが、認めてもらえず、以後、小説家として世に立つことを諦めます。

この年五月二十七日から六月四日まで「かけはしの記」を新聞「日本」に掲載します。

これは前年六月に学年試験を放棄して、川中島、松本、軽井沢、善光寺、木曽路を経て帰郷した時の旅行のことを書いたものです。

第二章 俳句・短歌革新へ

1 「獺祭書屋俳話」の連載

明治二十五年（二十五歳）六月二十六日から十月二十日まで「獺祭書屋俳話《だっさいしょおくはいわ》」を新聞「日本」に連載し、俳句革新に着手しました。十一月には大学を中退し、母八重と妹律を迎えに行って帰京し、十二月一日、日本新聞社へ入社しました。月給十五円。以後、子規の人と文学は新聞「日本」とともに成長していきます。

「獺祭書屋俳話」の内容は、まず俳諧史を辿ることから始まります。特に元禄俳壇の其角、嵐雪、去来、丈草、支考、千代女、芭蕉の句を、作品本位に評価し、元禄において俳諧が頂点に達したことと、それ以降俳諧は衰退し、芭蕉の死後二、三十年でその霊威を失い尽くしたことを述べています。そして、俳句の前途について、限られた字数の錯列法から俳句は早晩その限りに達して、もはやこの上に一句の新しいものを作り得なくなるであろうという説に賛同しています。そして後半では、当代の旧派の宗匠、撫松庵兎裘《ぶしょうあんときゅう》、其角堂機一《きかくどうきいち》の書を痛烈に批判しています。

子規の「獺祭書屋俳話」が斬新だったのは、芭蕉などの俳句を神格化した権威に盲従せず、是々非々の立場で文学的評価をしたことにある、と筑柴磐井《ちくしばいわい》氏は述べています（注②）。その意味では、この時点では、現代の人々が想像するほど芭蕉などに対しても痛烈な批判は行っていないし、蕪村の再発見もまだありません。また、さまざまな俳句を論じるに当たって、当時すでに多くの俳句を蓄積しつつあった「俳句分類」の成果を引用して縦横に論じていますが、俳句に対する同情は薄く、別のところでも、「和歌も俳句もまさにその死期に近づきつつあるものなり」と突き放して述べています。

2「芭蕉雑談」の連載

明治二十六年（一八九三）（二十六歳）には、非常に多くの俳句を作っています。『寒山落木』にはこの年の作として、三千一句が収録されています。夏には、『奥の細道』を辿る東北旅行を行い、「日本」に紀行文「はてしらずの記」を連載しました。

この年十一月十三日から翌年の一月二十二日まで、「芭蕉雑談《そうだん》」を「日本」に連載しました。同年の十月十二日は芭蕉没後二百年忌にあたり、宗匠たちのおおいに活躍した年でもありました。「芭蕉雑談」はこうした時期に、二十七回にわたり連載された俳論なのです。ここには、芭蕉に対する批判以上に、芭蕉を神格化した地方宗匠に対する痛烈な批判がうかがえます。だからここでの主張は、「獺祭書屋俳話」に比べ、過激を極め、芭蕉を激しく糾弾しています。

子規の芭蕉批判の背景には、芭蕉への盲目的崇拝の打破という目的があります。芭蕉を崇拝の対象とする傾向は、芭蕉の死後すぐに始まり、芭蕉の言を伝える『去来抄』や『三冊子』は、『論語』の形式を踏襲して書かれ、直接の弟子たちは「孔門十哲」に倣い、「蕉門十哲」として聖人化されました。その後、安永年間から天明年間にかけての蕉風復古運動などを経て、俳諧が庶民の間に流行していくのに伴い、俳諧のシンボルとしての「俳聖芭蕉」が形作られていきました。

明治期になって、教務省が国民啓蒙のための教導職に、日本の伝統行事に通じている俳諧師も採用するようになりました。そこで芭蕉は「桃青霊神」や「大教正」と呼ばれるようになり、文字通り神として君臨したのです。

子規の辛辣な芭蕉評は、旧派の俳諧師や、その影響を受けていた頃の子規自身への批判でもありました。子規は、行き過ぎた芭蕉崇拝に対して、戦略的な意図として、芭蕉の地位を引き下げたと言えます。子規が、芭蕉そのものではなく、芭蕉を過剰に崇めたてる俳諧師たちを非難しようとしていたことは、次の句が雄弁に物語っています。

「芭蕉忌や芭蕉に媚びる人いやし」（明36）

このように、子規の芭蕉批判の背景には、芭蕉偶像化の現実があったことを高柳克弘氏は指摘されています（注③）。

では子規は、芭蕉の句をどのように解釈しているのでしょうか。

子規が芭蕉の佳句として挙げているのは、「夏草や兵どもが夢の跡」「五月雨をあつめて早し最上川」「荒海や佐渡によこたふ天の河」といった句であり、ここに歌われている「雄渾豪壮」を佳としています。

世に知られた芭蕉の名句「古池や蛙飛びこむ水の音」「辛崎の松は花よりおぼろにて」「枯枝に烏のとまりけり秋の暮」などは悪句として列挙し、徹底した批判を行っています。

「古池や」の句を例に、子規の考えを見てみましょう。旧派の宗匠で教導職にあった三森幹雄は、この句は盛者必衰の真理をあらわしているとしています。明治政府から人々を啓蒙する任務を負った教導職にとっては、芭蕉句を善導に用いるための、ごく自然な解釈であったと言えます。しかし、あくまで文学として俳句を捉えていた子規は、このような解釈に疑念を抱きました。子規は、この句を、宗教性、神秘性とは全く別の視点から見ようとしたのです。

閑寂を体現しているだとか、禅の悟りの境地を示しているだとか、この句をいたずらに深遠なものと見る解釈を退け、この句はただ蛙が池に飛びこんでポチャンと音をたてたというありのままを詠んでいるに過ぎない、と子規は言います。

旧派の俳諧師が、教導的・禅宗的立場からこの句を解釈していたのに対して、子規はそれを「風景」「自然」と捉え、現実のありのままの姿を掬い取ったものと見たのです。

このことの意義は、見るべき「風景」「自然」は名所や歌枕にあるのではなく、何の変哲もない身近な実景の上にこそあるのだと子規が発見したということです。

この句そのものは素晴らしい句なのですが、それを間違って解釈している盲目的崇拝者たちを否定するために、子規は戦略的に悪句として挙げ、注目させ、猛省を促したのだと思います。

3 「俳諧大要」の連載

新聞「日本」は日清戦争を支持し、明治二十八年三月に、子規は志願して従軍記者として行きましたが、五月に講和が成り、帰国します。帰途船上で喀血し、神戸病院に入院。危篤状態にまで陥りますが、それを脱し、須磨保養院へ移りました。

余談ですが、この時、須磨保養院から俳句の弟子の五百木良三《いおきりょうぞう》に宛てた手紙がテレビの「開運！なんでも鑑定団」に登場し、二百五十万円の値がつきました。手紙の内容は、日清戦争に従軍していた五百木が無事に帰還したことを喜ぶとともに、近況を綴った自作の十八句を添えているものでした。ひとつきほどしたら松山へ帰れるだろうとも書いてあり、子規の字はとても綺麗なことがわかります。因みに五百木は国粋主義者で、日清戦争従軍日記を「大骨坊」という筆名で新聞「日本」に一年間連載もしています。

八月に松山へ帰省し、当時松山中学教師だった夏目漱石の住まいに滞在して十月に帰京しますが、その途中で奈良に立ち寄り詠んだ句が、有名な「柿くへば鐘が鳴るなり法隆寺」です。

子規が、十一月一日から十二月三十一日まで「日本」に連載したのが「俳諧大要」で、その中で、俳句は文学の一部であると宣言します。このように主張できたのは、子規の頭に、土芳の『三冊子』の中の芭蕉の言葉、「詩歌連俳はともに風雅也《なり》」の言葉があったからだと、復本一郎氏は考えておられます（注④）。

風雅とは短詩型文芸のことで、「詩歌連俳」は、漢詩、和歌、連歌、俳諧の四つを指しています。

芭蕉以前には、漢詩、和歌、連歌は雅文芸で、俳諧は俗文芸という認識がありました。芭蕉以前には、貞門と談林の二つの流派があって、これらは一言で言えば、言葉遊び的な俳諧で、漢詩や和歌や連歌と同等の風雅とは見做されていませんでした。しかし芭蕉はそうした俳諧固有の特質である滑稽性や庶民性を保持したままで誠の俳諧へと改変したので、詩歌連俳はともに風雅也と言えたのです。その上、俳諧は庶民文芸、俗文芸なので、あらゆる桎梏《しっこく》から解放されていて、様々な可能性を秘めています。季題が飛躍的に増えていったのも、その一つです。

芭蕉は俗文芸であった俳諧を、短詩型文芸の中で雅文芸であったものと対等に位置づけるところまで持ってくるという革新を成し遂げましたが、子規の場合は、もっと壮大で、「美術」の中に位置づけようとしたのだと復本氏は述べておられます。

子規が「俳諧大要」の中で、「俳句は文学の一部なり」に続けて「文学は美術の一部なり」と言っているからです。大槻文彦著『大言海』には、「美術」の定義として次のように書いてあります。「目ニ美シク見エ、耳ニ美妙ニ聞エ、人ヲシテ恍惚トシテ我レヲ忘レシムル為ノ美ヲ表現スル術ノ称。詩、歌、音楽、画、彫刻、建築、等コレニ属ス」

ここから、美術というのは、美にかかわる表現活動の全てであることがわかります。同じように子規も、美術として、絵画、彫刻、音楽、演劇、詩歌等を列挙しています。つまり、俳句もこれらの美術と同じ標準（美的規準）を持っていなければならないと考えたのです。だから、こうした標準に達していない旧派の月並み俳句を徹底的に打ちのめし、俳句革新を成し遂げたのです。

では、文学と呼ぶにふさわしい俳句とはどのようなものかというと、その一つとして子規は、「たるみ」を排除せよということを言っています。たるみとは、「言葉が緊密でない状態」と言えます。
このことを説明するために、復本氏はモーパッサンの文体に関する見解の文章を引用して説明されています。

「言わんと欲することがなんであろうとも、それを言い表すには、一つの言葉しかない。それを生き生きと躍動させるには、一つの動詞しかなく、その性質を規定するのに一つの形容詞しかない。だから、それが見つかるまで、その言葉を、その動詞を、その形容詞を、探さなければならない。断じていいかげんなところで満足してはならない。困難をさけるために言葉の道化に頼ってはならない。たとえいかにうってつけのものであろうとも、ごまかしに援助を求めてはならない」

一句から「たるみ」を排除するには、次の三項目に留意するように言っています。

○不用な言葉は、一句から消去する。
○短く表現し得る言葉は、短くする。
○語順を転倒するなどして、「てには」（助詞・助動詞）の接続をスムーズにする。

これらは修練によって初めてマスターし得るものであるので、古人の名句を参考にするとよいと子規は言っています。

次に子規は、季語（季題）に対してどのように考えていたのかを見てみましょう。子規は「俳諧大要」の中で、「俳句と四季」に関して次のように言っています。

「俳句には四季の題目を詠ず。四季の題目無きものを雑《ぞう》と言ふ」

この文章の意味は、俳句はほとんどの場合、四季の題目（季語・季題）を詠むが、それ以外のものも詠むことがある、ということです。しかし、さらに「俳句と四季」の項目を辿っていくと、「雑」の句は四季の連想を伴わず、作品の含意が浅薄になると明言していますので、「雑」の句に対しては悲観的であることがわかります。

それでは、子規が関心を示した「雑」の句とはどのような作品かというと、それは「雄壮高大」な句だと言っています。となるとそれは「富士」を詠んだ句に集中することになります。そこで、そのことを確認するために子規の『俳句全集』を見てみると、「富士山」の項に、多くの「富士山」の無季句があげられています。例えば、次のような句です。

大空をとりまはしけり不二の山　鶯笠
けふも見えけふも見えけりふじの山　士朗
あすしらで三日さき見つふじの山　重頼

四季の題目が大切なのは、それがその時候の連想をもたらしてくれるからだと子規は言っています。そして四季の題目がもたらす連想を、子規は「蝶」で説明します。

江戸時代までは、蝶というと主に故事との関わりで把握されたイメージ、つまり、知的な連想でしたが、子規が主張した四季の連想は、あくまでも自然との関わりの中でなされなければなりませんでした。こうして子規は、「蝶」から人々がごく自然にイメージする光景を列挙し、そのことを自作の句で示しています。子規は蝶が好きだったようで、蝶の句が六十四句、胡蝶の句が六十句あります。その中の五句が次の句です。

蝶一ッ迷ひこんだり大書院

蝶々や人なき茶屋の十団子

蝶追ふや旅人餅を喰ひながら

蝶飛んでゆすらの花のこぼれけり

菜の花を出でゝ飛び行く蝶黄なり

蝶による四季の連想があってこそ、たった「十七文字」の俳句世界が、「無限の趣味」を内包することになると、子規は考えているのです。作句にあたって子規が一番重視したのは美的感動で、子規にとって俳句とは、「美」を十七文字に形象化することです。「四季の連想」は、俳句の内容をより豊かにするための装置なのです。

次に子規は、美的感動は「写生」によってもたらされると言っています。ただ、多くの人が写生とはただひたすら対象（自然）を描写することだと誤解しているのです。子規の言う写生とは、「山川草木」（自然）に美を感じて面白がり、その感動を俳句として定着させることなのです。山川草木を深く識れば識るほど山川草木の美を深く、的確に把握できるので、子規はそのようにするよう努めることを勧めています。

このことと関連することを、『病牀六尺』の中でも書いています。

「草花の一枝を枕元に置いて、それを正直に写生して居ると、造化の秘密が段々分つて来るやうな気がする」、また、「或る絵具と或る絵具とを合せて草花を画く、それでもまだ思ふやうな色が出ないとまた他の絵具をなすつてみる。同じ赤い色でも少しづつの色の違ひで趣が違つて来る。いろいろに工夫して少しくすんだ赤とか、少し黄色味を帯びた赤とかいふものを出すのが写生の一つの楽しみである。神様が草花を染める時もやはりこんなに工夫して楽しんで居るのであらうか」とも書いています。

二〇一七年四月に、テレビで絵本作家・甲斐信枝さんのことを知りました。当時八十三歳の甲斐さんは、植物の世界を絵本にして出版することをライフワークにしておられて、『たねがとぶ』『のげしとおひさま』等、三十冊以上をすでに世に出しておられ、とても人気があります。

一つの草花のスケッチに五時間はかかるそうですが、そうして細かく観察しながら描いていると、ありふれた草花がとびきり美しいことに気づく、そして同じ草花を何度も描いていると、そのたびに気づくことがあると言います。

甲斐さんは、「朝から晩まで同じ場所に通っていると、お宝がもらえる」という表現をされています。「お宝」というのは「発見」のことだとわかってきます。よく観察していると、発見の連続で、そうした発見を自分一人じめではもったいない！　みんなに知ってもらいたい！　こうして甲斐さんは絵本作家になられたのです。

スケッチしていると、草花の方から語りかけてくると言います。そうした声に耳を傾け、植物の気持ちになってスケッチしていくのですね。

これこそが子規の言う「写生」だと思います。子規は俳句で「写生」を行いましたが、甲斐さんは絵本で「写生」を行っておられるのです。

次に「俳諧大要」における子規の季語感を見てみたいと思います。子規は芭蕉の「古池や蛙飛びこむ水の音」を取り上げ、この句からは春季の感も夏季の感も起こってこないので、この句は雑《ぞう》の句であると断言します。そしてこの句は作者の閑寂の理想や禅学上の悟道の句ではなく、ただ事物をありのままに詠んだ句であると解説しています。子規の俳句革新は、既成の価値体系の「狭隘《きょうあい》さ」からの脱出を図ることでしたので、季語に対する果敢な挑戦も、そんな子規の姿勢とつながっているのです。

ところで、子規は「古池や」の句には季感がないと断じていますが、本当にそうでしょうか。復本氏は、別の考えを持っておられます。

「古池や」の句が子規の言うように「古池」を「題」として詠んだものであるとしても、句中に「蛙」という季語があることによって、「春の古池」がイメージされることになり、この句もそのイメージによって享受されるべきであると思っておられます。復本氏はさらに続けて次のように述べておられます。季語には「本意」（固定化した美的イメージ）があり、子規はその「本意」を超克するために格闘したのだが、日本人の美意識のエッセンスである「本意」には無視できない力があって、作者と読者の交信は「本意」の相互理解によってなされる部分が少なくない。子規が言う「四季の連想」の中には、子規がいかに否定しても、和歌以来の「本意」が流れ込んでいるので、この句に「余情」としての「寂」を感じ取ることはごくごく自然であり、「寂」の「余情」は「春の古池」にこそふさわしく、そんなありのままの事物を演出しているのが季語「蛙」なのだ、と。

子規は俳句革新のために、戦略的に激しく、極端な物言いをしている面もあるようですので、これからもよく学んで、理解を深めていきたいと思いました。

4「俳人蕪村」の連載

明治三十年（一八九七）（三十歳）は、特に子規の体調が悪化した年でした。二月十九日には腰痛のため、佐藤三吉博士の来診を受け、三月二十八日には手術を受けています。九月二十日頃からは、腰、背骨近くに穴が二か所あき、膿汁が流れ出します。腰痛が激しく、左足が引きつけて立つことができない状態になります。

それほど体調の悪い中、四月十三日から十一月十五日まで、「俳人蕪村」を「日本」に連載しました。

「俳人蕪村」は、子規が蕪村の俳句を取り上げ、その句風を詳細に分析したものです。蕪村の俳句史における位置づけは、子規のこの著作によってゆるぎないものになったと言えるほど、蕪村研究の上で画期的な業績です。

俳句は元禄時代に芭蕉一派の活躍による興隆をみたあと、しばらく月並みな時期が続き、天明期の蕪村に至って次の隆盛期を迎えました。しかし子規の時代まで、蕪村といえば画家としての方が有名で、彼の俳句は漢語を多用した風変わりな作品として、必ずしも高く評価されていませんでした。子規はそんな蕪村の句風を新しい視点から取り上げることによって、芭蕉と並び立つべき偉大な俳人として位置づけなおしたのです。

子規の蕪村評価の視点は多岐にわたっていて、前半では芭蕉と対比させながらその句風を大局的に捉え、後半では俳句作りのテクニックの特徴を細かく論じています。

子規が蕪村の句風を特徴づけるものとして採用した言葉は、積極的美、客観的美、人事的美、理想的美、複雑的美、精細的美の六つです。子規はこれらの概念を、芭蕉と対比させながら解説していきます。

積極的美とは、意匠が壮大で、雄渾、艶麗、活発なるものを言い、これに対して消極的美とは、古雅、幽玄、沈静、平易なものを言うとしています。芭蕉の「寂」や「わび」は消極的美の典型であるとし、四季の風物を詠むにしても、春夏は積極的美につながり、秋冬は消極的美につながります。芭蕉が秋冬を多く詠んだのに対して、蕪村は春夏を多く詠みました。

積極的美の句の一例として、「牡丹散つて打重なりぬ二三片」を見てみましょう。句の意味は、咲き誇っていた牡丹の花が、わずか数日で衰え始め、地面に花びらが二、三片と重なって落ちている、というものです。牡丹は夏の季語です。この句からは、花の美しさと儚さ、栄華と衰退といった、壮大な仏教的真理を感じ取ることができますし、未練気もなく散り重なっている姿には、やるべきことをやりおえた満足した美しさという艶麗さも感じます。

客観的美とは、風物をありのままに描き出すことから生まれます。蕪村の句には、対象を客観的に歌ったものが多くあります。それは蕪村が画家でもあったからです。蕪村の句にはそのまま絵画を連想させるような視覚的イメージに富んだものが多くあります。

客観的美の句の一例として、「釣鐘にとまりて眠る胡蝶かな」を見てみましょう。蝶が、釣鐘にとまって眠っている情景をそのまま詠んだものです。夏の静けさが伝わってきますが、鈴木大拙はこの句を読んで、哲学的な感想を述べています。彼は、『禅と日本文化』の中の「禅と俳句」の章で、蝶は、心配・煩悶・疑惑・躊躇などといった人間の分別とは全く関わりなく、絶対の自由を楽しんでいて、蕪村はそれを捉えていると言っています。客観的に、情景をありのままに詠んでいながら、深い思索へ人を誘うような壮大さもそなえた句なのですね。

人事的美とは、花鳥風月を詠むのとは異なり、人の営みを詠むものです。従って句はおのずから複雑なものになりますが、蕪村はそうした複雑な人事を語っても冗長に陥らず、しまりのある俳句を作りました。

人事的美の句の一例として、「御手討ちの夫婦《めおと》なりしを」を見てみましょう。句の意味は、不義密通により御手討ちになるべきところを許されて、他国に落ちのびたお前と私。今こうして、ようやく更衣の季節を迎えることができたよ、というものです。

きっと、近くにそういう夫婦がいたのでしょう。蕪村は共感をもって、そのことを句にしたのでしょうね。

理想的美とは、自分では経験できなかったことや、行ったことのない景色や風俗、過去の社会の様子等を詠むものです。

その一例として、「鳥羽殿へ五六騎いそぐ野分《のわき》かな」を見てみましょう。野分（台風）が吹き荒れる中、五、六騎の武者たちが、鳥羽殿（鳥羽離宮）に向かって一目散に駆けていく、というものです。これは保元の乱に思いを馳せて詠んだ句で、実際に目の当たりにしている風景を詠んだものではありません。蕪村得意の時代俳句（時代小説の俳句版）なのです。鳥羽上皇の死が、崇徳院（鳥羽院の第一子）と後白河天皇（鳥羽院の第四子）との皇位継承の引き金となって保元の乱が起こりました。疾走する武士たちの姿には、何か異変が起こったことが感じられ、そんな緊迫した雰囲気が、野分を掛け合わせることで一層高まっています。やむにやまれぬ思いで行動する人間の姿に、蕪村は共感しているのではないでしょうか。

複雑的美とは、芭蕉の句がどれもわかりやすく、簡単なものが多いのに対して、蕪村の句は全体的に複雑なことを詠んでいます。蕪村は、和歌や芭蕉の句に見られる簡単をしりぞけ、唐詩の複雑を借り、国語の柔軟で冗長な表現を廃し、短く、力強い、豪壮な漢語で不足を補おうとしました。美は簡単なりという古来の標準を捨てて顧みず、卓然（一人抜きんでているさま）として複雑的美を追求しました。

複雑的美の句の一例として、「我を厭ふ隣家寒夜に鍋を鳴らす」を見てみましょう。蕪村が貧しい暮らしをしている時、うまくいっていない隣家との日常がわかる句を詠んだものです。寒い夜に、鍋など食べられない蕪村に、わざと聞こえるように温かい鍋をつついている隣家。通常句になりにくい情景を切り取って句にする。これも蕪村ならではですね。

精細的美とは、印象を明瞭ならしむる点にあると子規は言っています。これは蕪村の俳句全体に言えることで、これも彼が画家だったことと無縁ではありません。精細的美の句の一例として、「鶯の鳴くや小さき口あけて」を見てみましょう。これを読むと、微細な情景が伝わってきます。二月頃の鳴き声は、雄が雌を誘う囀《さえず》りで、小さく囀る姿はとても愛らしいそうです。萩原朔太郎はこの句を読んで、作者は、死に別れた妹か恋人のことを追憶してこの句を詠んだのだろうと言っていますが、そういう読み方はかなり偏愛的で、変態的な印象を受けるという意見もあります。

ついで子規は、蕪村の採用した用語、句法、句調、文法、材料について考察を勧めます。用語については、漢語を多用したことがよく知られています。有名な句としては「五月雨や大河を前に家二軒」や「絶頂の城たのもしき若葉かな」などがあります。これらは和語でも表現できますが、蕪村が敢えて漢語を使うのは、句の勢いを強めるためです。単語にとどまらず、漢語的表現も意図的に取り入れています。例えば「行き行きてここに行き行く夏野かな」などの句です。

句法や句調についても意識的に斬新な用法を取り入れ、字余りにもあまり拘《こだわ》らず、句の勢いを大事にしました。

子規はそれぞれの項目について、蕪村の句を多く引用し、自分の言っていることを読者がよく理解できるように工夫して書いていて、単なる評釈にとどまらず、蕪村の俳句を楽しく鑑賞できるように書いています。

ところで子規自身は、自分の俳句作りに蕪村をどのように生かしているのでしょうか。確かに子規は蕪村を咀嚼し、彼の心掛けた写生の態度と、蕪村の客観的美や精細の美がつながっていることは確かですが、蕪村全体を生かして取り入れているとは言えない面があります。そこに子規らしさがあるのだと思います。

5「歌よみに与ふる書」の連載

明治三十一年（一八九八）（三十一歳）二月十一日から三月三日まで、子規は「歌よみに与ふる書」を「日本」に発表し、短歌革新に乗り出しました。

この連載内容を紹介する前に、まず、歌と和歌と短歌の違いを確認しておこうと思います。

奈良時代には五七五七七で作られた作品は単に「歌」と呼ばれていましたが、平安時代になって、和歌という言葉が生まれました。当時、教養のある貴族の間には漢詩を作ることが流行っていましたので、それに対抗して「和（日本）の歌」を盛り返そうとして「和歌」という言葉が作り出されました。以後、江戸時代末期まで、千年近く和歌の時代が続いたのです。

明治になっても旧態依然とした和歌、すなわち、型にはまった花鳥諷詠の作品が作られていました。これらは旧派和歌と呼ばれました。しかし、明治二十年代には和歌の世界でも改革の気運が生まれ、明治三十年代になると、因習的な狭い美意識にとらわれない自由で、個性的な作品が作られるようになりました。これらは、旧派に対して新派と呼ばれました。そして旧派和歌と区別するために、新派の作品を短歌と呼ぶようになったのです。そして、「歌」「和歌」「短歌」を総称して「歌」と呼ぶことにしたのです。

「歌よみに与ふる書」は十章から成っていますので、それぞれの章を簡潔に要約してみたいと思います。

一章　「歌よみに与ふる書」

『万葉集』のあと、優れた歌人は源実朝《みなもとのさねとも》ぐらいしかいない。実朝を凡庸の人と評してきたのは誤りで、彼は時流に染まらず、世間に媚びない人だった。賀茂真淵は実朝をほめたが、ほめ方が足りないし、見当違いなことも言っている。

二章　「再び歌よみに与ふる書」

紀貫之は下手な歌よみで、『古今集』はくだらぬ集だから、それを崇拝する者の気が知れぬ。かく言う自分も数年前までは『古今集』崇拝者の一人で、歌というものは優美なものだと思っていたから、今の蒙昧な連中がこれを崇拝する気持ちはよくわかる。だが、『古今集』の歌はだいたいどれを見ても「駄洒落」か「理屈ツぽい」ものばかりだ。何百年たっても歌人たちは『古今集』の糟粕《そうはく》を舐めている。

三章　「三《み》たび歌よみに与ふる書」

歌詠みほど馬鹿でのんきなものはいない。和歌ほど良きものは他にないと誇っているが、歌より他は何も知らない。歌に最も近い俳句すら少しも解せず、十七文字でありさえすれば、川柳も俳句も同じと思うほどののんきさ加減で、ましてシナの詩を研究するでもなく、西洋には詩というものがあるのかないのかもわからぬ文盲浅学だ。句には調べがなく、歌には調べがあると考えている者がいるが、それは間違いだ。調べといっても、なだらかな調べ、迫るような調べ、強い調べなど、いろいろあり、歌の内容に合わせて調べを整えることが肝要だ。真淵は読者としては雄々しく強い歌を好んだが、自身の歌は軟弱だ。

四章「四《よ》たび歌よみに与ふる書」

ここでは実例を挙げて、伝統的な歌を否定していきます。人丸の「もののふの八十《やそ》氏川《うじがわ》の網代木《あじろぎ》にいざよふ波のゆくへ知らずも」は名所の歌としては役に立っていない。名所の歌にはその地の特色が必要で、このように意味のない歌を挙げるのは大たわけだ。「月見れば千々に物こそ悲しけれ我が身一つの秋にはあらねど」の下二句は理屈であって蛇足だ。歌は感情を述べるもので、理屈を述べるのは歌を知らないからだ。

五章「五《いつ》たび歌よみに与ふる書」

百人一首の凡河内躬恒《おほしかふちのみつね》の歌「心あてに折らばや折らむ初霜の置きまどはせる白菊の花」なんて大嘘。初霜が降りたくらいで白菊が見えなくなるなんてことはない！　同じく躬恒の歌「春の夜の闇はあやなし梅の花色こそ見えね香やは隠るる」は、梅が闇に匂う、と言えば済むことを、三十一文字に引き伸ばしている。小さいことを大きく言う嘘が和歌腐敗の一大原因だ。

六章「六《む》たび歌よみに与ふる書」

子規の言っていることを誤解している人への返事。詩歌に限らず全ての文学が感情を本《もと》とすることは常識だ。もし感情を本とせず理屈を本としたのがあれば、それは歌でも文学でもない。また、自分は和歌に新しい思想を注入したいので、用語は雅語、俗語、漢語、洋語を必要に応じて使うつもりだ。そして、歌は写生が大事だ。ありのままを描く写生もあるし、神や妖怪など、空想上のものを描くにも写生が大事だ。蒸気船ができれば風帆船ではたちうちいかぬように、従来の和歌を日本文学の基礎としたら、世界と戦えない。弓矢剣槍で戦うようなものだ。

七章「七たび歌よみに与ふる書」

和歌が腐敗しているのは、趣向が変化しないため。これには用語の少なさも原因している。漢語の排斥等がそれである。用語は自由であるべきだ。

八章　「八《や》たび歌よみに与ふる書」

今回は優れた歌を紹介する。実朝の「武士《もののふ》の矢並つくろふ小手の上に霰《あられ》たばしる那須の篠原」は趣向が面白く、強い歌である。同じく実朝の「時によりすぐれば民のなげきなり八大竜王雨やめたまへ」は、勢いが強く、恐ろしい歌である。実朝はただ真心からこの歌を詠んだ。手先を器用に弄し、言葉の操作だけに気を取られる歌人たちには思いも及ばぬ歌だろう。同じく実朝の「物いはぬよものけだものすらだにもあはれなるかなや親の子を思ふ」は、珍しい趣向もないが、真心を現して余りある歌だ。第五句の字余りが効果的。那須の歌は純客観、後の二首は純主観の歌だが、ともに良し。

九章　「九《ここの》たび歌よみに与ふる書」

実朝の秀歌を四つ挙げたあとで、他の歌人の秀歌をいくつか紹介していきます。実定《さねさだ》の「なごの海の霞のまよりながむれば入日を洗ふ沖つ白波」は、客観的に景色を善く写している。信明《のぶあき》の「ほのぼのと有明の月の月影に紅葉吹きおろす山おろしの風」は、これも客観的な歌で、けしきも淋しく艶なる歌で、語を畳みかけて調子を取っているところがいい。西行の「さびしさに堪へたる人のまたもあれなを並べん冬の山里」は、西行の心が現れていていい。「心なき身にも哀れは知られけり」などという露骨的な歌が世にもてはやされて、この歌などはかえって知る人も少ないのは残念だ。

庵を並べんという斬新で趣味ある趣向は西行ならではである。能因の「閨《ねや》の上にかたえさしおほひなる葉広柏《はびろがしわ》に霰《あられ》ふるなり」は、客観的な歌で、葉広柏に霰がはじく趣は極めて面白い。僧侶の歌にも秀歌があって、慈円、俊恵、伝教の歌を挙げていますが、俊恵の「神風や玉串の葉をとりかざし内外《うちと》の宮に君をこそ祈れ」は、神の御心に叶う歌で、句がしまっていて、響きがいい、と言っています。

十章 「十《と》たび歌よみに与ふる書」

歌の上に老少、貴賤の区別はない。縁語を用いるのは和歌の弊害だ。歌を作る時、雅語にこだわるのはよくない。牡丹のことをわざわざ深見草《ふかみぐさ》などと言う必要はない。自分が美と感じた趣向をなるべくよくわかるように現すのが大切で、俗語を使った方が美感を現すのに適していると思ったら、そうすればよい。

以上が子規の「歌よみに与ふる書」の要約ですが、子規が六章で触れている「写生」が子規の歌論の根幹にあります。明治二十年代まで多くの歌人が信奉してきた『古今集』が、狭い美意識に囚われた歌ばかりで、時代の変遷とともに空疎な歌となって来たことに気づいて、子規はそこからの脱却の手段として写生の必要性を説き、実行したのです。

6「曙覧の歌」の連載

明治三十二年五月には、発熱、腰痛激しく、ほとんど食欲を失います。大食漢の子規がそうなったのですから、体の調子のひどさがわかります。十二月には、虚子が子規に燈炉《とうろ》（石油ストーブ）を贈り、ガラス戸も贈りました。これは『ホトトギス』売れ行き好調のお陰でした。この年も、体調の悪さはひどかったのですが、三月二十二日から四月二十三日まで、「日本」に「曙覧《あけみ》の歌」を連載しています。

「曙覧の歌」は、当時まだ評価されていなかった幕末の歌人で国学者の橘《たちばな》曙覧（一八一二―一八六八）についての長編評論で、彼の歌を賞揚したものです。曙覧は『古今集』には目もくれず、真淵の歌にも影響されず、足が地に着いた生活感のある歌、万葉のように率直で、万葉よりも多彩な歌を詠みました。そうした彼を子規は熱く讃えました。源実朝以後、歌人の名に値するものは、橘曙覧ただ一人と絶賛しています。「墨汁一滴」でも、「万葉以後において歌人四人を得たり」として、実朝、田安宗武、平賀元義とともに橘曙覧を挙げています。

橘曙覧は、身近な言葉で日常生活を詠んだ和歌で知られています。清貧の中で、家族の暖かさを描いた「たのしみ」シリーズの歌は人々に親しまれています。

1　たのしみは妻子《めこ》むつまじくうちつどひならべて物をくふ時

2　たのしみはまれに魚煮て子等《こら》皆がうましうましといひて食ふ時

3　たのしみは空暖《あたた》かにうち晴し春秋の日に出《い》でありく時
4　たのしみは銭なくなりてわびをるに人の来《きた》りて銭くれし時
5　たのしみは朝おきいでて昨日《きのう》まで無かりし花の咲ける見る時
私も真似して一つ作ってみました。

「たのしみは遊びに来たりし孫つれてしばし公園で過ごす時」

以前テレビで『映像歳時記』という番組がありました。旧暦にまつわる古き良き暮らしの様子を伝え、めぐりくる季節や自然を楽しむメッセージとしての「歳時記」を、映像で映し出してくれるものでした。この番組の冒頭でいつも流れてくるのが、橘曙覧の5の歌でした。

また、一九九四年に、明仁天皇と美智子皇后がアメリカを訪問された折、ビル・クリントン大統領が歓迎の挨拶の中で、橘曙覧の5を引用してスピーチしたことで、彼の名と歌は再び脚光を浴びました。そして二〇〇〇年には、福井市の愛宕坂の旧居跡に橘曙覧記念文学館が開館しました。

万葉、実朝、曙覧、これらの歌を目標として子規は歩み、自分の歌を和歌から短歌へ進化させたのだと思います。

余談ですが、「曙覧の歌」を調べていたら、古賀政男が昭和七年に「あけみの歌」という曲を作曲していることがわかりました。もしかしたら橘曙覧と関連する曲かもしれないと思って寄り道して調べてみましたら、関係はなく、感傷と哀愁溢れる古賀のギター歌曲の名作だとわかりました。私も聞いてみましたが、古賀政男らしい曲でした。

第三章

病床日記

1「墨汁一滴」の連載

明治三十四年（一九〇一）（三十四歳）一月十六日から七月二日まで、「墨汁一滴《ぼくじゅういってき》」を「日本」に連載しました。

十月五日、精神が激昂し、もがき苦しみ、陸羯南に慰めてもらっていますが、十三日にまた精神錯乱を起こします。この頃、病状は次第に衰弱をきたし、膿の口が増え、寝返りも困難になり、疼痛激しく、麻酔薬を用いるようになります。

脊椎カリエスを患っていた子規はすでに起き上がることすらままならず、ほとんど寝たきり状態でしたので、墨汁一滴で書ける程度の短さで、その時感じたものを書いてみようと思い、「墨汁一滴」というタイトルを付けました。残された短い命を、ひとしずく、ひとしずくに凝縮して残そうとしたものと思われます。

病が重くなっていくにつれて、子規の希望はどんどん小さくなっていきました。外出できなくなると、庭の中だけでも歩けますように、それがだめになると、立ち上がれますように、それもだめになると、布団の上にすわれますように、一時間でも苦痛なく、横になっておれますように。年々小さくなっていく自分の希望を嘆き、今はとにかく生きたいという願いが伝わってきます（一月三十一日）。

それにもかかわらず、書かれているものには虚無的な厭世観や嫌味さは全く感じられず、広い世界観を持って現在の俳句界や文壇、世の中に対しての鋭い批評やユーモアに溢れたコメントや友人、郷里松山、後輩への想いが綴られています。

見た夢の話も書かれています。試験で苦しめられた夢や夢の中では歩けている夢等です。四月二十四日のところには、兎の夢のことが書かれています。子規は、動物ばかり沢山遊んでいるところにやってきます。その中に、死期が近づき、転げまわって煩悶している動物がいました。すると一匹の親切な兎が来て、自分の手を差し出しました。煩悶していた動物はその手をとって吸うと、煩悶はなくなり、眠るように死んでいきました。兎は煩悶している他の動物のところへ行き手を差し出すと、その動物も眠るように死んでいきました。子規は夢から覚めて後、いつまでもこの兎のことが忘れられませんでした。

この夢は、子規の無意識の安楽死の願望が反映されたものでしょうか。

四月二十八日のところには、有名な藤の花の短歌を詠むに至った経緯が書かれています。

夕食が終わり、仰向けに寝ながら左の方を見ると、机の上に活けてある藤の花が目に入りました。今を盛りに咲いている藤の花を見ていると、歌心が湧いてきました。こうして一晩で十作品も作ったのです。

瓶《かめ》にさす藤の花ぶさみじかければたたみの上にとどかざりけり
瓶にさす藤の花ぶさ一ふさはかさねし書《ふみ》の上に垂れたり
藤なみの花をし見れば奈良のみかど京のみかどの昔こひしも
藤なみの花をし見れば紫の絵の具取り出で写さんと思ふ
藤なみの花の紫絵にかかばこき紫にかくべかりけり
瓶にさす藤の花ぶさ花垂れて病の床に春暮れんとす
去年《こぞ》の春亀戸《かめいど》に藤を見しことを今藤を見て思ひいでつも
くれなゐの牡丹の花にさきだちて藤の紫咲きいでにけり
この藤は早く咲きたり亀井戸の藤咲かまくは十日まり後
八入折《やしおおり》の酒にひたせばしをれたる藤なみの花よみがへり咲く

五月五日のところには、新聞記事で見た岩手の親孝行の話に感動した子規が、それを歌った短歌が載っています。岩手から二百里の道を、大八車に母を乗せて自ら引いて来て、東京見物をさせた話です。

たらちねの母の車をとりひかひ千里も行かん岩手の子あはれ
草枕旅行くきはみさへの神のいそひ守らさん孝子の車

みちのくの岩手の孝子名もなけど名のある人に豈《あに》劣らねや
下り行く末の世にしてみちのくに孝の子ありと聞けばともしも
世の中のきたなき道はみちのくの岩手の関を越えずありきや
春雨はいたくなふりそみちのくの孝子の車引きがてぬかも
みちのくの岩手の孝子文に書き歌にもよみてよろづ代迄に
世の中は悔いてかへらずたらちねのいのちの内に花も見るべく
うちひさす都の花をたらちねと二人し見ればたぬしきろかも
われひとり見てもたぬしき都べの桜の花を親と二人見つ

五月二十一日のところには、閻魔様のところへ行って、早く迎えにきてほしいと頼む話がありま す。この話を子規は面白可笑しい話に仕立てています。子規は閻魔大王の前に立ち、お迎えを待っていますが、一向に来ないので、どうなっているのかを訊きに来たと話します。閻魔が調べると、意外なことがわかりました。以前、二度も迎えが行っているが、二度とも本人を連れずに戻って来ているという話でした。一度目に青鬼が迎えに行った時は、根岸の道は曲がりくねっていて、家がわからず、引き返して来たというのです。二度目に赤鬼が迎えに行った時は、鶯横丁まで来ると、町幅が狭く、火の車が通らず、引き返して来たということでした。この話を聞いていた地蔵様は、それでは事のついでにもう十年ばかり寿命を延ばしてやったらどうだと言うので、子規は慌てて断りました。健康寿命での十年ならともかく、この上十年も痛みに苦しめられるのはまっぴら御免というわけです。じゃあ今夜にでも迎えを出そうと閻魔大王は言いますが、それは余りに早すぎるので、いつとなく、突然来てほしいと頼みます。閻魔大王が、お前も我儘ッ子じゃのう、というところで幕が降ります。

こういう話を書くユーモアの才能自体凄いし、そういう構えで死と毅然として向かい合っている態度には精神の奥深さというものを感じさせる、とフランス文学者の菅野昭正氏は言っておられます（注⑤）。

友人のこととしては、親友夏目漱石のことがよく出てきますが、もう一人画家・書家の中村不折のことも出てきますので、そのことを紹介したいと思います。

子規は、六月二十五日から五日間、不折のことを書きました。不折は子規より一つ年上で、日清戦争で子規が従軍記者として行った時に、不折は挿絵画担当として同行しました。今でこそ不折は『吾輩は猫である』や『野菊の墓』の挿絵画家、新宿中村屋や清酒真澄のロゴを作った人として有名ですが、当時は無名でした。戦争で寝食をともにした二人は、帰国後も互いに交流しました。その不折が無駄遣いせずに貯めた自費でパリへ留学することになり、応援と餞別の意味で、新聞紙上で彼への想いを伝えたのでした。子規は寝たきりで、見送りにも行けないし、壮行会も開いてやれないからです。

子規が初めて不折を知ったのは、明治二十七年三月でした。新聞「小日本」の挿絵画家として浅井氏から紹介され、子規の意にかなったのです。以来、自分の意見も趣味も彼の教示で幾多の変遷を来《きた》したことを思えば、大関鍵《かんけん》（物事の最も重要なところ）でした。

子規は頑固な日本画崇拝者だったので、不折が西洋画家だったのが気になりました。しかし、彼との画談のやりとりの中で、いかに自分が間違っていたかを知らされました。明治二十七年の絵の展覧会を不折と一緒に見に行った時、雪舟の琴棋書画を描いた屏風一双に関して、雪舟を崇拝していた美術学校派さえ、これは凡作だと評していたのに、不折は讃嘆し、さすが雪舟と、その絵の素晴らしさを解説してくれて、教えられること大でした。

彼が「小日本」以前に常職につけなかったのは、服装のきたなさと、耳が遠かったせいでした。それで人々は彼を厭い、軽蔑したのですが、画の伎倆は誰もが賞讃せずにはいられませんでした。彼のごとく画家にして論客でもある人は世に少ないと、子規は感じていました。

他にも言うことは沢山ありましたが、二十九日に出発する不折が読んでいけるように、最後の二十九日の「日本」には、行くにあたって注意することを箇条書きにして載せました。

剛慢なるは善し、弱者後輩を軽蔑する莫《なか》れ。
君は耳遠きがために人の話を誤解すること多し。注意を要す。
人二人互いに話し居る最中に突然横合から口を出さぬよう注意ありたし。
あまりうかれぬようありたし。
大景に偏することなかれ。
あまり齷齪《あくせく》と勉強して上手になり過ぎたもうな。
御馳走を沢山食べて肥えて戻ればそれにこす土産はなかるべし。

子規は友人として、戒めの言葉を綴りました。交流の中で知った不折の欠点を指摘し、そのために留学の結果が不幸に終わらないようにとの老婆心からでした。

子規の「墨汁一滴」は、蚊に攻められる話となれ鮓《ずし》の話で終わっています。

不折がフランスでラファエル・コランから指導を受けて帰国したのは、一九〇五年でした。

子規が息を引き取ったのは一九〇二年九月十九日でしたので、子規は大きく成長した親友・中村不折の姿を見ることなくこの世を去ったのです。

2「仰臥漫録」の執筆

山本健吉氏は、子規の最も珍重すべき散文として「仰臥漫録《ぎょうがまんろく》」を挙げておられます（注⑥）。これは発表する予定のなかった明治三十四年九月以降の日録で、二冊の稿本から成っています。日々三度の食事の献立から間食まで記し、訪問者、出来事、病苦その他の感想の他に、俳句、略画を含み、雑然たる体裁の中に、その病牀生活を細かく記してあります。食欲や食べた後の満足や不満等の意識が、一日の生活意識の重要な部分を占めていることを思えば、こういう具体的な記述が、如何に記述するに値する大事なことであったかが想像されます。『仰臥漫録』が、主として食生活の外面的な記録でありながら、それは心の渇きの記録たりえている、と山本健吉氏は結んでおられます。

私も読んで、記憶に残ったことを幾つか挙げてみたいと思います。九月二十九日のところに書いてあることですが、余命三か月だとか、半年ももつまいとか、医者が期限を言ってくれれば、我儘や贅沢ができて、アレが食いたいとか言えば、すぐ持ってきてくれるのに、と書いてあって、子規らしさを感じるのですが、自分に余命を告げられたら、こんな心境になれるだろうかと考えると、とても無理だと思いました。

十月三日のところには、一日間所見の動物のことが記してあります。庭前の追込籠《おいこみかご》にはカナリヤ六羽（雄四雌二）きんばら二羽（雄）きんか鳥二羽（雄雌）ジャガタラ雀一羽（雌）合わせて十一羽　カナリヤ善く鳴く

○黄蝶二つ匇々《そうそう》に飛び去る　○秋の蝿一つ二つ病人をなやます　○蜂か虻《あぶ》か糸瓜《へちま》棚に隠現す　○揚羽の蝶糸瓜の花を吸う　○鳶《とび》四、五羽上野の森に近く舞う　ピーヒョロリピーヒョロリ　○蜻蛉一つ糸瓜棚の上を飛び過ぎ去る　○極めて小き虫やや群れて山吹の垣根あたりを飛ぶ　○茶褐色の蝶最も高き鶏頭の上にとまりて動かず　○向家《むかいや》の犬吠ゆ　○蜂一つ追込み籠の中を飛ぶ

十月十日のところには、病気の介抱が一番上手なのは鼠骨《そこつ》だと書いてあります。鼠骨と話し居れば、不快のときもついにうかされて一つ笑うようになること常なり　彼は話上手にて談緒多き上に調子の上に一種の滑稽あれば、つまらぬことも面白く聞かさるること多し　彼の観察は、細微にしてかつ記臆力に富めり　その上に彼は人の話を受けつぐことも上手なり頃日来《けいじつらい》逆上のため新聞雑誌も見られずややもすれば精神錯乱せんとする際、この鼠骨を欠けるは残念なり　鼠骨は今鉱毒事件のため出張中なり。

十月二十六日のところには、この頃の容体及び毎日の例が書いてあります。

病気は表面にさしたる変動はないが次第に体が衰えて行くことは争われぬ。膿の出る口は次第にふえる、寝返りは次第にむつかしくなる、衰弱のため何もするのがいやでただぼんやりと寝て居る

ようなことが多い。

腸骨の側に新《あらた》に膿の出口が出来てその近辺が痛む、これが寝返りを困難にする大原因になって居る。右へ向くも左へ向くも仰向けになるもいずれにしてもこの痛所を刺激する、咳をしてもここにひびき泣いてもここにひびく。

包帯は毎日一度取換える。これは律の役なり。尻の先最も痛くわずかに綿をもって拭《ぬぐ》うすらなお疼痛を感ずる。背部にも痛き箇所がある。それゆえ包帯取換は余に取っても律に取っても毎日の一大難事である。この際に便通ある例で、都合四十分ないし一時間を要する。肛門の開閉が尻の痛所を刺戟するのと腸の運動が左腸骨辺の痛所を刺戟するのとで便通が催された時これを猶予するの力もなければ奥の方にあるくそをりきみ出す力もない。ただその出るに任するのであるから日に幾度あるかも知れぬ。従って家人は暫時も家を離れることが出来ぬのは実に気の毒な次第だ。

まだまだ続きますが、要約して書きますと、体が痛んで夜中によく目が覚めること、歯茎から膿がでること、目が痛み、黒眼鏡かけて新聞読むこと、小便に黄色の交じり物があること、食事は唯一の楽しみだが、少しも消化されずに肛門へ出ること、左の歯は痛くて噛めぬので右の歯で噛むこと、等が書かれています。

『仰臥漫録』で一番印象深いのは何と言っても妹律の悪口が書いてあることですね。しかもご丁寧に、九月二十日と二十一日の二日間にわたって書かれています。律さんには悪いのですが、もう一度よく味わうために、全文を引用します。

律は理屈づめの女なり　同感同情のなき木石のごとき女なり　義務的に病人を介抱することはすれども同情的に病人を慰むることなし　病人の命ずることは何にてもすれども婉曲に諷したることなどは少しも分らず　例えば「団子が食いたいな」と病人は連呼すれども彼はそれを聞きながら何とも感ぜぬなり　病人が食いたいといえばもし同情のある者ならばただちに買うて来て食わしむべし律に限ってそんなことはかつてなし　ゆえにもし食いたいと思うときは「団子買うて来い」と直接に命令せざるべからず　直接に命令すれば彼は決してこの命令に違背することなかるべし

その理屈っぽいこと言語道断なり　彼の同情なきは誰に対しても同じことなれどもただカナリヤに対してのみは真の同情あるがごとし　彼はカナリヤの籠の前にならば一時間にても二時間にてもただ何もせずに眺めて居るなり　しかし病人の側には少しにても永く留まるを厭うなり　時々同情ということを説いて聞かすれども同情のない者に同情の分るはずもなければ何の役にも立たず　不愉快なれどもあきらめるよりほかに致方《いたしかた》もなきことなり（九月二十日）

律は強情なり　人間に向って冷淡なり　特に男に向って shy なり　彼は到底配偶者として世に立つあたわざるなり　しかもそのことが原因となりて彼はついに兄の看病人となりおわれり　もし余が病後彼なかりせば余は今頃いかにしてあるべきか　看護婦を長く雇うごときはわがよくなすところに非ず　よし雇い得たりとも律に勝るところの看護婦すなわち律がなすだけのことなしを得る看護婦あるべきに非ず　律は看護婦であると同時にお三どん（台所などで働く下女）なり　お三どんであると同時に一家の整理役なり　一家の整理役であると同時に余の秘書なり　書類の出納原稿の浄書も不完全ながらなし居るなり　しかして彼は看護婦が請求するだけの看護料の十分の一だも

費さざるなり　野菜にても香の物にても何にても一品あらば彼の食事はおわるなり　肉や肴を買うて自己の食料となさんなどとは夢にも思わざるがごとし　もし一日にても彼なくば一家の車はその運転をとめると同時に余はほとんど生きて居られざるなり　ゆえに余は自分の病気がいかように募るとも厭わず　ただ彼に病なきことを祈れり　彼あり余の病はいかんともすべし　もし彼病まんか彼も余も一家もにっちもさっちも行かぬこととなるなり　ゆえに余は常に彼に病あらんよりは余に死あらんことを望めり　彼が再び嫁して再び戻りその配偶者として世に立つことあたわざるを証明せしは暗に兄の看病人となるべき運命を持ちしためにやあらん　禍福錯綜人知の予知すべきにあらず

彼は癇癪持ちなり　強情なり　気が利かぬなり　人に物問うことが嫌いなり　指さきの仕事は極めて不器用なり　一度きまったことを改良することが出来ぬなり　彼の欠点は枚挙に遑《いとま》あらず　余は時として彼を殺さんと思うほどに腹立つことあり　されどその実彼が精神的不具者であるだけ一層彼を可愛く思う情に堪えず　他日もし彼が独りで世に立たねばならぬときに彼の欠点がいかに彼を苦《くるし》むるかを思うために余はなるべく彼の癇癪性を改めさせんと常に心がけつつあり　彼は余を失いしときに果して余の訓戒を思い出すや否や

自分をカナリヤ以下に扱われて、文句の一つも言いたくなるのはわかりますが、律さんがいなければやっていけないことも重々承知していて、感謝の言葉も述べています。

大江健三郎氏は子規が使った「同情」という言葉は「想像力」という意味で用いているのだと思

う と述べておられます（注⑦）。看護の根幹には、相手の身になって考える想像力が大切であることを子規は知ってもらいたかったということです。大江氏はさらに、子規が想像力を求めたのは律さんだけにではなく、虚子や碧梧桐に対しても、俳句革新へ向けての想像力を持つことを求めていると述べておられます。そして子規自身の想像力は、同時代の社会、政治状況へも向かっていたと大江氏は述べておられます。

また、テレビの「偉人たちの健康診断」では、子規の律さんへの悪口に対しての新鮮な解釈を紹介してくれましたので、そのことに触れておきたいと思います。

「偉人たちの健康診断」では、子規の律への悪口をプラスの視点で捉えています。子規は律への悪口を楽しみながら書いていると分析しているのです。面と向かっては言えないが、日記なら言えます。そうすると気分が晴れます。そしてそのあとで、妹が大事な存在であることが再確認できます。

病気になったら、楽しみを見つけて、楽しんで生きて行くことが健康に生きるヒントだと番組は教えてくれました。番組では、ALSの人が、私にとって健康とは楽しめることだとおっしゃっていました。その方は、動かせる口を使ってパソコンを操作し、コミュニケーションをとって楽しんでおられます。番組の分析では、子規の律への悪口は健康な悪口ということになります。こうして子規は気分を晴らし、自分の健康を維持していたということになります。

因みに、紫式部も日記に清少納言の悪口をけっこう書いています。ツイッターだったら炎上間違いなしといったところです。しかし、現代医学では、日記に悪口を書くことで、免疫力が上がり、様々な病気の症状が改善され、心身が健やかになることがわかってきています。

これらのことを知って、私自身も目から鱗がとれました。

私も心の中で人の悪口を言ってしまうことがよくあり、いくつになってもなぜこんなに未熟なのだろうと、自分の不出来に嫌気がさすことがたびたびだったのですが、それはその人の健康を保つために脳が言わせていることなのだとわかって、ホッとしました。脳に責任転嫁できたのです。

そういえば、今までに学んだことを振り返ってみると、脳や遺伝子にやらされていることは、他にも沢山あることに気づきました。例えば、人が異性に恋をするのは、子孫を残すための遺伝子の戦略であるとか、人の行動は無意識に支配されているとかを、思い出しました。でも、何もかも他のせいにするのは大人げないとも思えますので、責任転嫁もほどほどにしたいと思います。

3「病牀六尺」の連載

明治三十五年（一九〇二）（三十五歳）の五月五日から死の二日前の九月十七日までの日記を「日本」に連載しました。この年は、病状が悪化したため、一月十九日以降、輪番制を設け、弟子たちが交代で看護にあたりました。

「病牀六尺」は百二十七回の連載で、「病牀六尺、これがわが世界である」から始まります。病牀で感じたり、思ったりした様々なことが書かれています。私が興味深く思ったことのいくつかを紹介したいと思います。

二十六回目の連載には、身の回りにあるもののことが記されています。

○今日ただ今（六月五日午後六時）病床を取巻いて居るところの物を一々数えてみると、何年来置き古し見古した蓑、笠、伊達政宗の額、向島百花園晩秋の景の水画《みずえ》、雪の林の水画、酔桃館蔵沢の墨竹、何も書かぬ赤短冊。
写真双眼鏡、これは前日活動写真が見たいなどというたところから気をきかして古洲が贈ってくれたのである。小金井《こがねい》の桜、隅田の月夜、田子の浦の浪、百花園の萩、何でも奥深く立体的に見えるので、ほかの人は子供だましだというかも知れぬが、自分にはこれを覗くのが嬉しくて嬉しくて堪らんのである。

河豚提灯《ふぐちょうちん》、これは江の島から花笠《かりゅう》が贈ってくれたもの、それを頭の上に吊るしてあるので、来る人が皆豚の膀胱《ぼうこう》かと間違えるのもなかなか興がある。

喇嘛教《らまきょう》の曼陀羅《まんだら》、これは三尺に五尺くらいな切れで壁にかけるようになって居る。その中央一ぱいに一大円形を画き、その円形の内部に正方形を画き、その正方形の内部に更に小円形を画き、その円形の中に小さな仏様が四方四面に向き合うて画いてある。そのあたりには仏具のような物や仏壇のようなものがやはり幾何学的に排列せられて居る。また大円形の周囲には、仏様や天部の神様のようなものや、紫雲や、青雲や、白雪や、奇妙な赤い髷括《まげくく》りのようなものが付いて居る樹木や、種々雑多の物が赤青白黄紫などの極彩色で画いてある極めて精巧なものである。

大津絵二枚、これは五枚の中のへげ残りが襖に貼られて居る。四方太《しほうだ》が大津から買うて来た奉書摺《ほうしょずり》のものである。今あるのは猿が瓢箪《ひょうたん》で鯰《なまず》を押えるところと、大黒が福禄寿の頭へ梯子《はしご》をかけて月代《さかやき》を剃って居るところとの二つである。

丁子簾《ちょうじすだれ》一枚。これは朝鮮に居る人からの贈物で座敷の縁側にかかって居る。この簾を透して隣の羯翁《かつおう》のうちの竹藪がそよいで居る。

花菖蒲《はなしょうぶ》及び蠅取撫子《はえとりなでしこ》、これは二、三日前、家の者が堀切《ほりきり》へ往《いっ》て取って帰ったもので、今は床の間の花活《はないけ》に活けられて居る。花活は秀真《ほつま》が鋳たのである。

美女桜、ロベリア、松葉菊、及び樺《かば》色の草花、これは先日碧梧桐の持って来てくれた盆栽で、今は床の間の前に並べて置かれてある。美女桜の花は濃紅、松葉菊の花は淡紅、ロベリアは菫《すみれ》よりも小さな花で紫、他の一種は苧環《おだまき》草に似た花と葉で、花の色は凌霄花《のうぜんかずら》のごとき樺色である。

黄百合二本、これは去年信州の木外《ぼくがい》から贈ってくれたもので、諏訪山中の産じゃそうな。今を盛りと庭の真中に開いて居る。

美人糟草、よろよろとして風に折れそうな花二つ三つ。

銭葵《ぜにあおい》一本、松の木の陰に伸びかねて居る。

薔薇《ばら》、大方は散りて殷紅《あんこう》色の花が一、二輪咲残って居る。

そのほか庭にある樹は椎《しい》、樫《かし》、松、梅、ゆすら梅、茶など。

枕元にちらかってあるもの、絵本、雑誌等数十冊。置時計、寒暖計、硯《すずり》、筆、唾壺《だこ》、汚物入れの丼鉢、呼鈴、まごの手、ハンケチ、その中に目立ちたる毛ジュスのはでなる毛布団一枚、これは軍艦に居る友達から贈られたのである。

いろいろな弟子や友から贈られた品々に囲まれて、病と闘っていた子規の姿が目に浮かびます。二十七回目の連載にも、枕元にある『光琳画式』と『鶯邨《おうそん》画譜』という彩色本があることに触れ、毎朝毎晩それをひろげて見ては無上の楽《たのしみ》としていることが述べられています。

三十九回目の連載では、病気の苦しみについて書かれています。

○病床に寝て、身動きの出来る間は、あえて病気を辛しとも思わず、平気で寝転んで居ったが、この頃のように、身動きが出来なくなっては、精神の煩悶を起して、ほとんど毎日気違のような苦しみをする。この苦しみを受けまいと思うて、いろいろに工夫して、あるいは動かぬ体を無理に動かしてみる。いよいよ煩悶する。頭がムシャムシャとなる。もはやたまらんので、こらえにこらえた袋の緒は切れて、ついに破裂する。もうこうなると駄目である。絶叫。号泣。ますます絶叫する。ますます号泣する。その苦《くるしみ》その痛《いたみ》何《なん》とも形容することは出来ない。むしろ真の狂人となってしまえば楽であろうと思うけれどそれも出来ぬ。もし死ぬることが出来ればそれは何よりも望むところである。しかし死ぬることも出来ねば殺してくれるものもない。一日の苦しみは夜に入ってようよう減じわずかに眠気さした時にはその日の苦痛が終わるとともにはや翌朝寝起きの苦痛が思いやられる。寝起きほど苦しい時はないのである。誰かこの苦を助けてくれるものはあるまいか、誰かこの苦を助けてくれるものはあるまいか。（六月二十日）

脊椎カリエスは、骨が炎症を起こし、次第に破壊されていくそうです。そして神経が圧迫され、激痛が起こるといいます。こうした痛みに対して、医者の治療の他に、子規は様々な工夫で痛みに対処してきました。新聞・雑誌等を読んだり、二十六回目と二十七回目の連載に書かれているように、弟子たちや、友人たちから贈られた様々なもので心を和ませたり、金魚等を見たりしていました。

これらは、現代医学の観点からみても効果があると言われています。痛みの感じ方は、不安や恐怖によって大きく左右され、脳には、痛みを感じた時、緩和する機能があります。脳のＤＬＰＦＣ（背外側前頭前野）が痛みを緩和させる機能の働きをする部位ですが、不安や恐怖を感じると、この機能が低下してしまうといいます。だから、何らかの方法で、この不安や恐怖を解消させることができれば、痛み緩和機能を回復させることができるというわけです。

不安や恐怖を解消させる方法としては、主に二つ考えられます。

自分の痛みの状況を正しく把握し、痛みにはどんな傾向があるのかを客観的に理解することです。これができていれば、漠然と抱いていた痛みへの不安や恐怖に囚われないようになり、痛みの緩和につながると言います。

もう一つはゲートコントロール理論と言われるもので、いわゆる痛いの痛いの飛んでいけ理論といった方がわかりやすいでしょう。痛い部分をさすると、痛みの信号が通るゲートが閉じられ、脳へ届く痛みの信号が少なくなります。小さい子が転んだりして泣いている時に、痛いの痛いの飛んでいけーと言って、さすってあげるのは、科学的に有効な方法なのですね。いわゆるタッチケアといわれるもので、親しい人に体に触れられると分泌されるオキシトシンの効果で、痛みが緩和されるのです。子規も、あまりにもひどい痛みの時は、隣の陸羯南氏に来てもらい、さすってもらっています。

五十回目の連載では、肺を病むものの状況について書かれています。

○肺を病むものは肺の圧迫せられることを恐れるので、広い海を見渡すとまことに晴れ晴れとい い心持がするが、千尋の断崖に囲まれたような山中の陰気な処《ところ》にはとても長くは住んで居られない。四方の山に胸が圧せられて呼吸が苦しくなるように思うためである。それだから蒸気船の下等室に閉じ込められて遠洋を航海することは極めて不愉快に感ずる。住居の上についてもあまり狭い家は苦しく感ずる。天井の低いのはことに窮屈に思われる。蕪村の句に 屋根低き宿うれしさよ冬籠という句があるのを見ると、蕪村は吾々とちごうて肺の丈夫な人であったと想像せられる。この頃のようにだんだん病勢が進んで来ると、眼の前に少し大きな人が坐っていても非常に息苦しく感ずるので、客が来ても、なるべく眼の正面をよけて横の方に坐ってもらうようにする。そのほかランプでも盆栽でも眼の正面一間くらいな間を遠ざけて置いてもらう。

これらの他に、火鉢も近くにありすぎると圧迫を感じると書いてあり、病気になるとつまらないことに苦《くるし》まねばならぬ、と結んでいます。

4 子規という奇跡

「正岡子規の世界」を概観してきた締め括りとして、長谷川櫂氏の「子規という奇跡」を要約して紹介したいと思います。これは、『子規の三大随筆』(注⑧)の編者長谷川櫂氏が、子規の三大随筆について書かれた解説のタイトルです。

子規は、はっきりものをいう人で、文章であれ、俳句、短歌であれ、それらの率直さには爽快な驚きを感じます。子規の生きた明治時代には、日本の社会全体にこうした気風が溢れていました。子規の場合、病によって命の残り時間がわずかしかないという切迫した思いが、率直さに拍車をかけました。

最後の二年間に『墨汁一滴』『仰臥漫録』『病牀六尺』という三つの随筆を書いた時には、病状はただならぬ状態に陥っていました。そうした中で、彼の頭脳に閃きが起こります。悟りというのは、いかなる場合にも平気で生きて居ることなのだと。狂気の恐怖にさらされながら、自分をいつでも離れたところから眺めることができたのは、子規が言葉をつかえる人であったからだろうと長谷川氏は述べて居られます。

いかなる場合にも平気で生きていることと悟った子規は、病気も楽しむ境地に至ります。悲惨な人生を楽しむか否か、これは子規のような重病の人だけの問題ではないと長谷川氏は考えます。それは、全ての人生は多かれ少なかれ悲惨だからです。誰もが六尺の病床に横たわっていて、それに気づくかどうかだけの違いだと長谷川氏は言います。

そうした人生を楽しむか否か、それを分かつのは、「美」がわかるかどうかだと子規は言います。子規の言う「美」は通常の意味よりもはるかに広い概念です。「美しいもの」だけでなく、「美しくないもの」も含んでいます。子規のいう「美」とは、子規の周辺や心の中で起こる一切の現象をさす言葉と言い換えてもいいでしょう。

子規の死から三十年近くたった昭和の初め、高浜虚子は「花鳥諷詠」を唱えました。それは、俳句とは季節の移り変わりに伴う自然界や、自然に抱かれる人間界の現象を諷詠する文学であるという俳句の定義です。

この「花鳥諷詠」という考え方は、病床の子規が自ら体現していたものでした。病床六尺、これがわが世界である。我が身を蹂躙《じゅうりん》する病さえも楽しもうとする気概があったのです。近代の俳句も短歌も文章も、子規の苦痛と歓喜にまみれたこの聖なる六尺の病床で生まれ、ここから巣立って行きました。

○注

① 谷山茂編『日本と世界の人名大事典』むさし書房、一九六五年
② 『正岡子規の世界』角川学芸出版、二〇一〇年
③ 『正岡子規の世界』角川学芸出版、二〇一〇年
④ 『正岡子規・革新の日々』本阿弥書房、二〇〇二年

⑤『正岡子規』河出書房新社、二〇一〇年
⑥『筑摩現代文学大系』7、筑摩書房新社、一九七八年
⑦『日本文学研究資料叢書　近代俳句』有精堂、一九八四年
⑧長谷川櫂編『子規の三大随筆』増進会出版、二〇〇一年

エピローグ

俳句あれこれ

第一章　取り上げた俳句

第二章　取り上げた俳句の解説

私は、岐阜女子大学に勤めていた時、授業で俳句を取り上げたことがありました。それは、二〇〇五年に開講した、「文芸作品研究」という授業で、この授業は、主に日本の文芸作品から様々な表現形式を学び、それを参考にして、独自の表現形式を模索し、各自の表現したいことを創作できるようになることを目指したものです。取り上げたのは、俳句、ＨＡＩＫＵ（英語の俳句）、短歌、詩、童話で、鑑賞と創作を交互に繰り返す授業でした。

ここで紹介する俳句は、その時取り上げた俳句が半分、あとの半分は、新たに取り上げたものになっています。俳句の歴史がわかるように選句して取り上げたつもりです。

第一章

取り上げた俳句

① 元彼を殴ってやりたいこの腕で　女子高校生

② 胸比べ私に負けたとしょげる母　十歳の小学生

③ クロールの息つぎを見て恋終わる　女子高校生

④ 花よりも団子やありて帰る雁　松永貞徳

⑤ 雪にとめて袖打ちはらふ駄《だ》賃《ちん》かな　西山宗因

⑥ 野ざらしを心に風のしむ身かな　松尾芭蕉

⑦ 旅に病んで夢は枯野をかけ廻る　松尾芭蕉

⑧ 春の海終《ひね》日《もす》のたりのたりかな　与謝蕪村

⑨ 菜の花や月は東に日は西に　与謝蕪村

⑩ 雀の子そこのけそこのけお馬が通る　小林一茶

⑪ やせ蛙負けるな一茶是にあり　小林一茶

⑫ 卯《う》の花の散るまで鳴くか子《ホトト》規《ギス》　正岡子規

⑬ 柿くへば鐘が鳴るなり法隆寺　正岡子規

⑭ 金《こ》亀《がね》虫擲《なげう》つ闇の深さかな　高浜虚子

⑮ 曳かれる牛が辻でずっと見回した秋空だ　河東碧梧桐

⑯ 谺《こだま》して山ほととぎすほしいまゝ　杉田久女

⑰ 啄《き》木《つ》鳥《つき》や落葉をいそぐ牧の木々　水原秋桜子

⑱ かりかりと蟷《かま》螂《きり》蜂のかほを食《は》む　山口誓子

⑲ 芋の露連山影を正しうす　飯田蛇笏

⑳ 彎《わん》曲《きょく》し火《か》傷《しょう》し爆心地のマラソン　金子兜太

第二章

取り上げた俳句の解説

①元 彼 を 殴 っ て や り た い こ の 腕 で　女子高校生

この句は、街頭で、通りかかった女子高生に、「俳句作ってみて」と言ったら、作ってくれたものです。この句からわかることは、俳句の定型である五七五は国民に浸透していることだと思います。俳句のルールとしては、これに季語を加えることですが、今は自由になったために、題材が広がったし、俳句を詠む層も広がったと言えます。

②胸 比 べ 私 に 負 け た と し ょ げ る 母　十歳の小学生

この句は、第十三回「伊藤園お～いお茶新俳句大賞」のユニーク賞をとったもので、十歳の少女でもこのように面白い俳句が詠めるのですから、俳句文化が国民に深く根付いていることがわかります。

伊藤園では、季語や形式など、俳句の基本ルールにとらわれず、五七五のリズムにのせて自由に表現する独自の表現手法を「新俳句」と定義し、募集しています。一九八九年から始め、二〇二〇年四月で三十一回目になりました。入賞作品は特典として「お～いお茶」シリーズのパッケージに印刷されて流通することはよく知られています。多くの有名人が審査にあたり、金子兜太氏は第一回から二十八回まで審査に関わられました。

毎回、面白い句や優れた句が投稿されてきましたが、その中から面白い句を二つ紹介させていただきます。第六回で、富山県の九歳男子は「寒い朝ゴジラの気分でいきを出す」と詠みました。第二十回で、東京都の十二歳男子は「ししまいにかんでもらおう日本国」と詠みました。ししまいにかんでもらったら元気になると母から聞き、不況の日本もししまいにかんでもらえば元気になるのではないかと思って作ったということでした。

③クロールの息つぎを見て恋終わる　女子高校生

この句も伊藤園の新俳句大賞で大賞をとったものです。何かの仕草に幻滅することはよくあります。食べ方とか、咳の仕方とか、笑い方とか、所帯じみているとか、いろいろありますね。しかしこうしたことも、タイミングや立場の違いで変わってくると思います。結婚して子供ができ、我が子がそうしたクロールの息つぎをしているのを見たら、凄い恰好でよく頑張っていると評価するはずです。

芥川龍之介の短編に「葱《ねぎ》」というのがあります。好意を寄せた女性と歩いていたら、その女性が安売りの葱を見つけて買ったので、一遍にロマンチックな思いが醒めてしまったという話です。

ロマンスは非日常の世界で、そこへ日常を持ち込まれたために幻滅したということです。利那利那の燃焼を願っている者には、そこに日常を持ち込まれるのは幻滅です。でもこの男性も結婚して落ち着いたら、安売りの葱を買った妻をやり繰り上手と評価するはずです。

タイミングや立場の違いで、ものごとへの評価は変わってきますから、この高校生もいつかそうした視点が持てるようになるといいですね。

④　花よりも団子やありて帰る雁　　松永貞徳

④からは俳句作りのプロの人たちの句を取り上げ、俳句の歴史がわかるように選んでみました。
松永貞徳（一五七一―一六五四）は、山崎宗鑑に代表される室町時代の俳諧を刷新し、新たな様式と俳諧観を確立しました。古典の素養を重んじ、知識偏重・言語遊戯を専門とする作風は、マンネリズムを招き、貞徳没後は談林派に覇権を奪われました。しかし途絶えることはなく、京都を中心に幕末まで命脈を保ちました。

句の意味は、これから桜も咲こうという季節なのに、雁は北へと帰って行く。それは、花より好きな団子に心惹かれてのことか、というものです。

貞門俳諧は、だじゃれやギャグなどの言葉遊びによる滑稽感の表出が中心でした。自己の生活や感情を歌うことなく、理知による批評や見立てに力を入れました。

この句は、三十六歌仙の一人伊勢の「春霞《はるがすみ》立つを見捨てて行く雁は花なき里に住みやならへる」(古今・春上・三一)を踏まえています。歌の意味は、春霞が立つのは花の咲く前触れで、それを知らずに去って行く雁は、花のない里に住み慣れているのか、というものですが、この和歌を踏まえた上で、ことわざの「花より団子」によってそれを俳諧化したものです。

もう一つ貞徳の有名な句に「しをるるは何かあんずの花の色」があります。句の意味は、アンズの花が萎《しお》れているのは何かアンズる(心配する)ことがあってのことだろうか。これは、掛け言葉(花のアンズと案ずる)と擬人法による機知の句で、裏に小野小町の「花の色はうつりにけりないたずらにわが身世にふるながめせしまに」の歌を隠しています。

⑤雪にとめて袖打ちはらふ駄《だ》賃《ちん》かな　西山宗因

西山宗因(一六〇五—一六八二)は談林俳諧の創始者で、大坂で起こり、急速に京・江戸に広まりました。貞門から蕉風への過渡期の延宝期(一六七〇年代)を中心とする約十年間に俳壇の主流となりました。宗因の句は、古典を踏まえる点では貞門と同じですが、素材の卑近さ、着想の奇抜さが特徴で、滑稽味は貞門より強烈、俗語の使用も自由に認めました。元来「談林」という言葉は、仏教の学問所の意味で、江戸の田代松意《しょうい》一派の結社の自称でしたが、後に広く宗因風の俳諧全体を指すようになりました。談林俳諧は貞門の言葉遊びのマンネリズムを打ち破りましたが、新奇さをねらった自由奔放性で、まもなく放縦乱雑に陥り、俳諧史的生命を終えました。門下に井原西鶴がいます。

この句は、「本歌取り」の手法で作った句です。「本歌取り」は、意識的に先人の作品の用語や語句などを取り入れて作る手法で、この句は、藤原定家の「駒とめて袖打ち払ふ蔭もなし佐野の渡りの雪の夕暮」を踏まえて作られた句です。宗因は、旅の途中で激しい雪に遇い、折よく通りかかった馬子を「とめて」「袖打ちはらふ」ほどのなけなしの銭で、高い「駄賃」を支払った、という意味の句にしたのです。定家の雅を俗に転じた機知と滑稽の句になっています。定家のこの和歌そのものも『万葉集』の「苦しくも降りくる雨か三輪が崎佐野の渡りに家もあらなくに」の「本歌取り」で、定家は『万葉集』の和歌を換骨奪胎させ、それをまた宗因が滑稽な句に換骨奪胎させたというわけです。頭の良さには頭が下がりますね。

もう一つ宗因の有名な句に「世の中よ蝶々とまれかくもあれ」というのがあります。世の中なんてものは深刻に考えだしたらきりがないので、蝶々が花から花へ止まったり、移ったりするように、すべからく我々も好き勝手なことをして生きるべきだと呼びかけているのです。明治期にできた「ちょうちょう」という小学唱歌は野村秋足《あきたり》の作詞ですが、宗因のこの句を踏まえているのかも知れませんね。

⑥野ざらしを心に風のしむ身かな　松尾芭蕉

松尾芭蕉（一六四四―一六九四）は俳諧一筋に生き、遊戯的俳諧を文学的俳諧に高めるのが夢でした。それには、過酷な奮闘努力が必要でした。それで、野ざらしになる覚悟で旅に出たのです。それが『野ざらし紀行』（一六八四年）です。「野ざらし」とは、風雨に晒されて白くなった骨のことです。旅の途中で行き倒れて野ざらしの白骨となってもいい覚悟でしたが、いざ出立しようとすると、ただでさえ肌寒く、もの悲しい秋風が、一層深く心に沁《し》みる我が身でした。風狂の世界に身を晒す厳しさの予兆のように、風の音が寒く響くのでした。芸術としての俳諧のために生きる旅が『野ざらし紀行』だったのです。

⑦旅に病んで夢は枯野をかけ廻る　松尾芭蕉

九州まで旅をするつもりだった芭蕉は、大坂で病に倒れ、度重なる下痢のため疲労が重なり、十月八日には意識が朦朧《もうろう》とした状態になり、現《うつつ》とも夢ともなく、ただ一面に黄褐色に枯れた野原を、ただ駆け回っている自分の姿を見ました。芭蕉はこの幻覚を句に写し取ろうとしました。傍らにいた弟子の呑舟《どんしゅう》にそれを書き留めさせました。それがこの句です。何度か推敲したのち、芭蕉は去来を呼んでこの句をみんなに披露するように言いました。この句を聞いたものたちは、この句の素晴らしさに圧倒されました。そして四日後に、芭蕉は眠るように息を引き取りました。元禄七年十月十二日（一六九四年十一月二十八日）のことでした。享年五十。

これは芭蕉の辞世の句なのかということがよく話題になりますが、この句には「病中吟」の前書きがついていて、詠んだ時点ではまだ旅を続けるつもりだったことが窺えます。しかし、内容は、辞世の句と言ってもおかしくないくらい辞世の句にふさわしいものとなっています。芭蕉は日頃、毎日詠む句は、辞世の句のつもりで詠んでいると言っていますので、これは辞世の句ではなく、最後の句なのですが、毎日詠む句が辞世の句だとしたら、この句は辞世の句ではないが、辞世の句ということになります。

同じ頃に死んだ談林派の巨匠井原西鶴も辞世の句を残しています。彼は元禄六年八月十日（一六九三年九月九日）に五十二歳で亡くなっています。西鶴の辞世の句は、「浮世の月見過しにけり末二年」です。意味は、人生五十年という時代に、二年も長く生きてよけいに月を見ることができた、というものです。三人の子を亡くした悲しみを癒してくれたのが書くことでした。書くことで救われ、正気が保てたのです。そしてこの句のように、ポジティブな人生への幕引きをしてみせたのでしょう。

芭蕉のように、現状に満足することなく、どこまでも俳諧の道を極めようとした姿にも心惹かれますし、西鶴のようなポジティブな生き方も必要だと思います。偉大な先人たちの生き方に触れると、自分が生きていく上で大変参考になります。

⑧春の海終日《ひねもす》のたりのたりかな　与謝蕪村
⑨菜の花や月は東に日は西に　与謝蕪村

与謝蕪村（一七一六―一七八四）は、松尾芭蕉、小林一茶と並び称される江戸俳諧の巨匠の一人で、江戸俳諧中興の祖と言われている俳諧師です。

芭蕉の死後、俳諧が次第に堕落していったので、明和・安永・天明の頃、特に天明期に、蕉風の真の精神に帰れと主張し、俳風を革新しようと各地に起こった新興の俳諧が天明俳諧で、特色は漢詩的、古典的、物語的、絵画的と言われるように、浪漫的世界に憧れるものでした。その中心が与謝蕪村で、正岡子規が蕪村を見出し、高く評価したので、江戸時代の俳句の三巨匠の一人として評価が定まったのです。

⑧の意味は、空はうららかに晴れ渡り、春の海には波がゆるやかにうねりを描いて、一日中のたりのたりと寄せては返している、というものです。蕪村の生まれ故郷である丹後与謝の海を詠んだ句です。春のうららかな陽が差し込んで、波面がきらきらと光り輝いている、そんな情景を、一枚の絵画の中に閉じ込めたような句です。蕪村は絵画にも才能があって、国宝とされた絵も描いています。

「夜色楼台図」がそれで、夜の京の都にしんしんと降る雪を描いています。これは蕪村の心象風景であり、絵筆で描いた五七五と言えます。

余談ですが、二〇二〇年の「開運！なんでも鑑定団」に、蕪村が三十五歳の時に描いた「年中行事図」六点が登場し、六百万円の値がつきました。

「かな」という感嘆・詠嘆を表す「切れ字」という技法には、強く言い切る働きがあり、読者を句の世界の中へ引き込み、読者に想像を広げさせる効果があります。

⑨の意味は、一面菜の花が咲いていているよ。ちょうど月が東からのぼってきて、太陽は西に沈んでいくところだ、というものです。

夕刻にのぼる月は、月の運行の法則から言うと、満月に近い頃なので、夕刻の茜色の空に丸い月が浮かび、黄色い菜の花が咲いている、これもとても絵画的な句ですね。

菜の花は、アブラナ、ナタネとも言われ、春に鮮やかな黄色の花を咲かせます。菜の花の種からとれるナタネ油を江戸時代の人々は灯火の燃料としました。江戸時代中期になるとてんぷらを揚げる油としても使われ、種から油を搾ったあとの粕は肥料に、花芽は食用になりました。こうして、江戸時代、菜の花は広く作られる農作物の一つとなり、どこでも栽培されていました。

この句は安永三年（一七七四）に詠まれたものですが、句集に載ったのは二年後でした。連句の発句として詠まれたものです。連句というのは、複数の人が集まってテーマに沿って句をつなげていく知的ゲームのようなもので、まず五七五の句を立て、それに続いて七七の句と五七五の句を繰り返しつなげて詠んでいくものです。発句というのは、連句の最初の五七五の句のことです。この連句を作る集まりを句会と言います。

「や」も「切れ字」の一つで、軽めの印象をもたせ、俳句らしい調子も生み出す技法です。「月は東に」と「日は西に」は「対句法」といって、似た表現を並べて置くことで、際立たせ、印象づけ、調子を整える効果があります。そして、壮大なものが対になっていることで、スケールの壮大さが一層際立ちます。スケールが大きく、絵画的な句で、まさに蕪村らしさが感じられる句ですね。

この句は、兵庫県六甲の摩耶山を訪れた時に見た光景を詠んだものと言われています。山頂に天上寺《てんじょう》があります。空海がお釈迦様の母・摩耶夫人の像をお祀りした寺です。蕪村は度々ここを訪れています。後世、蕪村の足跡を辿って、子規もこの寺を訪れています。

⑩　雀の子そこのけそこのけお馬が通る　小林一茶

⑪　やせ蛙負けるな一茶是にあり　小林一茶

これらの小林一茶（一七六三―一八二八）の俳句に意味の解説はいらないと思います。これらの俳句は、大正七年（一九一八）から昭和七年（一九三二）まで使用された第三期国定教科書に採用されたものです。大正時代、これまでよりは自由主義的な社会情勢となって、教育現場では児童の個性の尊重が唱えられ、芸術作品が教材に多く取り上げられるようになりました。その中で、極めて平易で親しみやすい一茶の俳句は教材として格好の材料となったのです。

一茶は北信濃の柏原（現在の長野県信濃町柏原）に生まれました。三歳の時に母に死なれ、再婚した継母との関係が悪く、不幸な少年時代を過ごしました。父は一茶を継母と引き離すために、一茶が十五歳の時に江戸に奉公に出しました。江戸に出た一茶は俳諧に惹かれ、俳諧師になる修行をしました。

金子兜太氏は『漂泊の俳人たち』の中で小林一茶も取り上げられましたので、そこで教えていただいたことを少し紹介したいと思います。

一茶は二十九歳の時に、当時の江戸三大俳派の一つ、葛飾派の筆頭宗匠溝口素丸《そまる》の執筆《しゅひつ》になっています。執筆の仕事は歌仙（連句）を巻く時、その裁きを行う宗匠のそばにいて、連衆が付け合って詠みあげる句を書きとめなければならないので、句の内容がとっさに理解できないといけないし、字が下手では様《さま》になりません。つまりそれだけの教養が必要なのです。これは一茶の素質と努力の賜《たまもの》でした。

そして、執筆の箔をつけるために西国へ修行の旅へ出ました。京、大坂、淡路、四国、九州を巡遊し、七年後に江戸へ戻りました。戻って宗匠になることができましたが、農家出身の三十代の宗匠では江戸にいるだけでは食べていけず、一年の半分以上は旅暮らしでした。主に二つのコースを巡りました。一つは下総《しもうさ》（千葉県北部）でもう一つは上総《かずさ》コースでした。一茶自身はこの旅を「諸国わたらひ」と言っていましたが、金子氏は、わかりやすく、「俳諧巡回の旅」とか「俳諧セールスの旅」と言っておられます。

行った先では、俳諧に関わっている時以外は、襖や障子を張ったり、天井や縁側の拭き掃除から風呂焚きなど、なんでもやっていました。時には食いはぐれることもあり、「虫のなる腹をさぐれば雲の峰」など、空腹を歌った句も多くあります。

一茶の旅は、宗祇や芭蕉の旅のように、内奥の充実を求めるには困難がありました。二人には行く先々に安心できるパトロンがいましたが、一茶は、こちらから押しかけて行く旅でしたので、食事にありつけることさえ不安な、安心感の乏しい旅でした。そこで、食事にありつくために、相手を喜ばせる工夫をしました。その工夫とは、情報伝達でした。俳諧指導に加えて、江戸での出来事や旅の途中で出会った事件や面白い話を伝えるようにしたのです。

一茶の俳諧巡回旅は一茶の人生観、俳諧観を成熟させていきました。一茶は、四十代半ばころ、「景色の罪人」という詞《ことば》を書いて、次のような趣旨のことを述べています。

初雪が美しいと言われても、悪いものが降ると思ってしまう。時鳥《ほととぎす》が鋭く鳴きすぎる初夏の夜の情緒を味わうどころか、かしましく鳴くとて憎むだけだ。月や花が見事と言われても、別にどうとも思わない。自分は、昔から美しいと言われてきた景色に素直に感銘し、ものを思う人間ではない。それができない。それどころかしたくない。臍曲がりの人間だから、「景色の罪人」というしかない。

たしかに、奥信濃の豪雪地帯に育った一茶にとって、雪の下の冬籠りを思い出すだけでも、雪はいやなものです。江戸に出てきてからの裏店《うらだな》暮らしの中で、梅雨時のじめじめした頭の上を鳴きすぎていく時鳥の声を、夏を告げる景物として聞くことなど、とてもできるはずがないことはよくわかります。

こうして一人前の俳諧師になった一茶は、遺産相続問題が解決し、故郷柏原に戻って定住します。柏原は日本でも有数の豪雪地帯で、三メートル以上積もります。そのことをすっかり忘れていましたが、戻った初めての冬にそれを体験し、詠んだ句が「これがまあつひの栖《すみか》か雪五尺」でした。

五十二歳で初めて結婚しましたが、授かった四人の子供は全て夭逝し、妻にも先立たれてしまいます。再婚生活も破綻し、中風の発作を繰り返し、六十五歳で亡くなる数か月前には火事で自宅を失いました。故郷柏原では最後まで辛い人生だったようです。

一茶は生涯に二万句以上作りましたが、内容的には、苦労続きの人生を反映した、生活苦や人生の矛盾を鋭く捉えた句や、童謡を思わせる子供や小動物を詠んだ句などが代表的なものとされています。有名な「我と来て遊べや親のない雀」は、母を亡くした一茶が、後年、孤独だった少年時代のことを追憶して作ったものです。一茶は猫が好きで、結婚してからは猫を飼いました。三百を越える猫の句を詠んでいて、「猫の子がちょいと押さえる落葉かな」もその一つです。作風の俗っぽさなどに対する根強い批判もありますが、「生」をテーマとする句は多くの人々に受け入れられています。

正岡子規は、一茶を高く評価しています。俳句改革の旗手であった子規が一茶に注目し始めたのは、明治二十五年（一八九二）頃からだと考えられています。子規が新聞「日本」で連載していた「獺祭書屋俳話《だっさいしょおくはいわ》」の中で、一茶について紹介していますし、更に子規が明治三十年（一八九七）に刊行した「俳人一茶」の中で、一茶の句の特徴は滑稽、風刺、慈愛の三要素にあるとして、中でも滑稽は一茶の独壇場であり、その軽妙な作風は俳句数百年の歴史の中で肩を並べる者が見当たらないと賞賛しています。「俳人一茶」は世間での一茶の評価を高め、一茶が、芭蕉、蕪村と並ぶ江戸時代を代表する俳人であるとの評価を生み出すきっかけとなりました。

山下一海は、江戸時代の俳人の三巨頭である芭蕉、蕪村、一茶の句の特徴を一字で表すと、芭蕉は「道」、蕪村は「芸」、一茶は「生」であるといっています。また夏目漱石は、「芭蕉は自然に行き、一茶は人に行く」と評しています。

⑫　卯《う》の花の散るまで鳴くか子規《ホトトギス》　正岡子規

近代俳句の父・正岡子規（本名・常規《つねのり》）は、政治家を志し、十七歳（明治十七年：一八八三）の時、上京し、一橋大学予備門に入学、夏目漱石と出会い、生涯の友となります。この前後に、和歌や俳句を作り始め、古俳諧の研究も進めました。

ところが、明治二十二年（一八八九）五月九日の夜に突然喀血し、翌日肺病と診断されます。その日の夜にも喀血したので、続けざまに「ホトトギス」という題の句を四、五十作りました。その時の句の一つが⑫の句なのです。

日本人はホトトギスの鳴き声を「特許許可局」「テッペンカケタカ」などと聞き取りましたが、その鳴き方が懸命で、のどの赤い部分を見せるため、子規は、結核のため血を吐いた自分をその姿に重ね、俳号にホトトギスとも読む「子規」という漢字を使うようになったのです。ホトトギスを表す漢字には幾つかあります。時鳥、杜鵑、不如帰、沓手鳥、霍公鳥、子規、これらは全てホトトギスと読みます。これらの中で子規を選んだのは、本名の常規との関連からだと思われます。また「啼血始末《ていけつしまつ》」には、閻魔大王の訊問《じんもん》を受ける子規の姿が描かれていて、判事の役割を果たした赤鬼の言葉に「今より十年の命を与うれば沢山なり」とあって、「死期」に通じる「子規」を選んだとも考えられます。

ホトトギスは古来、「春のウグイス」に次いで夏の到来を象徴する鳥だったので、子規の心の中では、同じ季節の代表的な花である卯の花と深く結び合ったのです。また、子規は卯年の生まれでもあったので、その結びつきに一層深いものを感じたのでしょう。両者の結びつきは古く、『万葉集』の歌にも詠み込まれています。卯の花は、野山に自生する落葉灌木で、庭や垣根にも植えられ、その形姿が稲の穂と似ていることから、豊穣の予祝に使われ縁起もいいので、この花を自分の分身のように子規が位置付けた可能性があります。

こうしたことを学んだ上でもう一度この句を味わってみると、短い自分の命を、死が訪れる時まで、命を懸けて燃焼させることを誓った子規の姿が浮かんできます。

⑬　柿くへば鐘が鳴るなり法隆寺　　正岡子規

⑫の句を作った翌年、明治二十三年（一八九〇）に帝国大学（現東京大学）哲学科に入学し、翌年、国文科に転科します。明治二十五年（一八九二）、新聞「日本」に「獺祭書屋俳話《だっさいしょおく》」を連載し、俳句革新運動の先駆けとなります。同じ年、大学を中退し、新聞「日本」に入社します。社長の陸羯南《くがかつなん》の家の隣に住み、終生彼の庇護を受けました。明治二十八年（一八九五）、日清戦争の従軍記者として赴き、帰路の船中で喀血します。神戸で入院した後、故郷松山へ戻り、松山中学の教員として赴任していた夏目漱石の下宿に五十日ほど滞在しました。そして漱石を加えて俳句を愛する人々と句会三昧の日々を送り、病状が回復した十月に帰京の途につきました。十月十九日に船で松山を発ち、十月二十二日に大阪に着きますが、左腰骨に強い痛みが生じ、歩行困難になります。薬

が効いて痛みが和らぎ、十月二十六日に奈良に立ち寄り数日を過ごしました。その時詠んだのが⑬の句です。

「法隆寺の茶店に憩いて」という前書きもあって、法隆寺に立ち寄った後、茶店で一服して柿を食べていると法隆寺の鐘が鳴り、その鐘の音色に秋の訪れを感じたというのがこの句に込められている子規の想いであると思われますが、実際はそうではないようです。

関川夏央著『子規、最後の八年』には、東大寺のそばに宿をとった子規が、美しい女中さんに剥いてもらった御所柿を食べながら東大寺から聞こえてくる鐘の音を心地よく聞いていたことが書かれています。つまりこの句はフィクションなのです。

俳句革新の手法を「写生」においた子規が、なぜそんな句を作ったのでしょうか。「写生」とは、見たまま、感じたままを写し取るはずなのに、と思ってしまいます。

子規はそれまで主流だった宗匠俳句における、理屈や機知等からなる陳腐な月並み俳句から脱するには、「写生」という概念は有効な手段だと考え、それを俳句、短歌や文章にも適用しました。物事を変えるには、大胆な改革が必要です。だから子規は、大胆な戦略として「写生」を用いたのです。しかし子規は、「写生」を必ずしも万能な方法とは考えていませんでした。子規は写生を説く一方で、空想による句も否定していないのです。写生だけだと平凡な句を作りがちな側面があるからです。だから子規は趣向や配合も写生論の大事な要素だと考えていました。詳しく理論化させていないので誤解が生じるのですが、子規が言ったことを総合的に考え合わせると、子規のフィクションによるこの句も理解できます。例えば、浅草の凌雲閣の絵を描いた団扇を見て、描かれた凌雲閣の絵の横に描かれた月が実際と違ってとても大きいのですが、それが大変面白いと言っていますし、草花を絵にする時は、実際より大きく描かなければ、とも言っています。

これらのことを総合的に考えてみると、奈良の中心にある大寺院東大寺よりも、そこから離れたところにある法隆寺をもってきた方が、取り合わせとして効果的だと考えたのではないでしょうか。

子規は柿が大好きでした。彼は大食漢で、何でも大量に食べたのですが、柿も一度に八個くらいは食べたそうです。

因みに、どうして柿を食べると鐘が鳴るのかという、誰もが抱く問いに対して、俳人の武馬久仁裕氏は、鐘の音が、柿をおいしく食べている至福の時を美しく飾っているということだと述べておられます。

⑭　金亀《こがね》虫擲《なげう》つ闇の深さかな　　高浜虚子

夏の夜にコガネムシが家の中に飛び込んで来たので、捕まえて外に放り投げたら、キラキラ光るコガネムシが見えなくなるほど外の闇は深かった、といった意味です。

高浜虚子《たかはまきょし》（一八七四―一九五九）と河東碧梧桐《かわひがしへきごとう》（一八七三―一九三七）は、子規門下の双璧です。二人とも子規の郷里松山の後輩であり、碧梧桐の紹介で虚子は東京の子規と文通するようになり、二人とも志固まらぬうちに強引に俳句の世界に引き込まれ、まだ二十二、三歳の年齢で、どちらも日本派俳壇の双璧として、天下に名を知られるようになりました。虚子の本名は高浜清《きよし》だったので、子規は虚子という俳号を贈りました。

虚子は、碧梧桐らの、五七五の定型と季語からの脱却を図った新傾向俳句に対して、俳句の伝統である定型と季語を守り､雑誌『ホトトギス』を活躍の舞台としました。虚子の代表作としては､「流れ行く大根の葉の早さかな」があります。

『ホトトギス』出身者には、飯田蛇笏《だこつ》、水原秋桜子《しゅうおうし》、山口誓子《せいし》、山口青邨《せいそん》、中村草田男《くさたお》、中村汀女《ていじょ》、夏目漱石、寺田寅彦《とらひこ》、伊藤左千夫、長塚節《たかし》、鈴木三重吉、野上弥生子《やえこ》等がいます。

虚子は昭和に入ると、俳句は単なる客観写生ではなく、花鳥諷詠であると説きました。それは、自然と、それにまつわる人事を、ただ無心に、客観的に歌うのが俳句の本道であると説いたものです。のちに、大自然を、何かの象徴として使う句風へ向かいました。これは、新傾向俳句と重なる一面でもあるのです。

⑭の句をそうした象徴句として解釈すると、コガネムシは自分の暗い情念の象徴であり、闇は自分の暗い心の象徴ということになります。私たちも毎日、そうした闇と闘っていることを思い出せば、なるほどと頷けますね。

また、この句が一九〇四年の句会で詠まれたことを考えると、別の解釈も浮かんできます。実はこの句会は、虚子派と碧梧桐派の対決のために行われたものでした。そういう背景を頭に入れて読むと、コガネムシが虚子派、闇が碧梧桐派の構図が見えてきます。虚子と碧梧桐は水と油で、虚子派にとって碧梧桐派は闇のようなもので、碧梧桐派は知らぬ間に勢力を強め、虚子派を飲み込む勢いにありました。そうした碧梧桐派を闇に譬える皮肉が込められた句ということになります。

⑮　曳かれる牛が辻でずっと見回した秋空だ　　河東碧梧桐

碧梧桐は、子規亡き後、『日本』俳句欄で選者をしました。明治三十八年（一九〇五）頃より五七五にとらわれない新傾向俳句へ変わりました。新傾向俳句から更に進んだ、定型や季題にとらわれず、生活感情を自由に詠い込む自由律俳句誌『層雲』を主宰する荻原井泉水《おぎわらせいせんすい》と行動をともにしました。しかし、大正四年（一九一五）意見を異にし、『層雲』を去りました。子規は碧梧桐と虚子について「碧梧桐は冷やかなること水の如く、虚子は熱きこと火の如く、碧梧桐の人間を見るは猶無心の草木を見るが如く、虚子の草木を見るは猶有上の人間を見るが如し」と言っています。

⑮の句は、口語自由律俳句で、大正七年（一九一八）の作品です。俳句が読者の心を打つものならば、定型や文語による必要はないと考えています。この句はどんな情景を詠んだのかというと、牛が無理矢理屠殺《とさつ》場へ引かれていきます。もうすぐ殺されるとも知らず、悠長に秋空を見回しています。そんな情景です。この句の情景を知った時、私は芭蕉が明石で詠んだ「蛸壺やはかなき夢を夏の月」を思い出しました。

⑯　谺《こだま》して山ほととぎすほしいまゝ　　杉田久女

この句は、山ほととぎすが我を忘れて鳴く様を詠んだものです。

杉田久女（本名・久）明治二十三年（一八九〇）―昭和二十一年（一九四六）は、官吏であった父の任地、鹿児島市に生まれ、幼時は沖縄や台湾でも過ごしました。東京女高師付属高女を卒業し、十九歳で結婚、小倉中学へ赴任する夫とともに福岡県小倉へ移りました。以後、生涯の大半を小倉に住みました。久女と夫との不和は、小説やドラマにもなってよく知られています。久女の失意を知って、兄が俳句を勧めたのは大正五年、久女二十六歳の時でした。『ホトトギス』の婦人投句欄から出発し、句柄の大きな名句を作りましたが、虚子への憧れが度を越したため、昭和十一年に『ホトトギス』を除名されてしまいました。虚子の拒絶に創作意欲を失った久女は、やがて筆を折りました。

彼女をモデルに松本清張が書いた短編小説が「菊枕」です。参考までにそのあらすじを書きますと、夫に失望した女性ぬいが俳句を始め、俳句の先生が彼女の太陽になっていきます。避けられつつもしつこくつきまとい、体を壊した師に菊枕を贈ろうとします。そのせいで彼女は俳句の同人を除名され、失意のあまり、精神に異常をきたし、精神病院へ収容されてしまいます。そんな妻に、夫はやさしくしてくれます。狂って初めて夫のよさに気づき、夫に菊枕を作ってあげるという話になっています。

清張は久女に自分の分身を発見し、その発見と共感を制作モチーフの根幹にすえてこの作品を書いたのですが、「青い鳥」のテーマと同様、幸福は近くにあるのに、それに気づかず、人は遠くへ幸福を探しに行き、気づいた時には人生は終わっている。気をつけないといけないですね。

⑯の句は、昭和六年に久女が作ったもので、大阪毎日・東京日日新聞主催の日本新名勝俳句（選

者高浜虚子）の金賞に輝いた句です。福岡県と大分県の県境に、修験道の山として知られる英彦山《ひこさん》があります。彼女が英彦山に吟行して詠んだ句で、山ほととぎすが我を忘れて鳴く様を「ほしいまゝ」と表現しているところには、彼女の心中も表現されているようで、それが選者の心を打ったのだと思われます。山本健吉氏は『現代俳句』（注①）の中で、「女らしくない雄渾《ゆうこん》な句である」と評しておられます。

⑰ 啄《き》木《つ》鳥《つき》や落葉をいそぐ牧の木々　水原秋桜子

群馬県赤城山の秋のひとこまを詠んだ句です。キツツキが鋭い音をたてて木をつついている中、高原の牧場の木々が、しきりに落葉しています。木々が、自らの意志で、散ることを急いでいるように思われたのです。詠み手の主情的傾向が入った句です。

この句は、俳句を外光へと解き放った作品として有名な句です。キツツキの連続する打音と、降りしきる落葉の音が、句に込められたキ音の反復効果によって、晩秋の高原の空気を感じさせています。それまであまり詠まれなかった高原帯の雑木や野草・野鳥などが詠み込まれていて、これらの傾向は『馬酔木《あしび》』の俳人たちを通じて俳界全体に広まっていきました。山本健吉氏は『現代俳句』の中で、「高原地帯の風光を印象画風に描き出したのは彼であった。これは一つの変革であって、影響するところは、単なる風景俳句の問題ではなかったのである」と述べ、「俳句の近代化に一つの方向をもたらした」と推奨しています。

水原秋桜子（明治二十五年（一八九二）―昭和五十六年（一九八一））は、代々産婦人科を経営する病院の家庭に生まれ、自身も家業を継ぎ、多くの皇族の子供を取り上げました。一方、俳句にも興味を持ち、虚子の指導を受けましたが、「客観写生」の理念に飽き足らず、『ホトトギス』を離反、秋桜子の主張は同じく「客観写生」に飽き足らない後進の俳人たちの共感を呼び、一九三五年には山口誓子や橋本多佳子が『ホトトギス』を離れ、秋桜子の主宰する『馬酔木』に加わり、やがて『馬酔木』内外で反虚子、反ホトトギスを旗印とした新興俳句運動の流れが起こりました。

秋桜子は新興俳句運動の初期には連作俳句の試みも行いましたが、無季俳句は否定し、やがて、連作俳句自体も、一句の独立性を弱めると考えるようになり、廃止しました。

秋桜子は中学時代から野球にも熱中しており、晩年も西武ライオンズのファンとして、熱心に野球観戦もしていました。「ナイターの光芒大河へだてけり」など、ナイターを詠んだ句も多く残しています。

⑱かりかりと蟷《かま》螂《きり》蜂のかほを食《は》む　山口誓子

大正五年（一九一六）の作品で、彼の第一句集『凍港』に収録されています。生き物同士の非情な関わりを詠んだ句で、休むことなく食べている様子を一息に句にした、「句切れなし」の句です。かりかりという擬音が、弱肉強食の生き物のリアルを生々しく伝えてきます。誓子の即物非情（感情や主観を交えず、ものそのものをありのままに捉える）の句として有名です。人の世とは違う昆虫の生の在り方を冷静に見つめています。

山口誓子（明治三十四年（一九〇一）—平成六年（一九九四））は、本名が新比古《ちかひこ》なので、もじって誓子《ちかひこ》という号にしたのですが、初対面時に虚子が「せいし」と読んで以降、「せいし」と読むようになりました。京都府出身で、『ホトトギス』に投句し、昭和初期に、水原秋桜子、高野素十《たかのすじゅう》、阿波野青畝《あわのせいほ》らとともに、ホトトギス派の四Sと呼ばれました。

しかし、ホトトギス派とは創作の方向性にずれが生じ、ホトトギス派から離れ、秋桜子らと新興俳句運動へと変わっていきました。発想や感覚の近代性を強調し、都会的題材の導入や現実の再構成を目指しました。都会の風景や近代的な題材を詠んだ句の代表的な例としては、「七月の青嶺まぢかく溶鉱炉」があります。真っ赤に溶けた鉄が流れている溶鉱炉と、うしろに聳える七月の青々とした山々の取り合わせの句です。溶鉱炉の見学後、外に出て見た青嶺との対比が誓子に感動を与えたと言います。昭和四十八年に北九州市高炉台公園にこの句碑が建った時、挨拶の謝辞で、「ひとつひとつ物は感覚でとらえて、それを知覚で結合してゆく、これが俳句です」と結びました。晩年は、自身の俳句を芭蕉を継承するものとして、写生、取り合わせ、客観描写を強調するようになりました。

⑲　芋の露連山影を正しうす　　飯田蛇笏

サトイモの大きな葉にたまった朝露に、姿勢を正した南アルプスの山々が、映っている、というのがこの句の意味です。大正三年（一九一四）十一月の『ホトトギス』巻頭を飾った句です。

明治三十八年（一九〇五）二十歳の時に、初めて飯田蛇笏（明治十八年（一八八五）―昭和三十七年（一九六二））の俳句が「ホトトギス」に掲載されました。明治四十一年（一九〇八）に虚子が俳句から身を引いたため、蛇笏も投句をやめ、故郷の山梨へ帰って家業の農業に従事しました。

大正二年（一九一三）に虚子が、碧梧桐ら新傾向俳句を提唱する俳人たちに反論する形で俳壇に復帰すると、蛇笏も『ホトトギス』への投句を再開しました。⑲の句は、『ホトトギス』へ復帰したばかりの頃の句で、以後、『ホトトギス』を代表する俳人になっていきました。
⑲の句をもう少し詳しく見てみますと、「正しうす」は「正しくす」の音便形で、姿勢を正す、という意味です。山が姿勢を正しているかのように見えたということで、技法から言うと、擬人法ということになります。尖った南アルプスの山々と、丸い葉と露という形の取り合わせも特徴的で、露に映った山並みを詠むことで、遠いものと近いものが見事に一句にまとまっていると言えます。極小の世界が大自然につながっていることの発見と驚きを見事にまとめきった句と言えます。そしてこの句には、そうした自然の姿を詠みながら、投句を再開し、決意新たに俳句に向き合おうとする己の内面の気持ちも重ねられているように思われて、彼を代表する句となっています。
また蛇笏には、芥川龍之介の死を悼む句もあります。「たましひのたとえば秋のほたるかな」がその句です。亡き人の魂魄はたとえてみれば秋の蛍のように、薄く青白い光を曳いて、闇の中に消えてゆこうとしています。優れた作家にして己の俳句の理解者でもあった龍之介の霊に対する衷心からの悼み心が読み取れます。秋の蛍は「残る蛍」「病む蛍」とも言って、飛ぶ元気はありません。

秋の蛍のはかなげに消え入る様が、別れを告げに来た魂として思い浮かべられたのです。

⑳　彎《わん》曲《きょく》し火《か》傷《しょう》し爆心地のマラソン　　金子兜太

この句は、金子兜太氏（一九一九―二〇一八）が、日本銀行長崎支店時代に詠んだものです。原爆の落ちた長崎の街を走るマラソン走者は、走りながら、原爆で彎曲した建造物や火傷して死んでいった人々を感じるということを句にしたもので、原爆への憎しみと非核の誓いが思い起こされます。

村田喜代子氏の芥川賞受賞小説『鍋の中』を黒澤明監督が平成三年（一九九一）に映画化した『八月の狂詩曲』は、原爆を体験した長崎の祖母と四人の孫たちのひと夏の交流を描いたものです。四人が原爆ゆかりの場所を見て回る中に、小学校の校庭に残された、被爆して彎曲した、さびついたジャングルジムがあります。ここへ生き残ったこの小学校のクラスメイトたちがやって来て、掃除したり、花を換えたりして死んでいった仲間たちを供養する場面が出てきます。

金子兜太氏自身海軍中尉としてトラック島で戦い、多くの部下を死なせています。金子氏自身は辛くも生き延び、引き揚げ船で日本へ還る洋上で「水脈《みお》の果て炎天の墓碑を置きて去る」という句を詠みました。水脈とは航跡のことで、水脈の果て（南の島）の灼熱の太陽の下に、部下たちの墓碑を置いて去ってきた、という句です。何の因果で自分は生き永らえ、日本へ戻るのか。そのことの意味を何度も問うたと言います。その問いの先に未来があると信じるほかありませんでした。それ以来、金子氏は強い反戦思想を貫かれました。金子氏は言っておられます。

「人間が戦場なんかで命を落とすようなことは絶対にあってはならない。それを言葉だけで語り継ごうといっても、無理なわけで、体から体へ伝えるという気持ちが大事なんだ。そのときに、五七五という短い詩が力を発揮するんです。俳句は、体から体へ伝わるからね」

金子氏は埼玉県出身で、父の元春は開業医でした。父は伊昔紅《いせきこう》という俳号を持つ俳人でもありました。水原秋桜子の「馬酔木」に所属し、秩父音頭の復興者としても知られています。代表句は「元日や餅で押し出す去年糞」です。この父の影響と友人の勧誘で高校時代から俳句の世界に浸りました。

母は、父の集める俳人たちが乱痴気騒ぎを繰り返すさまを見て、俳句の俳は人に非ざるだとして、兜太が俳人になることを歓迎せず、そのため俳句に没頭する兜太を与太《よた》（弥太郎の略で、愚かで役に立たない人のこと）と呼びました。兜太はそれも句にしました。

「夏の山国母いてわれを与太という」

金子兜太氏は、俳句は加藤楸邨に師事し、「寒雷」所属を経て「海程」を創刊、主宰しました。戦後の社会性俳句運動、前衛俳句運動において理論と実践の両面で中心的な役割を果たし、上武大学文学部教授、現代俳句協会会長などを歴任されました。

金子兜太氏の俳句は、季語や定型（五七五）に縛られない自由さにあります。「俳句は自由に詠めばよい。感じたまま作ればよい」が金子兜太氏の俳句作りのモットーです。金子兜太氏の業績は、現代の日本社会に俳句の根を張ろうと努力されたことだと思います。

金子兜太氏を一言で言えば、反骨精神の人だったという印象があります。戦争体験から反戦を訴え続け、銀行の組合の仕事を続けて出世とは縁のなかったこと、自由な俳句を詠むために反伝統を貫いたこと、人生のどの場面をとっても反骨精神に満ちた人でした。

一九八九年からは「お～いお茶新俳句大賞」の最終選考委員になられ、私が「俳句あれこれ」で紹介した②、③のような句が世に出るようになったのです。二〇一五年からは東京新聞の「平和の俳句」選者になられました。

晩年の代表作に「よく眠る夢の枯野が青むまで」があります。芭蕉が詠んだ夢の枯野を青々とさせるほどにいつまでも悠々と俳句を謳歌しようという心意気を詠んだ句ですが、二〇一八年二月二十日に急性呼吸促迫症候群のためお亡くなりになりました。満九十八歳でした。

二〇一九年六月二十五日のNHKのテレビ番組「サラメシ」の「あの人が愛した昼メシ」のコーナーで、金子兜太氏の昼メシが取り上げられました。およそ七十年にわたって俳句界を牽引してこられた俳句界の第一人者金子兜太氏のライフワークの一つが新聞の俳壇の仕事で、毎週金曜日に築地の選句会会場へ来て、五時間にわたる選句の仕事をされたのですが、その時のランチの楽しみが、なじみの小料理屋が作ってくれる松花堂弁当でした。

健啖家の金子兜太氏は、旬の恵み溢れる料理の数々に幸せなひと時を過ごされたことでしょう。

○注

①山本健吉『定本　現代俳句』角川書店、一九九八年

あとがき

私は高齢者なのでトイレが近く、夜中に一度はトイレに立ちます。利尿効果のある食べ物を食べた時は二度になります。午前二時頃、目が覚めたばかりでぼんやりしていて、おぼつかない足取りでトイレに立ち、戻って布団に入ると、しばらく目が覚めていて、今集中して書こうとしていることについて、いろいろアイディアが浮かんできます。眠っている間に脳は今やっていることを整理していて、それが浮かんでくるのだと思われます。浮かんできたらすぐ起きてメモし、それから夜明けまで眠ります。こうしたことを繰り返して、この本ができました。

因みに、アメリカの作家ナサニエル・ホーソーンの短編小説「憑かれた心」には、真夜中に目覚めた時の気分が描かれています。この時、人の心は「放心状態」にあって、想像力への飛躍が可能になり、幾千の世界へ入っていけます。詩人たちはこの状態のことを、様々な表現で表してきました。ワーズワースは「聡明な受動」、キーツは「消極能力」、ホーソーンは「受け身の感受性」という言葉を創り出しました。

「憑かれた心」の語り手（ホーソーン）は、午前二時に目を覚まします。語り手は意識的にこれを習慣化させ、この時、心の深層から浮かび上がってくる人間の心の真実を探求し、それらを作品化させていきます。

私も二時から三時に目を覚ますのですが、これは尿意によって仕方なく目覚めるのであって、詩人たちのレベルとは違いますが、ともあれ、そのお陰でちょっとした展望が浮かび、この本を最後まで完成させることができました。

この間テレビを見ていたら、女優の斉藤由貴さんが、家族で最初に見た映画が「サウンド・オブ・ミュージック」で、憧れのエーデルワイスの花を自分で探す旅の番組（二〇〇〇年に放送）の再放送をやっていました。エーデルワイスは、高度二〇〇〇～二九〇〇メートルの石灰岩地に咲く高山植物で、開花期は七月から九月です。ドイツ語のエーデル（高貴な、気高い）とワイス（白）に由来する名前です。花言葉は「大切な思い出」です。

私にとっても「サウンド・オブ・ミュージック」は今も心に残っている映画の一つです。私は新聞配達をしながら名古屋の南山大学で英語の勉強をしていましたが、二年生の時、午前中の授業を受けたあと、夕刊を配るまでに時間があったので、帰りに、名古屋駅前の映画館で「サウンド・オブ・ミュージック」を見て、心が浮き浮きしてとても感動しました。そして時間を見つけては何度も見に行きました。この映画で描かれているオーストリアは、当時の現実とは全く異なっているために、オーストリアでは不人気だそうですが、そうしたことを知らなかった当時の私は、この映画のお陰で一層勉強に励むことができ、英語漬けの日々に更に拍車がかかり、幸い県立高校の英語の教員採用試験に合格できて、それ以来、高校と大学で授業と研究の生活を送ることができました。

そうした充実した人生も、過ぎ去ってしまえばあっという間で、私の人生はもう七十二年を過ぎてしまいました。光陰矢の如しを実感しています。

そうした日々の生活の中で、ある時、ふっと、断片的な過去の記憶が蘇ってくることがあります。

喜怒哀楽、様々な記憶の断片ですが、その中でも懐かしいのは、両親との思い出の場面です。父にひどく叱られた時、かばってくれた母の記憶。子供のころ、放浪癖があって、そのたびに父が迎えに来てくれて、帰りに、屋台であたたかくておいしいものを食べさせてくれた父の記憶。そうした思い出が、私の心の中に咲いているエーデルワイスなのだと今では思えるようになりました。

私は「物語」に取り憑かれ、この本も含めて四冊、物語の意義について考えてきました。一冊目の『物語が伝えるもの』では、物語は想像力を喚起させ、人間の心の真実を伝え、壮大なイメージで世界を見、幸福を追求するためにある、といったことを展開しました。二冊目の『物語を旅する』では、様々な夢物語や妖怪物語を通して、物語が伝えるものを見ていきました。三冊目の『物語を巡る』では、歴史学者のユヴァル・ノア・ハラリ氏の「フィクションを信じる力」が世界の秩序を保ち、幸福の追求を可能にすることができるという考え方に物語の意義を見出しました。

この四冊目の本である『物語を歩く』では、人はなぜ何かに取り憑かれたかのようにして生きるのか、という問いかけを通して、物語の意義に迫ろうとしました。するとどうしても私が『物語が伝えるもの』の「あとがき」で書いたことに行きつきます。私はそこで、物語は「意味の体系」であるという考え方を提示しました。一人一人の人生も物語であって、人は意味なしに生きることはできません。人は自分なりの意味の体系に従って生きようとします。その究極が何かに取り憑かれたかのように生きる生き方なのだと思います。

そして私はこの本で、取り憑かれたかのように生きる人物の人生を取り上げて具《つぶさ》に見てきました。その結果、次のような感慨を抱くようになりました。神にも無にも自分を委《ゆだ》ねることができない人たちが、人生に意味と目的を持って生きていけるように、何かに取り憑かれたかのように生きる道を編み出したのだと。そして、いわゆるオタクと呼ばれる人たちの生き方と、この本で取り上げた、何かに取り憑かれたかのように生きる人たちを、便宜的にまとめて「何かに拘《こだわ》る生き方」と短くして呼ぶとしたら、世界がこれからどんな時代になったとしても、その都度修正しつつも、この生き方が広がっていくのではないかと思いました。

ところで、私がいつも驚嘆するのは、取り上げる人物たちの抜群の記憶力です。同じ人間とは思えません。きっと、空海の虚空蔵求聞持法《こくうぞうぐもんじほう》のような記憶術をマスターしたに違いないと思ってしまいます。

虚空蔵菩薩は、智恵・知識・記憶力を司る菩薩で、虚空蔵求聞持法は、一定の作法に従って真言を百日かけて百万回唱えると、あらゆる経典を記憶し、理解して忘れることがないと言います。インド伝来の記憶術で、空海もこの修行をして、誰もが知っている大活躍をしたのです。空海の『三教指帰《さんごうしいき》』の中にそのことが記されています。

「鞭声粛々《べんせいしゅくしゅく》　夜河《よるかわ》を過《わた》る」で有名な漢詩「川中島」を作った頼山陽の撰による「玉堂琴士之碑」が京都嵯峨野の法輪寺にあることは、浦上玉堂のところで触れましたが、法輪寺は虚空蔵菩薩を本尊とする寺です。法輪寺には十三詣りという行事があって、十三歳になると、少年少女は渡月橋を渡って、智恵を授かりにお詣りに行きます。芭蕉もこの寺を訪れています。

私も家族でお詣りしたことがありますが、予定していた日が大雨になり、難儀しました。私たち家族は、全員とうに十三歳は過ぎていましたので、もっと早く来ればよかったと思いつつ、雨の中を参拝してきました。

　私も七十二年生きてきましたが、知らないことはまだまだ星の数ほどあります。本当に「ふしぎエンドレス」です。「まえがき」で紹介しました映画『ノウイング』には、小学校の授業で、先生が生徒たちを集中させるために、「考える帽子をかぶって」と言うと、生徒たちがみんな両手で帽子をかぶるまねをして考え始めるシーンがありますが、勉強を始めるための興味深い工夫の一つだと思いました。そうしたいろいろな工夫を考えて、知らなかったことを学んでいきたいものです。

　私は六歳の頃、島倉千代子さんはウンコやオシッコはしないと思っていました。あんなに綺麗で歌のうまい人が、自分と同じことをしているとは思えなかったからです。今から思えば笑える思い出ですが、ふと立ち止まってよく考えてみると、もっと高いレベルの認識と比べると、自分の今はこの六歳の頃の認識とさして変わらないのではないかという思いが湧いてきました（六歳の皆さん、ごめんなさい）。

「ボーっと生きてんじゃねーよ！」とチコちゃんに叱られないように、いろいろ勉強はしてきたのですが、まだまだ叱られることは多いようです。これからも、頑張って勉強しようと思います。

　最後になりましたが、今回も根気よく校正及び編集の労を取ってくださいました、あさ出版編集部の宝田淳子様、また、素敵なカバーイラストを描いてくださったフクイサチヨ様に感謝致しております。

二〇二一年一月

佐藤義隆

参考文献

千葉俊二編『江戸川乱歩短篇集』岩波書店、二〇〇八年
『筑摩現代文学大系』72、筑摩書房、一九七六年
『藤森栄一全集』第五巻、學生社、一九七九年
『松本清張傑作短編集』（1）新潮社、一九六五年
松本清張『私のものの見方考え方』大和出版、一九七八年
『週刊朝日百科　世界の美術』128、朝日新聞社、一九八〇年
久保三千雄『浦上玉堂伝』新潮社、一九九六年
麻生磯次『芭蕉物語』上・中・下、新潮社、一九七五年
阿部正美『芭蕉伝記考説』明治書院、一九六一年
『漂泊の俳人たち』（NHK人間講座）NHK出版、一九九九年
楠元六男『芭蕉と門人たち』上・下、NHK出版、一九九四年
森本哲郎『蕪村の風景』（NHK人間大学）NHK出版、一九九六年
東野治之『鑑真』岩波書店、二〇〇九年
井上靖『天平の甍』筑摩現代文学大系70、筑摩書房、一九七五年
宮本又郎『近世日本の市場経済』有斐閣、一九八八年
『芥川龍之介全集』第十一巻、岩波書店、二〇〇七年
別所真紀子『数ならぬ身とな思ひそ―寿貞と芭蕉』新人物往来社、二〇〇七年
渡邉弘『小林一茶　教育の視点から』東洋館出版、一九九二年

『日本と世界の人名大事典』むさし書房、一九六五年
正岡子規『墨汁一滴』岩波文庫、一九八四年
正岡子規『仰臥漫録』岩波文庫、一九八三年
正岡子規『病牀六尺』岩波文庫、一九八四年
正岡子規『歌よみに与ふる書』岩波文庫、一九八三年
高浜虚子編『子規句集』岩波文庫、一九八三年
『正岡子規の世界』角川学芸出版、二〇一〇年
『正岡子規』河出書房新社、二〇一〇年
『正岡子規・革新の日々』本阿弥書房、二〇〇二年
『筑摩現代文学大系』7、筑摩書房、一九七八年
『日本文学研究資料叢書　近代俳句』有精堂、一九八四年
関川夏央『子規、最後の八年』講談社、二〇一一年
長谷川櫂編『子規の三大随筆』増進会出版、二〇〇一年
『現代句集』（筑摩現代文学大系　別巻3）、筑摩書房、一九七九年
山本健吉『定本　現代俳句』角川書店、一九九八年
本井英『高浜虚子』蝸牛社、一九九六年
水原秋桜子『定本　高浜虚子』永田書房、一九九〇年
久野治『秋桜子句碑順礼』島影社、一九九一年
山口誓子『大洋』明治書院、一九九四年
「俳句研究」編集部編『女性俳句の世界』富士見書房、二〇〇一年
鷹羽狩行《たかはしゅぎょう》『一句拝見』ＮＨＫ出版、二〇〇一年

著者紹介

佐藤義隆（さとう・よしたか）

1948 年、父光儀、母タツの次男として、長崎県大村市に生まれる。
南山大学大学院文学研究科英文学専攻博士課程修了。
元岐阜女子大学文化創造学部教授。
著書：『物語が伝えるもの―『ドラえもん』と『アンデルセン童話』他―』（近代文藝社、2017 年）、『物語を旅する―夢物語と妖怪物語―』（あさ出版、2018 年）、『物語を巡る―「『弟の夫』と金子みすゞの詩」他―』（あさ出版、2019 年）
論文：「ナサニエル・ホーソーンの「憑かれた心」をめぐって」「ヘンリー・ジェイムズがめざしたもの―「ホーソーン研究」の一つの読み方―」「ベンジャミン・フランクリン―アメリカを発明した男―」他多数

物語《ものがたり》を歩《ある》く
「押絵《おしえ》と旅《たび》する男《おとこ》」他《ほか》

〈検印省略〉

2021年　1　月　30　日　第　1　刷発行

著　者――佐藤　義隆（さとう・よしたか）
発行者――佐藤　和夫

発行所――あさ出版パートナーズ
〒168-0082 東京都杉並区久我山 5-29-6
電　話　03 (3983) 3227

発　売――株式会社あさ出版
〒171-0022　東京都豊島区南池袋 2-9-9 第一池袋ホワイトビル 6F
電　話　03 (3983) 3225（販売）
　　　　03 (3983) 3227（編集）
F A X　03 (3983) 3226
U R L　http://www.asa21.com/
E-mail　info@asa21.com
振　替　00160-1-720619

印刷・製本（株）シナノ

facebook　http://www.facebook.com/asapublishing
twitter　http://twitter.com/asapublishing

ISBN978-4-86667-252-6 C0095